Don Quixote

푸 른 숲
징 검 다 리
클 래 식
0 1 8

돈 키호테

Don Quixote

미겔 데 세르반테스 지음
김정우 옮김

푸른숲주니어

| 기획위원의 말 |

'푸른숲 징검다리 클래식'을 펴내며

어린 시절, 할머니께서 조근조근 들려주시던 옛날이야기는 새로운 세상과 통하는 작은 창이었다. 상상의 날개를 달고 떠나는 창 너머 세상으로의 여행은 들어도 들어도 질리지 않는 재미와 마음속 깊은 곳을 울리는 감동을 선사해 주곤 했다. 그뿐 아니라 우리의 삶을 어떻게 꾸려 가야 하는지 곰곰이 생각해 보게 하는 지혜를 가르쳐 주었다. 말하자면 우리는 그 이야기들을 통해 '삶'을 배운 셈이다.

우리가 문학 작품을 읽어야 하는 까닭 또한 '삶을 배운다'는 점에서 크게 다르지 않다. 우리는 한 편 한 편의 문학 작품을 만나 사랑을 배우고, 우정을 배우고, 진실을 배우고, 지혜를 배운다.

그런 점에서 '푸른숲 징검다리 클래식'은 참 의미가 깊다. 오랜 세월을 거치며 각 나라의 문학사에 확고히 자리매김한 작품들을 한데 모았기 때문이다. 문학을 사랑하는 사람들이 즐겨 읽어 세계적인 명저로 일컬어지는 작품들······. 이를테면 우리 부모 세대, 아니 그 이전 세대부터 즐겨 읽었던 작품들로 많은 이들에게 삶의 의미와 가치를 일러주고, 또 '인생'이란 망망대해에서 등대 역할을 담당했던 것들이다.

세월이 흘러 사람들이 사는 모습도 달라지고 생각도 달라졌다. 그러나 시대와 장소를 뛰어넘어 변하지 않는 것이 있다. 바로 '삶'이다. 사람이 있는 곳이라면 어디든지 존재하는 삶은 항상 저마다의 무게를 떠안고 있다. 그 무게는 진실이라는 옷을 입고 문학 작품 속에 영원한 생명을 불어넣는다. 우리는 그것을 '고전'이라 부른다.

그러나 제아무리 훌륭한 고전이라 해도 독자가 읽고 소화할 수 없다면 아무런 소용이 없다. 지나치게 방대한 분량과 길고 어려운 문장은 책을 읽으려는 청소년들의 의지를 꺾을 뿐 아니라 좌절감마저 불러일으킨다.

'푸른숲 징검다리 클래식'은 바로 그러한 점을 염두에 두고 기획된 세계 명작 시리즈이다. 작품이 본디 지닌 맛과 재미를 고스란히 살리면서 우리 청소년들이 읽고 소화하기 쉽게 글을 다듬었다.

그리고 본문 뒤에는 현직 국어 교사들이 직접 쓴 해설을 붙였다. 작가나 작품에 대한 풍부한 설명은 물론, 그 작품들이 지니고 있는 현재적 의미까지 상세하게 짚어 보이고 있다. 아울러 해설 곳곳에 관련 정보를 담은 팁과 시각 자료를 배치해, 읽는 재미를 넘어 보는 재미까지 만끽할 수 있도록 했다.

아무쪼록 '푸른숲 징검다리 클래식'을 통해 우리 청소년들의 삶이 더욱더 깊고 풍성해지기를······.

2006년 4월
기획위원 강혜원·계득성·문재용·전종옥

| 차례 |

기획위원의 말 004

|제1장| 편력을 떠나다 009
|제2장| 거인과의 결전 027
|제3장| 성에서 생긴 일 053
|제4장| 마법에 걸린 숲 069
|제5장| 기사의 책무 086
|제6장| 카르데니오의 비애 094
|제7장| 고행의 시간 113
|제8장| 도로테아의 슬픈 사연 133

| 제9장 | 엇갈린 사랑, 제자리를 찾다 146

| 제10장 | 귀향 161

| 제11장 | 다시 편력의 길로 173

| 제12장 | 숲의 기사 186

| 제13장 | 사자의 기사 돈 키호테 204

| 제14장 | 둘시네아를 위하여 219

| 제15장 | 고통에 찬 여인의 부탁 236

| 제16장 | 섬의 총독이 된 산초 248

| 제17장 | 하얀 달의 기사 267

| 제18장 | 편력, 끝나다 284

《돈 키호테》 제대로 읽기 297

제 1 장
편력을 떠나다

　메마를 대로 메말라 먼지만 풀풀 날리는 라 만차의 어느 작은 마을, 지금은 이름도 아스라한 그곳에 기사도 소설에 푹 빠진 시골 귀족이 살고 있었다. 이 이야기의 주인공인 이 양반은 명색이 귀족이긴 하지만 하루 종일 배를 깔고 누워서 책이나 읽고 있을 만큼 여유가 있는 부자는 아니었다. 그저 수수한 시골 귀족에 불과했으니, 농사꾼보다야 낫다 할 수 있지만 제대로 된 귀족에 비하면 한참 가난한 처지였다.
　집안에서는 이 귀족 양반을 '키하노' 또는 '키하나'로 불렀는데, 스페인 어를 알아듣는 사람들은 이 말을 '턱뼈'나 '넓적다리' 쯤으로 이해했다던가? 아무튼 지금은 뜻조차 가물가물한 이름이다.

 그러나 확실한 것은 이 양반이 몹시 소박한 집에 살고 있고, 늙고 삐쩍 마른 말 한 마리를 가지고 있으며, 끼니 때마다 귀족 신분에 어울리지 않게 몹시 초라한 식사를 했다는 점이다. 그래도 얼마 안 되는 농토를 소유한 덕분에, 거기서 나오는 소작료로 어찌어찌 기본적인 생활을 해결하고, 마흔이 넘은 가정부와 아직 스무 살이 채 안 된 조카딸까지 부양했다.

 우리의 귀족 양반은 얼추 오십 줄에 들어선 듯했는데, 숱한 여름날을 그야말로 야만스러운 라 만차의 태양 아래에서 보낸 탓인지 바짝 말라 살집이 거의 없는 데다 피부도 몹시 시들어 보였다. 하지만 건강은 꽤 좋은 편이어서 아침에 일찍일찍 일어났고, 취미 삼아 곧잘 사냥을 하러 가기도 했다. 적어도 그 '모험담'이 담긴 책을 발견하기 전까지는.

 이 시골 귀족 양반은 기사와 아름다운 아가씨, 마법사, 용, 마법에 걸린 숲, 둥근 바위에 꽉 박혀 절대로 뽑히지 않는 신비한 검 따위가 등장하는 모험담에 푹 빠진 나머지, 소작인을 관리하는 일은 물론 그 좋아하던 사냥까지 접어 버렸다. 어디 그뿐인가? 세상에 존재하는 모험 이야기란 모험 이야기는 모조리 접하겠다는 욕심에, 있는 돈 없는 돈 모두 털어서 책을 사 모았다. 어느새 집 안에는 기사도 소설이 빼곡하게 들어차, 도서관이라 불러도 손색이 없을 정도였다.

이 책벌레 양반은 기사도 소설에 걸신이라도 들린 모양인지, 한 권을 다 읽기가 무섭게 또 다른 이야기를 찾았다. 이렇게 밤이고 낮이고 책 읽기에 몰두한 탓에, 얼마 지나지 않아 두 눈에는 시뻘겋게 핏발이 섰을 뿐 아니라 언뜻언뜻 광기까지 내비쳤다.

그렇게 그는 하루 종일 서재에 틀어박혀서 환상적인 모험의 세계로 빠져 들곤 하였다. 간혹 일을 보러 집 밖에 나갈 경우에는 어김없이 마을의 신부와 이발사를 만나 논쟁을 벌였다. 물론 논쟁의 주제는 '누가 가장 강한 기사였는가?' 아니면 '어떤 기사의 모험이 가장 인상적이었는가?' 따위였다.

친구들은 대개 그의 이야기를 진지하게 받아들이지 않고 가볍게 웃어넘겼다. 그러나 이 양반은 책 속의 이야기에 지나치게 몰입한 나머지 그것이 전부 사실이라고 믿기 시작했다. 결국은 정신까지 이상해져서, 그 어떤 미치광이도 상상하지 못할 기괴한 생각에 빠지고 말았다.

어느 날 아침, 흔들의자에 앉아 책을 읽고 있던 우리의 귀족 양반은 갑자기 자리에서 벌떡 일어나 이렇게 선언했다.

"좋아, 결심했어! 세상을 유랑하는 편력 기사가 되는 거야!"

그는 바야흐로 편력(遍歷, 이곳저곳을 두루 돌아다니며 여러 가지 경험을 하는 것—옮긴이) 기사가 되어 나라를 위해 봉사하고 자신의 명예를 드높여야겠다고 마음먹은 것이었다. 모험을 찾아 세상을 떠돌면서 악을 바로잡고, 불행한 사람들의 친구가 되기로 다짐하였다. 그러자 금방 개선장군이라도 된 듯 의기양양한 기분이 들었다.

기사가 되겠다는 생각에 사로잡힌 우리의 귀족 양반은 당장 다락방으로 뛰어 올라갔다. 그리고 아침나절 내내 먼지를 뒤집어쓰고서 온갖 상자들을 다 뒤지더니, 마침내 증조할아버지 때부터 전해 내려온 갑옷과 투구, 칼을 찾아냈다. 얼마나 오래되었는지 녹이 잔뜩 슨 데다가 참기 힘들 만큼 고약한 냄새까지 났다.

그는 그것들을 하나씩 집어 들고 구석구석 꼼꼼히 닦아 반질반질하게 광을 냈다. 워낙 낡은 것이라 아무리 닦고 닦아도 갑옷은 여전히 해묵은 냄비나 주전자를 아무렇게나 포개 놓은 것처럼 보였지만, 그래도 우리의 귀족 양반은 엄청난 긍지를 느끼는 기색이었다.

그렇게 열심히 손질을 하던 그는 문득 투구에서 중요한 부분이 빠져 있는 것을 발견했다. 얼굴 가리개 부분이 떨어져 나가 있었던 것이다. 그는 가정부가 쓰다 버린 딱딱한 판지로 한껏 솜씨를 발휘하여 얼굴 가리개를 만들기 시작했다. 그리하여 무려 일주일이나 걸린 끝에 제대로 된 투구가 완성되었다.

갑옷과 투구가 완벽하게 준비되자, 우리의 기사 양반은 몹시 들뜬 기분으로 말을 보러 갔다. 그리고 굵직하고 위엄 있는 목소리로 외쳤다.

"나의 충성스러운 말이여!"

늙어 빠져서 주름이 짜글짜글하기는 말이나 주인이나 똑같았다. 마치 웅크린 고양이처럼 갈비뼈가 툭 튀어나온 것이, 채 몇 발짝 달리지도 못하고 푹 쓰러질 듯 안쓰러운 모습이었다. 그러나 이미 무언가에 홀린 기사 양반의 눈에는 그 말이 그리스의 영웅 헤라클레스보다도 건장하고, 바람보다도 빠른 전투마로 보였다.

그는 훌륭한 기사의 말이라면, 응당 그에 걸맞은 이름이 있어야 한다고 생각했다. 그리하여 장장 나흘 동안이나 머리를 쥐어짠 끝에, 듣기에도 좋고 의미도 있어 보이는 이름을 생각해 냈다.

"그대의 이름을 로시난테로 명명할지어다. 늙고 여윈 말 중에서는 최고의 말이로다! 자……, 그럼, 이제 나에게 어울리는 새 이름을 지어야겠군."

그는 열에 들뜬 채 알 수 없는 말을 중얼거리며 서재를 쉼 없이 왔다 갔다 했다. 그러는 사이, 듬성듬성 난 수염이 한 줌은 뽑혀 나갔다. 드디어 여드레째 되던 날, 우리의 기사 양반은 자신의 이름을 '돈 키호테'라 지었다. 그러고는 그 이름 앞에 고향의 이름을 붙여 '라 만차의 돈 키호테'라고 부르기로 결정하였다. 그것은 자신의 위대한 행적을 목격한 사람들이 영웅적인 기사의 출신지 정도는 알고 있어야 한다는 생각에서 비롯된 가상한 배려였다.

진정한 기사가 되기 위해 마지막으로 할 일은 자신의 사랑을 바칠 아가씨를 찾는 일이었다. 사랑하는 아가씨가 없는 기사는 이파리 없는 나무요, 영혼 없는 육체나 다름없기 때문이었다. 그는 혼잣말로 이렇게 중얼거렸다.

"모든 기사한테는 아가씨가 있다, 이 말씀이야. 거인을 단칼에 쓰러뜨리거나 포악한 왕을 굴복시키고 나면, 내 사랑과 충성의 서약으로 그놈을 아가씨 앞에 무릎 꿇리겠어."

우리의 돈 키호테는 자신의 아가씨가 될 만한 상대를 생각해 내고는 흥분을 감추지 못했다. 그가 떠올린 아가씨는 이웃 마을 엘 토보소에 사는 어느 농사꾼의 딸이었다. 사람들 말로는, 아주 아름다운 아가씨로 돈 키호테가 한때 열렬히 사모했다고 한다. 정작 그 아가씨는 그의 존재조차 몰랐지만 말이다. 황금 동전보다 더 반짝반짝 빛이 나고, 국화꽃이 만발한 들판보다 더 신선해서, 참으로 애간장을 끓게 하는 아가씨라던가?

현실 감각을 완전히 잃어버린 돈 키호테는 이 아가씨가 틀림없이 외로운 공주이며, 자신과 눈빛만 한 번 마주치면 틀림없이 사랑에 빠지게 되리라고 확신했다. 그러므로 마음속 연인으로 삼기에는 더없이 좋은 상대로 여겨졌다. 그는 그녀에게도 새 이름을 지어 주기 위해 깊은 고민에 휩싸였다. 자신의 이름과도 어울려야 하지만, 무엇보다 공주나 귀부인의 분위기를 풍기는 이름이어야 할 터였다.

"그래! 기사의 사랑을 받는 아가씨들 중에서 가장 아름답고 신비로운 이름은 바로 둘시네아지. 엘 토보소의 둘시네아! 이 아가씨에게 내 목숨을 바치겠어. 이제 아무도 나를 막을 수 없어, 암!"

　이런저런 준비가 모두 끝나자, 돈 키호테는 자신의 결심을 바로 실천에 옮겨야겠다는 생각이 들었다. 그리하여 7월의 어느 무더운 날 아침, 갑옷을 주섬주섬 챙겨 입기 시작했다. 그런 다음 칼을 옆구리에 차고, 벽에 걸려 있던 낡은 창과 가죽 방패를 내려 손에 거머쥐고는 마구간으로 뚜벅뚜벅 걸어갔다.
　잠시 후 로시난테에 올라탄 우리의 돈 키호테는 마을을 벗어나 들판으로 향했다. 그의 얼굴에는 첫 번째 도전을 향한 열의와 기대감이 넘쳐흘렀다. 그러나 막상 눈앞에 너른 들판이 펼쳐지자 문득 두려운 생각에 휩싸이고 말았다. 자신은 정식으로 작위를 받은 기사가 아니지 않은가!
　"아차, 그걸 깜빡했군!"
　돈 키호테는 고삐를 바짝 당긴 후 안장에 똑바로 고쳐 앉았다. 기사의 법도에 따르면 정식으로 임명을 받지 못한 기사는 결투를 할 수도, 함부로 무기를 지닐 수도 없었다. 그러나 그런 문제도 기사가 되려는 그의 열망을 막을 수는 없었다.
　"이럴 땐 맨 처음 만나는 사람한테 기사 임명을 받으면 된다고 했지? 얼른 임명식을 해 줄 영주나 아가씨를 찾아야겠군. 이런 일로 사기꾼 소리는 듣고 싶지 않으니까 말이야. 그때까지는 어쩔 수 없이 견습 기사라고 부를 수밖에."

돈 키호테는 온종일 말을 타고 태양이 작열하는 들판을 쏘다니며 최초의 모험 거리를 찾아보았지만, 날이 다 저물도록 별다른 사건이 생기지 않았다. 해가 뉘엿뉘엿 넘어가 석양이 깔릴 무렵이 되자 너무나 지치고 배가 고파 죽을 지경이었다. 그때 멀지 않은 곳에 여관의 불빛이 보였다.

"저기서 안식을 찾을 수 있을지도 모르겠구나."

돈 키호테는 로시난테에게 이렇게 말하고는 박차를 가했다. 그 여관은 지칠 대로 지친 여행자들이 마지막에 찾게 되는 그렇고 그런 숙박 시설이었다. 얼마나 오랫동안 비바람에 시달렸는지 금방이라도 쓰러질 듯 위태로워 보이는 건물과 지저분한 마구간 주변으로 진흙 담이 낮게 둘러쳐져 있었다. 마당에는 밀짚이 쌓여 있었고, 곳곳에 가축의 똥이 널려 있었다.

그러나 기사의 환상에 사로잡힌 광인의 눈에는 그 여관이 부유한 영주가 살 법한 커다란 성으로 보였다. 거대한 첨탑이 네 개나 솟아 있고 은빛 창검이 즐비한 그곳은, 그야말로 책에서 본 그림 그대로의 성채였다.

문 앞에 놓인 의자에는 그다지 깨끗하다고 하기 어려운 얼굴에 여기저기 기운 옷을 걸친 촌스러운 아가씨 두 명이 앉아 있었다. 녹슨 갑옷에 기묘한 투구를 쓴 남자가 어둠 속에서 윤곽을 드러내자, 놀라움과 호기심이 가득한 아가씨들의 눈이 그를 따라 움직였다.

바로 그때, 돼지치기가 뿔나팔을 불며 꿀꿀거리는 돼지들을 불러 모았다. 돼지치기의 뿔나팔 소리와 돼지들이 꿀꿀거리는 소리가 돈 키호테에게는 자신을 환영하는 주악대의 합주로 들렸다. 그는 몹시 흐뭇한 미소를 띠며 문 쪽으로 향했다. 아가씨들은 기괴한 차림에 창과 방패로 무장한 남자의 모습에 겁을 집어먹고 뒷걸음질을 쳤다. 돈 키호테는 얼굴 가리개를 들어 올려 먼지를 뒤집어쓴 얼굴을 보이며 아가씨들을 진정시켰다.

"아니, 아닙니다! 도망가지 마십시오. 아가씨들, 겁낼 필요 없습니다. 귀한 가문의 숙녀를 보호하는 일이야말로 제가 해야 할 임무니까요."

그는 자세를 가다듬고 점잖은 목소리로 말을 이었다.

"안녕하십니까! 저는 견습 기사인 라 만차의 돈 키호테라고 합니다. 그렇게 겁먹을 필요 없습니다. 저는 기사도를 아는 사람이니까요."

그의 눈에는 지저분한 아가씨들이 한가롭게 놀이를 즐기고 있는 양갓집 규수나 귀부인으로 보였으리라. 하지만 아가씨들은 자신들을 지체 높은 귀부인 대하듯 하는 괴기한 기사의 모습에 웃음을 참지 못하고 서로의 얼굴을 마주 보며 깔깔거렸다. 그러자 돈 키호테가 자존심이 상한 듯 버럭 고함을 질렀다.

"아무리 훌륭한 집안의 아가씨들이라도 그렇게 헤프게 웃음을 보이면 어리석게 느껴지는 법이오! 물론 아가씨들을 언짢게 하려고 드리는 말씀은 아닙니다만……."

그러나 기이한 차림새와 전혀 어울리지 않는 진지하디진지한 말투가 아가씨들을 더 크게 웃도록 만들었다. 돈 키호테는 점점 더 화가 났다. 풍채 좋은 여관 주인이 때맞춰 마당에 나타나지 않았더라면 무슨 일이 벌어졌을지도 모를 일이었다. 여관 주인이 말했다.

"이 아가씨들한테 무슨 볼일이라도 있으십니까? 아하, 방을 구하시는 건가요? 그런데 어쩌나, 유감스럽게도 오늘은 방이 전부 다 차서……."

여관 주인은 무심코 말을 하다가 갑자기 멈췄다. 낡아 빠진 갑옷에 다 망가진 창과 뒤틀린 방패를 든 돈 키호테의 모습을 뒤늦게 알아보고 몹시 당황했던 것이다. 그는 터져 나오려는 웃음을 억지로 참았다.

돈 키호테가 정중하게 물었다.

"이 성의 영주님이십니까?"

여관 주인은 그가 제정신이 아닌 모양이라고 생각하고는 짐짓 연극배우처럼 목소리를 꾸며서 대답했다.

"그렇다고 할 수도 있지요."

돈 키호테가 다시 물었다.

"영주님의 튼튼한 요새에서 잠시 쉬어 가도 되겠습니까?"
여관 주인은 불퉁한 목소리로 대답했다.
"에……, 방이 다 차서 지금은 묵을 만한 곳이 없는데, 어쩌죠?"
"괜찮습니다. 자고로 훌륭한 기사는 고통과 시련에 익숙한 법이지요. 거친 땅바닥에서 돌을 베고 잠을 자고, 들판에 널린 산딸기를 따 먹으며 끼니를 해결하더라도 행복을 느낄 수 있어야 합니다."
다소 교활한 성품을 가진 여관 주인은 야릇한 미소를 지으며 이렇게 물었다.
"오호, 기사님이시라고요?"
돈 키호테가 자랑스레 대답했다.
"그렇습니다. 아직은 견습 기사지만요. 그래서 지금 저를 정식 기사로 임명해 줄 영주님을 찾고 있는 중입니다."
"아, 그러십니까? 아무튼 지금은 방이 다 찼습니다. 혹시라도 어디 빈방이 나지 않았는지 찾아보고 오겠소이다. 음식을 좀 내드릴 테니 그동안 요기나 하시지요. 기사님의 말은 제가 마구간에 들여놓겠습니다."
"대단히 감사합니다."
여관 주인은 로시난테를 끌고 갔다. 그로부터 10분 후, 우리의 견습 기사는 여관 주인이 갖다 준 식어 빠진 정어리 한 접시와 거무죽죽한 빵 한 소각을 순식간에 먹어 치웠다. 허기가 어느 정도 가라앉자, 기사가 되겠다는 열망이 다시금 불타올랐다. 그와 동시에 자신이 아직 정식 기사가 아니라는 점이 영 마음에 걸렸다. 그는 당장 여관 주인을 불렀다. 여관 주인이 당혹스러운 표정으로 넘어질 듯 뛰어나오자, 그의 앞에 무릎을 꿇으며 말했다.

"아, 영주님! 저는 영주님의 위상을 드높일 대단한 일을 더 이상 미루고 있을 수가 없습니다. 부디 지금 저를 정식 기사로 임명해 주십시오. 예배당이 어디에 있습니까? 지금 예배당으로 가시지요. 그래야 기사 임명을 받은 다음 갑옷을 지키는 불침번도 설 수 있을 테니까요."

"선량한 기사 양반, 여기에는 예배당이 없소이다."

여관 주인은 얼떨떨한 표정으로 대답을 하며, 자기 앞에 있는 손님이 제정신이 아니라는 것을 다시금 확인하였다. 그는 기사가 예배당이나 다리의 이정표 앞에서 보초를 서는 오래된 관습을 익히 알고 있었다. 이런 기사들은 자신의 충성심을 보이기 위해 목숨을 걸고 보초를 설 것이 분명했다. 교활한 여관 주인은 돈 키호테를 실컷 놀려 먹어야겠다고 생각하고는 천천히 입을 열었다.

"비록 이곳에 예배당은 없지만, 뭇별을 이고 있는 마당은 있소이다. 굳이 나한테서 기사 임명을 받고 싶다면, 이 안마당을 지키도록 하시오."

돈 키호테는 기쁜 마음으로 대답했다.

"감사합니다."

여관 주인은 안으로 들어가려다가 문득 발길을 되돌리며 물었다.

"참, 견습 기사 양반, 혹시 짐은 없으신지?"

우리의 기사는 우쭐해 하며 대답했다.

"보시다시피 날카롭기 그지없는 칼과 창, 펄펄 나는 말 한 마리, 그리고 용감무쌍한 정신뿐입니다."

"그러시군요. 그런데 돈은 어디에다 보관하시는지?"

"그런 세속적인 문제는 생각해 보지 않았습니다. 제가 읽은 책에서는 그 어떤 기사도 돈을 지니고 다니지 않았으니까요. 용감한 기사는 어디를 가든 마차도 공짜로 타고 잠도 공짜로 자는 게 마땅하지 않습니까?"

여관 주인은 침을 뱉듯이 말했다.

"기사들이 깨끗한 옷차림을 하고 여비를 챙겨 다니는 것은 너무나 당연한 일이기 때문에 작가들이 굳이 쓰지 않은 거요. 돈만 있으면 귀신도 부릴 수 있소이다. 그러니까 자질구레한 일을 돌봐 줄 종자가 필요하다, 이 말입니다. 종자가 있어야 허접한 일을 처리해 주지요. 그리고 돈도 좀 가지고 다녀야 기사 양반이 용을 찾아다니든 정의를 위해 일하든 하고 싶은 일을 마음껏 할 수 있지 않겠소?"

말을 마친 여관 주인은 춤을 추듯이 안으로 들어가 버렸다. 돈 키호테는 마당 한가운데에 있는 우물로 다가간 다음, 그 옆에 갑옷을 벗어 놓았다. 그러고는 한 손에는 방패를 들고, 다른 한 손에는 창을 든 채 우물 주위를 천천히 돌기 시작했다.

한편 여관 주인은 투숙객들에게 미치광이 견습 기사 이야기를 신나게 늘어놓았다. 모두들 웃음을 터뜨리면서 창문 너머로 그 기이한 광경을 힐끔거렸다.

두세 시간쯤 지났을까? 밤이 점점 깊어지는 가운데 여관에서 쉬고 있던 노새몰이꾼이 노새들에게 먹일 물을 길어 올리려고 밖으로 나왔다. 그가 우물에 다가서는 순간, 어둠 속에서 섬광이 번쩍! 하고 빛났다. 동시에 우물의 그림자 속에서 누군가가 비틀거리며 모습을 드러내더니 우렁찬 목소리로 외쳤다.

"무엄한 기사여, 뒤로 물러서라! 나는 이 신비의 샘을 죽음으로 지키는 기사다. 네놈이 누구이기에 감히 내 갑옷을 만지려 드느냐? 한시도 쉬지 않고 불침번을 서고 있는 이 무기가 보이지 않느냐?"

그러자 노새몰이꾼이 이렇게 대꾸했다.

"난 지금 노새들한테 물을 먹여야 한단 말이야. 그리고 이건 신비의 샘이 아니라 그냥 우물이야. 그러니 어서 비키라고, 이 멍청한 친구야."

말을 마치기가 무섭게 노새몰이꾼은 '우물의 수호자'를 밀치고는 갑옷을 내던져 버렸다. 바로 그때 돈 키호테가 창을 높이 쳐들어 무엄한 기사의 머리를 힘껏 내리쳤다. 노새몰이꾼은 그만 정신을 잃고 말았다.

돈 키호테는 크게 만족하여 이렇게 소리쳤다.

"최초의 선행을 마무리했도다! 내가 정복한 이 원수가 정신이 들면 나의 둘시네아 아가씨에게 보낼 존경심을 표하도록 하겠노라."

잠시 후 조금 전에 일어난 사건을 전혀 모르는, 또 다른 노새몰이꾼이 물을 길으려고 우물에 다가섰다. 이번에는 돈 키호테의 입에서 아무런 경고도 나오지 않았다. 돈 키호테가 창을 번쩍 들어 내리치는 순간, 노새몰이꾼은 밀짚과 말똥이 범벅된 땅바닥에 주저앉으며 울음에 가까운 비명을 질렀다.

"살려 줘!"

동료의 목소리를 들은 노새몰이꾼들이 여관에서 우르르 달려나왔다. 돈 키호테는 세상의 노새몰이꾼이 모두 한꺼번에 덤벼들어도 해치울 수 있다는 듯한 기세로 창을 단단히 움켜잡은 채 그들에게 겨누며 말했다.

"사악한 기사들이 떼를 지어 덤비는구나. 모조리 무찔러 주겠다. 네놈들의 버릇없는 짓거리에 따끔한 맛을 보여 주마!"

노새몰이꾼들은 견습 기사에게 돌맹이를 던져 대기 시작했다. 돈 키호테는 뒤로 물러나 구부러진 방패로 돌을 막았다. 그러면서도 버럭버럭 소리를 질렀다.

"네 이놈들! 이 비열한 망나니들 같으니라고! 정의로운 편력 기사에게 이런 모욕을 주다니!"

마당에서 싸우는 소리가 들리자, 여관 안에서 사람들이 왁자지껄하게 몰려나왔다. 여관 주인은 몹시 당황하여 노새몰이꾼들에게 진정하라고 외쳤다.

"자, 자, 진정들 하게나! 저 친구는 완전히 미쳤어. 그러니까 저이가 자네들 가운데 한 사람쯤 죽인다고 해도 당당하게 풀려날 거라 이 말일세. 누가 봐도 정상이 아니지 않은가? 그러니 나한테 맡겨 두게들."

여관 주인은 자신의 사소한 행동이 부메랑이 되어 돌아오자 몹시 당혹스러웠다. 이 괴짜를 어떻게든 처리해 버려야겠다는 생각이 들었다. 그는 돈 키호테에게 다가가서 속삭이듯 말했다.

"친애하는 견습 기사 양반, 이 오합지졸들의 무례를 그만 용서하시고 창을 내려놓으시지요. 당신이 용감한 기사라는 사실이 만천하에 드러났으니, 더 이상 시간을 끌 필요가 없을 것 같소이다. 지금 당장 기사 임명식을 거행하는 게 좋겠소."

돈 키호테가 짜릿한 흥분에 휩싸여 어쩔 줄 몰라 하는 사이, 여관 주인은 하녀에게 《기사 임명의 책》을 가져오라고 일렀다. 사실 그가 말한 책은, 노새 몇 마리가 마구간을 거쳐 갔는지, 거기에서 나온 거름을 팔아 얼마나 수익을 냈는지를 기록해 둔 장부었다.

"뭐, 굳이 예배당에서 해야 할 필요는 없을 것 같소이다. 기사 임명식을 하기에는 전쟁터도 예배당 못지않게 격이 있으니 말이오. 자, 무릎을 꿇으시오."

여관 주인이 명령을 내리자, 돈 키호테는 더러운 땅바닥에 무릎을 꿇고 앉아 공손하게 허리를 굽혔다. 곧이어 여관 주인은 장부를 펼쳐 들고 자못 경건한 목소리로 뭐라고 중얼중얼 읽어 내렸다. 그러다가 돈 키호테의 칼을 들더니, 칼등으로 어깨를 툭툭 내려치면서 큰 소리로 말했다.

"이로써 나는 그대를 정식 기사로 임명하노라."

그러고 나서 옆에 있던 아가씨에게 기사의 칼을 허리에 채워 주라고 말했다. 아가씨는 터져 나오는 웃음을 참기 위해 이를 악문 채 여관 주인이 시키는 대로 했다.

여관 주인이 다시 말했다.

"정의로운 기사여, 이제 자리에서 일어나시오. 그리고 그대의 책무를 다하기 위해 지금 당장 떠나도록 하시오!"

돈 키호테는 감격에 겨워 감사의 말을 늘어놓았다.

"영주님이시여, 은혜가 백골난망이옵니다."

여관 주인은 이 위험천만한 얼간이 녀석을 곧 떼어 버릴 수 있겠다는 생각에 들떠서 얼른 마무리를 지으려 했다.

"저녁 식사 값은 받지 않을 생각이니, 어서 가서 선을 행하고 악을 바로잡도록 하시오."

  그 말이 끝나기가 무섭게, 돈 키호테는 로시난테의 등에 안장을 얹고는 그 위에 올라탔다. 그러고는 아주 만족스러운 표정으로 허리를 꼿꼿이 세운 채 들판으로 말을 몰았다. 어느새 여명이 밝아 오고 있었다. 그는 라 만차를 향해 쭉쭉 뻗어 나가는 장밋빛 햇살처럼 당당한 모습이었다.

제 2 장
거인과의 결전

　돈 키호테는 여관 주인의 충고대로 얼마간의 여비를 마련하고 종자를 구하는 일이 급선무라 생각하고는, 말 머리를 고향 쪽으로 돌렸다. 얼마 가지 않았을 때, 상인 몇 사람과 그들을 따르는 하인들이 삼삼오오 짝을 지어 걸어오는 모습이 눈에 들어왔다. 비단을 사러 가는 상인들이었다. 그러나 돈 키호테의 눈에는 그들 역시 편력 기사로 보였다. 그는 다소 흥분한 목소리로 로시난테에게 말했다.
　"로시난테여, 지금이야말로 나의 용감한 행동을 보여 줄 절호의 기회로구나. 저자들이 기사라면 마땅히 나의 둘시네아 아가씨에게 찬사를 바쳐야 하지 않겠느냐?"

마침내 이 용감한 기사는 한 손에 창을 단단히 쥐고 다른 손으로는 방패를 받쳐 든 다음, 길 한가운데로 가서 상인들을 막아섰다. 이윽고 무리들이 다가오자, 돈 키호테는 큰 소리로 외쳤다.

"모두 멈춰라! 그대들은 이곳을 지나갈 수 없도다. 꼭 지나가야겠다면, 이 세상에서 가장 아름다운 여인은 엘 토보소의 둘시네아 아가씨라고 맹세하라."

상인들과 뒤따르던 하인들이 의아한 표정으로 서로를 바라보았다. 그리고 곧 자기들이 정신 나간 작자를 만난 모양이라고 추측했다. 상인들 중 다소 장난기 넘치는 표정의 사내가 비아냥거리듯 대답했다.

"여보시오, 기사 양반. 우리한테 그 아가씨의 얼굴을 한번 보여 주시는 게 어떻겠소? 댁의 말마따나 하늘 아래 둘도 없는 미인인지 두 눈으로 직접 봐야 맹세를 하든 말든 할 거 아니오?"

돈 키호테는 상대방의 말을 더 들을 필요도 없다는 듯 곧바로 대꾸했다.

"감히 아가씨의 얼굴을 보여 달라고! 얼굴을 본 다음에 분명한 사실을 가지고 맹세하는 게 무슨 의미가 있느냐? 보기 전에 맹세부터 해야지. 그게 싫으면 기사답게 나하고 한판 결투를 벌여야 할 것이다."

얼굴을 보여 달라고 했던 상인이 익살스런 표정으로 주위를 둘러보며 다시 입을 열었다.

"기사님처럼 용감하고 충성스런 이의 가슴을 지배하는 분이시니, 그 아가씨는 보나마나 퍽 아름다우실 겁니다. 행여나 지저분한 입을 가진 노처녀는 아니겠지요. 안 그렇습니까?"

돈 키호테는 분노로 몸을 떨며 소리를 꽥 질렀다.

"지저분한 입이라고? 이 뻔뻔한 악당 놈! 어서 싸울 준비나 해라."

이 겁 없는 기사는 무례한 말을 한 상대를 향해 닳고 닳은 창을 겨누었다. 그러고는 로시난테에게 박차를 가해 앞으로 돌진했다. 박차를 어찌나 세게 가했던지 로시난테는 순간적으로 힘차게 내달렸다. 늙은 말 로시난테가 달려가다가 넘어지는 일만 일어나지 않았더라면, 이 상인에게는 정말로 불행한 사태가 일어났으리라. 그러나 어쩌랴! 로시난테가 넘어지는 통에 돈 키호테도 함께 허공을 날아서 길가의 도랑에 철퍼덕 처박히고 만 것을.

돈 키호테는 어떻게든 일어나 보려고 했지만, 온갖 무기와 갑옷의 무게에 눌려 도무지 몸을 추스를 수가 없었다. 구겨진 갑옷 안에서 그는 고래고래 소리를 질렀다.

"이런 비겁한 놈들! 어딜 도망가느냐! 내 말이 재수없게 넘어지지만 않았어도, 네놈들은 모두 잘게 다진 고기 완자가 되고도 남았을 게다!"

그러자 상인들을 수행하는 하인들 중 성격이 고약한 사내가 몹시 화를 내며 달려왔다. 그는 대뜸 돈 키호테의 찌그러진 창을 집어 들더니 얼굴 가리개를 힘껏 내리쳤다. 그 바람에 창이 여러 개로 동강 나 버리자, 그중에서 가장 큰 것을 골라 기진맥진해 있는 기사를 흠씬 두들겨 팼다. 돈 키호테는 입고 있던 갑옷이 무색할 정도로 만신창이가 되고 말았다.

마침내 기운이 다한 하인은 창의 동강들을 돈 키호테의 갑옷 위에 내동댕이치고는 일행에게 돌아갔다. 그들은 길바닥에 널브러진 기사를 비웃으며 다시 길을 떠났다. 돈 키호테는 길가에 버려진 채 오도 가도 못하는 처지가 되었다. 어찌나 심하게 맞았는지 온몸이 쑤시고 아파서 꼼짝할 수 없었다. 그는 이 모든 일을 자신이 부족한 탓이라 여기고 기꺼이 감수하리라 생각했다. 하지만 몸을 일으킬 엄두는 좀처럼 나지 않았다.

시간이 얼마나 지났을까? 우리의 기사는 차가운 땅바닥에 누운 채 기사도 소설에서 읽은 이야기들을 떠올리며, 자신이 마치 그 이야기의 주인공이기라도 한 양 격한 감정을 쏟아 내고 있었다. 그때 마침 그와 같은 마을에 사는 농부가 당나귀를 타고 근처를 지나다가 그 한탄 섞인 목소리를 들었다.

농부는 길을 멈추더니 당나귀에서 내려 주위를 두리번거렸다. 그러자 걸레처럼 만신창이가 된 채 뭐라고 중얼거리는 기사가 눈에 들어왔다. 그 옆에는 산산조각이 난 창과 얼굴 가리개가 나뒹굴고 있었다. 농부는 조심스레 다가가서 흙투성이가 된 기사 양반의 얼굴을 손수건으로 닦아 주었다. 그러다가 기사가 누구인지 알아채고는 깜짝 놀라 소리쳤다.

"아니, 키하노 나리! 여기서 뭘 하시는 겁니까? 대체 누가 나리를 이 모양으로 만들었답니까?"

돈 키호테가 대답했다.

"나는 기사 중의 기사이며, 품위를 지키는 영웅이라오. 지금 기사의 사명을 수행하고 있는 중이오."

농부는 돈 키호테의 갑옷을 벗겨 낸 후, 그를 일으키며 말했다.

"물론 그러시겠지요. 하지만 암만 생각해도 여기서 먼지를 뒤집어쓰고 있는 분은 제가 아는 키하노 나리가 틀림없는 것 같은데요."

"난 지금까지 적의 군대와 전투를 벌이고 있었소. 친절한 영주님이시여, 오늘 밤은 영주님의 성에서 이 몸을 좀 쉬게 해 주시겠습니까?"

농부는 어안이 벙벙한 얼굴로 머리를 긁적이다가, 돈 키호테를 번쩍 들어 자기 당나귀의 등에 앉혔다. 그러고는 부러진 창 조각과 방패 따위를 모두 주워 모아 로시난테에게 실은 뒤, 마을로 향했다. 돈 키호테는 제대로 앉아 있을 기력조차 없으면서 거인과 괴물, 그리고 아름다운 둘시네아 아가씨에 관해 쉴 새 없이 떠들어 댔다. 농부는 돈 키호테가 늘어놓는, 말도 안 되는 이야기들을 들으며 혼잣말로 중얼거렸다.

"내가 지금 분명 제정신이겠지?"

마을에 도착했을 때는 어스름하게 땅거미가 지고 있었다. 농부는 흉한 몰골을 한 돈 키호테가 사람들의 눈에 띄면 안 좋은 소문이 퍼질 것 같아, 날이 더 어두워질 때까지 기다리기로 했다.

한편 돈 키호테의 집에서는 사라진 주인 때문에 한바탕 난리가 났다. 가정부와 조카딸은 물론이고, 돈 키호테와 막역한 사이인 마을의 신부와 이발사까지 찾아와 걱정을 하였다.

가정부가 말했다.

"신부님, 우리 주인 나리는 대체 어디로 가신 걸까요? 벌써 사흘째예요. 이렇게 된 건 모두 다 그 망할 놈의 책들 때문이에요. 허구한 날 책에 코를 박고는 편력 기사가 되겠다느니, 모험을 찾아 떠나야 한다느니 하셨다니까요."

조카딸도 거들었다.

"맞아요. 삼촌은 그런 쓸모없는 책을 읽느라 밤을 꼬박 새우기 일쑤였어요. 책을 읽다가 갑자기 칼을 들고 휘저어 대기도 하고, 거인에게 당했다면서 바닥에 쓰러지기도 하고……. 아, 모두 제 잘못이에요. 그런 이상한 행동을 그냥 두고 보는 게 아니었는데……. 저 해로운 책들을 당장 불태워 버려야 해요."

신부가 걱정 어린 목소리로 말했다.

"내가 보기에도 저 책들이 문제인 것 같구나. 내일 해가 뜨는 대로 모조리 없애 버리는 게 좋겠다."

그때 농부가 대문 밖에서 소리 높여 외쳤다.

"문을 여시오! 여기, 사명을 수행하다 부상을 입은 위대한 기사님이 오셨소이다!"

집 안에 있던 사람들은 깜짝 놀라 밖으로 달려 나갔다. 농부가 끌고 온 당나귀 위에 돈 키호테가 금방이라도 쓰러질 듯 앉아 있었다. 온몸에 시퍼렇게 멍이 들어 있는 데다 손끝 하나 움직일 기력조차 없어 보였다. 신부와 이발사는 돈 키호테를 부축하여 집 안으로 데리고 들어갔다. 그 와중에도 우리의 기사는 무시무시한 거인과 싸우다가 로시난테가 넘어지는 바람에 상처를 입었다고 중얼거렸다.

이윽고 돈 키호테는 자신의 낡은 침대에 쑤셔 박혀 잠이 들었다. 농부는 신부에게 돈 키호테를 발견했을 때의 정황과 그가 지껄인 이상한 말들을 들려주었다. 절친한 친구의 어처구니없는 언행을 전해 들은 신부는 정말로 책들을 모두 불살라 버려야겠다고 결심했다.

다음 날 아침 일찍, 신부는 이발사와 함께 돈 키호테의 집으로 왔다. 신부는 기사가 아직 잠에서 깨어나지 않은 것을 확인하고는 이발사와 가정부, 그리고 기사의 조카딸과 함께 서재로 갔다. 서재에는 아주 대중적인 책에서부터 화려한 장정의 고급스러운 책까지, 온갖 종류의 책들이 빼곡하게 들어차 있었다. 가정부가 서재를 한번 휘둘러보며 말했다.

"여기에 있는 책들을 모조리 뒷마당에 내다 놓고 한꺼번에 태워 버려야겠어요."

그러자 신부가 말렸다.

"아니, 그러면 안 돼요. 아주 훌륭한 책이나 귀중한 책도 있을 수 있으니, 어떤 책들이 있는지 훑어본 다음 태울 것들만 골라냅시다."

그리하여 이발사가 책을 집어 주면 신부가 버릴 책인지 아닌지를 확인하고, 버릴 책으로 분류된 것은 가정부와 조카딸이 창 너머의 뒷마당으로 던졌다. 수많은 기사도 소설들이 화형식의 제물이 되었다. 그러나 신부의 지혜 덕분에 최초의 기사도 소설인 《아마디스 데 가울라》와 세르반테스의 《라 갈라테아》, 에르시야의 《아라우카나》를 비롯한 몇 권은 살아남을 수 있었다.

시간이 얼마나 흘렀을까? 모두들 서서히 지쳐 갈 무렵, 난데없이 돈 키호테가 고래고래 소리를 지르기 시작했다. 네 사람은 당황한 나머지 남은 책들을 제대로 살펴보지도 않은 채 그냥 뒷마당으로 내던져 버렸다. 그러고는 부랴부랴 돈 키호테에게로 달려갔다. 돈 키호테는 사방으로 칼을 휘두르며 보이지 않는 적을 향해 소리를 지르고 있었다. 기사의 친구들은 그를 붙잡아 억지로 침대에 눕힌 뒤, 어느 정도 진정이 될 때까지 기다렸다.

잠시 후 돈 키호테가 조용해지자, 모두들 그의 침대 옆에 서서 그에게 현실을 일깨우려 노력했다. 그들은 그가 그저 보통 사람임을 강조하며, 정의롭고 영예로운 행동을 해야 한다는 기사의 의무 따위는 웃기는 소리에 지나지 않는다는 사실을 믿게끔 하려고 무진 애를 썼다.

그러나 그들의 설득은 전혀 효과를 발휘하지 못했다. 오히려 돈 키호테는 더욱 강하게 주장했다.

"우리가 사는 이 세상은 새로운 시대의 기사도 정신을 요구한다네. 그렇기에 나는 잔혹한 거인들과 사악한 기사, 음흉한 계략을 꾸미는 마법사들을 끝까지 쫓아가서 이 땅에서 몰아낸 다음 살기 좋은 나라를 만들려고 하는 것이지."

신부가 안타까운 표정으로 한숨을 내쉬며 돈 키호테의 말을 받았다.

"친구여, 그대는 아무래도 휴식이 필요한 것 같구먼. 거인과 마법사 문제는 다른 동료에게 맡기고 우선 자네 건강이나 걱정하게나."

방 안에서 대화가 오가는 동안, 가정부는 아무도 모르게 뒷마당으로 나갔다. 그녀는 조금도 망설이지 않고 잔뜩 쌓여 있는 책들에 불을 질렀다. 그 많던 책이 순식간에 시키먼 재로 변하고 말았다. 가정부는 화염을 뚫어져라 바라보면서 이렇게 소리쳤다.

"이런 사악한 것들 같으니라고! 이 불길한 책들만 안 읽었어도 가여운 우리 주인님이 저렇게 얼이 빠지진 않았을 거야."

돈 키호테가 다시 잠이 들자, 신부와 이발사는 친구를 위해 더 강력한 조치를 취해야겠다고 생각했다. 그래서 생각해 낸 묘안이 서재 문 앞에 벽을 쌓아 아예 막아 버리는 것이었다. 그들은 이 계획을 즉시 실행에 옮겼다.

이틀 후, 돈 키호테는 기력을 회복하기가 무섭게 곧장 서재로 갔다. 그러나 원래 서재가 있던 자리에는 아무것도 남아 있지 않았다. 그는 눈에 불을 켜고 샅샅이 살펴본 후 손으로 더듬어 보기까지 했지만 모두 소용없는 일이었다. 마침내 가정부를 불러 서재가 어디에 있는지 물었다.

가정부는 태연하게 대답했다.

"에구머니나, 서재라고요? 이걸 어째……. 주인님이 안 계시는 동안 전부 다 사라졌어요. 악마가 가져가 버렸거든요."

조카딸이 거들고 나섰다.

"아니, 악마가 아니었어요. 구름을 타고 나타난 마법사였어요. 마법사는 서재로 들어갔다가 금세 도로 나와서는 지붕 위로 날아가 버렸어요. 그가 떠나자마자 집 안이 온통 연기로 휩싸였지요. 부리나케 달려가 보니까, 글쎄 책이고 서재고 아무것도 없지 뭐예요."

돈 키호테는 진지하게 말했다.

"이건 분명 마법사 프레스톤의 짓이야. 나한테는 철천지원수나 다름없지. 자기 힘만으로는 날 이길 수 없다는 걸 알아채고 이런 방법으로 괴롭히는 모양이로구나. 비열한 작자 같으니라고!"

　흥분한 돈 키호테가 침까지 튀기며 열을 올려 말하자, 가정부와 조카딸은 더 이상 아무 이야기도 하지 말아야겠다고 생각했다. 책을 멀리하게 하여 정신을 차리도록 하려던 의도와는 달리, 결과적으로 돈 키호테를 더욱 확고한 망상에 빠지게 하는 꼴이 되었기 때문이다.

　그 후 보름 동안, 돈 키호테는 집에서 조용히 쉬면서 자신을 헌신적으로 돌보는 사람들에게 제정신을 찾아간다는 인상을 심어 주었다. 우리의 시골 귀족 양반은 이따금씩 신부와 이발사를 불러 놓고 겸손이나 선행, 혹은 백성들에 대한 국왕의 책무 따위를 이야기하곤 했다.

　자신의 지혜로 사람들에게 감동을 주는 일장 연설을 마치고 나면, 으레 자신이 사랑하는 아가씨와 거인 이야기를 꺼내거나 이 세상에 편력 기사가 필요한 이유를 길게 늘어놓곤 했다. 그러면 친구들은 고개를 절레절레 흔들면서 서로의 얼굴을 바라보았다. 언젠가는 그의 머릿속에서 끓어오르고 있는 열기가 가라앉을 것이라고 기대하면서.

　그러나 친구들이 몰랐던 사실이 하나 있었다. 돈 키호테가 다음 모험을 위해 얼마 안 되는 땅뙈기를 저당 잡히거니 팔아서 돈을 마련한 일이었다. 뿐만 아니라 일전에 여관 주인이 한 조언에 따라, 종자를 구하기 위해 이웃집에 사는 산초 판사라는 농부를 구슬리고 있었다.

뚱뚱하고 땅딸막한 체구의 산초는 돈 키호테의 계획에 관심을 보인 유일한 인물로, 마을 사람들 사이에서는 조금 모자라는 사람으로 알려져 있었다. 하긴 머리가 제대로 돌아가는 사람이라면 돈 키호테의 정신 상태가 온전치 않다는 사실을 진작 알아차렸을 터였다.

산초가 장래의 주인에게 말했다.

"종자가 된다는 게 그리 쉬운 일은 아니겠지요? 거친 황야를 구석구석 방랑하면서 나리의 지갑과 말을 지켜야 하니까 말입니다. 어쨌든 우리는 힘을 합쳐서 용을 무찌르고 아가씨들을 구하겠지요. 뭐, 대개는 곤경에 처하겠지만요. 그러고 나서는 집으로 돌아와 식구들과 함께 달콤한 포도주에 맛있는 족발 한 접시를 먹게 될 테고요."

산초는 음식과 포도주, 그리고 한낮에 즐기는 낮잠을 무엇보다도 좋아했다. 돈 키호테가 그의 두서없는 말을 듣고 있다가 이런 말을 해 주었다.

"종자는 마지막에 자기가 섬기는 기사에게서 영지와 황금을 상으로 받느니라."

산초가 갑자기 눈을 반짝이며 물었다.
"그게 정말입니까?"
"물론이다. 내가 거인을 때려눕히거나 마상 시합에서 상대 기사를 무찌르고 승리할 때마다 어김없이 그들의 재물과 왕국을 갖게 되느니라. 그때가 되면 내 충성스러운 종자의 노고를 절대로 잊지 않을 것이다. 언젠가는 섬도 갖게 될 터이니, 그대를 그 섬의 영주로 삼겠노라."
산초가 입술을 달싹이며 소리쳤다.
"그거 좋네요! 분명히 제 섬이라고 하셨지요? 지금 당장 짐을 꾸리고 당나귀에 안장을 얹겠습니다."
돈 키호테가 자못 냉정한 표정을 지으며 말했다.
"기사의 종자는 당나귀를 타지 않느니라."
"저는 오랫동안 걸어 본 적이 없는데요."
"하지만 당나귀를 타고 다니는 종자는 그 어느 책에서도 본 적이 없도다."
"저는 책을 읽지 않기 때문에 당나귀를 타도 별 상관이 없습니다요."
돈 키호테가 피곤하다는 듯이 머리를 끄덕였다.
"그렇다면 자네의 경우에만 특별히 예외를 인정하겠노라."
며칠 후 늦은 밤, 두 사람은 옷가지 몇 벌과 얼마간의 먹을거리를 준비하여 아무도 모르게 마을을 빠져나왔다.

먼동이 터 올 무렵, 두 모험가는 널따란 평원의 한복판에 당도했다. 태양이 솟아오르면서 찬란한 햇살이 사방으로 퍼졌다. 돈 키호테는 눈부신 햇살에 눈을 뜰 수가 없어서 이마에 손을 대고 들판을 바라보았다. 들판에는 마흔 개 남짓한 풍차가 일정한 간격으로 서 있었다. 나무로 만든 기다란 풍차 날개가 삐걱삐걱 소리를 내면서 바람을 타고 천천히 돌아가고 있었다.

돈 키호테가 말했다.

"산초야, 행운의 여신이 우리한테 미소를 보내고 있구나."

산초가 대답했다.

"행운이라니요? 혹시 아침을 먹을 때라는 뜻입니까요?"

"이런, 식충이 같으니라고! 지금 밥 먹을 시간이 어디에 있느냐? 저기 있는 거인들을 좀 보란 말이다. 내, 저 녀석들을 싸움터로 불러내서 모조리 해치워 버리겠도다. 이건 조국을 위한 위대한 봉사가 될 게야. 암, 그렇고말고. 아마도 사람들은 나의 승리를 글로 남겨 여러 세기 동안 두고두고 전하겠지."

"예? 거인이라니요? 대체 무슨 말씀을 하시는 건지 도무지 전……."

"저쪽을 보아라. 거대한 몸뚱이에, 팔 길이만도 10킬로미터는 너끈히 되는 놈들이 보이지 않느냐?"

산초는 어이없는 표정을 지으며, 돈 키호테가 말한 곳을 손가락으로 가리키며 말했다.

"저것 말입니까? 주인님, 저건 풍차예요, 풍차! 주인님이 팔이라고 하는 건 풍차의 날개고요. 저게 바람의 힘으로 돌아가면서 방아를 돌리고, 그 힘으로 밀을 빻는 거잖아요."

"내 말에 토를 달지 마라, 종자야! 저놈들은 포악하디포악한 거인 군대가 틀림없느니라. 무서워서 싸움에 나서지 못하겠다면, 여기서 기도나 하면서 기다려라."

이 황당한 상황에 놀라서 벌어진 입을 다물지 못하는 종자를 두고, 돈 키호테는 풍차를 향해 빠르게 달려가며 천지가 쩌렁쩌렁 울리도록 고함을 질렀다.

"자, 악당들아! 어서 싸울 태세를 갖추어라! 내 비록 혈혈단신이지만, 나에게는 천 명의 적과도 맞붙어 싸울 수 있는 용기가 있도다!"

돈 키호테는 어금니를 악물고 창을 겨누며 맨 앞에 서 있는 풍차를 향해 곧장 돌진했다. 풍차의 날개에 창을 찌르는 순간, 갑자기 세찬 바람이 불어와 날개가 빠르게 돌기 시작했다. 그 바람에 창이 산산조각 나 버렸다. 그와 동시에 거대한 풍차 날개가 우리의 기사를 말에서 낚아채어 허공으로 붕 띄워 올렸다. 돈 키호테는 45미터쯤 떨어진 곳까지 날아가 거대한 먼지구름을 일으키면서 풀썩 처박히고 말았다.

산초가 쏜살같이 달려와 돈 키호테를 부축하며 말했다.

"맙소사, 그러기에 풍차라고 말씀드렸잖습니까? 저게 풍차가 아니면 뭐랍니까?"

"종자여, 자네는 참말로 바보니라. 기사가 된다는 것은 결코 쉬운 일이 아니다. 자고로 훌륭한 기사에게는 적도 많은 법이지. 내가 저놈들에게 돌진했을 때, 사악한 마법사가 그만……."

산초는 호기심으로 두 눈을 반짝이며 물었다.

"마법주라고요? 그거라면 당연히 술병에 담겨서 집 안에 있지 않겠습니까?"

"이 무식한 종자야, 마법주가 아니라 마법사 말이다, 마법사! 우선 나를 좀 일으켜 다오."

돈 키호테는 산초의 도움을 받아 로시난테의 등에 간신히 올라타는 동안에도 쉴 새 없이 떠들어 댔다.

"마법사는 보이지 않는 말이나 양탄자를 타고 날아다니다가, 내가 용감하게 돌진하는 장면을 목격하고는 나한테서 승리의 영광을 빼앗으려고 결심했던 거지. 그래서 거인들을 잽싸게 평범한 풍차로 둔갑시킨 것이다. 그 마법사가 바로 내 서재와 책들을 훔쳐 간 자이니라."

"아, 그렇군요. 저는 주인님의 말씀을 그대로 믿습니다요. 그건 그렇고 허리를 좀 펴 보세요. 똑바로 앉지 못하시는 걸 보니, 아까 말에서 떨어질 때 다치신 모양입니다."

"그런 것 같구나. 그렇지만 나는 아무리 심하게 다쳐도 신음하지 않느니라. 기사는 원래 그래야 하는 법이거든."

"그래도 혹시 어디가 아프거든 꼭 말씀하셔야 합니다. 그런데 저도 그래야 하나요? 저는 조금만 아파도 소리를 지르는데 말입니다요."

돈 키호테는 잠시 생각하다가, 종자는 언제든 고통을 호소해도 괜찮다고 허락했다. 자신이 읽은 책에는 종자 역시 고통을 참아야 한다는 내용이 없었기 때문이다.

두 사람은 다시 길을 떠났다. 어느덧 해가 뉘엿뉘엿 저물기 시작했다. 그들은 밤을 보내기 위해 참나무 숲 속에 자리를 잡았다. 돈 키호테는 창으로 쓸 만한 나뭇가지를 찾은 다음, 부러진 창에서 빼낸 창날을 그 끝에 끼웠다. 그러고는 세상모르고 잠에 빠진 산초 옆에 앉아 사랑하는 둘시네아를 떠올리며 밤을 지새웠다.

다음 날 아침, 돈 키호테와 산초는 따사로운 햇살 속에서 새들의 싱그러운 노랫소리를 들으며 광활한 들판으로 나섰다. 오후 3시쯤 되었을 무렵, 두 사람 앞에 높은 고갯마루가 나타났다. 그때 맞은편에서 갈색 수도복을 입은 수도사 두 명이 노새를 타고 오는 광경이 보였다. 그들의 뒤에는 노새를 탄 하인들이 따르고 있었으며, 뒤이어 두 마리의 백마가 끄는 마차가 나타났다. 그들은 나란히 오고 있었지만 일행은 아니었다.

돈 키호테가 외쳤다.

"산초야, 저길 보아라. 저기 낙타를 탄 악마들은 틀림없이 마법사들이니라. 저놈들이 어제 거인을 풍차로 만들어 우리를 속인 바로 그 마법사란 말이다. 저 마차 안에는 분명히 저놈들한테 납치된 공주가 타고 있을 거야."

"그럴 리가요. 제 눈에는 그냥 노새를 탄 수도사들처럼 보이는 뎁쇼? 그리고 저 마차에 탄 사람들도 평범한 여행객처럼 보입니다요."

우리의 기사는 종자를 비웃으며 말했다.

"어리석은 산초여, 너는 저들의 속임수에 너무도 쉽게 넘어가는구나. 이 세상은 온통 가면과 그림자뿐이니라. 그러니 언뜻 보는 것만으로 어찌 진짜 모습을 알 수 있겠느냐?"

그러고는 창을 들어 옆구리에 끼고는 적을 향해 돌진하며 고함을 질렀다.

"게 섰거라, 이 극악무도한 놈들! 네놈들이 공주님을 납치하고도 무사할 것 같으냐? 당장 풀어 드리지 않는다면, 활활 타오르는 내 분노가 얼마나 무서운지 곧 알게 될 것이다!"

깜짝 놀란 수도사들은 곧장 걸음을 멈추고 두려움이 가득한 목소리로 말했다.

"기사님, 우리는 성 베네딕트 수도사들로 그저 갈 길을 가고 있을 뿐입니다. 공주를 납치하다니요? 그런 무서운 일은 꿈에서조차 상상해 본 적이 없습니다. 기사님이 왜 우리 앞을 막는 것인지 도무지 영문을 모르겠군요."

"이런 거짓말쟁이 악당들 같으니라고! 그런 거짓말이 통할 성 싶으냐?"

돈 키호테는 소리를 지르며 첫 번째 수도사 쪽으로 맹렬하게 로시난테를 몰았다. 그 수도사는 겁을 잔뜩 집어먹고 몸을 움츠리다가 노새에서 굴러 떨어지고 말았다. 그 모습을 본 다른 수도사는 노새를 몰아 믿을 수 없을 만큼 빠른 속도로 언덕을 가로질러 내뺐다.

산초는 굴러 떨어진 수도사에게 잽싸게 달려가더니 다짜고짜 옷을 벗기며 말했다.

"이건 마땅히 내 차지다. 우리 주인님이 그대를 이겼으니, 그대가 가진 물건은 곧 우리의 전리품이 아니겠는가? 종자에게도 정당한 몫이 따르게 마련이지."

수도사를 뒤따르던 하인들은 아무래도 기사도의 전통에 익숙지 않은 모양이었다. 갑자기 부상을 입은 자기 주인 쪽으로 달려오더니, 그대로 산초에게 덤벼들어 숨이 끊어지기 직전까지 늘씬하게 두들겨 팼다. 그러고는 겁에 질려 옴짝달싹 못하는 수도사를 번쩍 안아 노새 위에 태웠다. 수도사 일행은 곧 가던 길을 재촉했다.

한편 돈 키호테는 마차 안에 있는 수수께끼의 인물에게 말을 걸고 있었다. 그가 납치당한 공주라 믿고 있는 마차 안의 여인은 실상 세비야에 있는 남편을 만나러 가는 중년의 부인이었다. 돈 키호테가 자랑스레 입을 열었다.

"소생은 저 유명한 라 만차의 기사 돈 키호테라고 합니다. 아름다운 공주님, 제가 저 사악한 마법사들에게서 당신을 구해 냈습니다. 다른 보답은 필요 없고, 단지 마차를 돌려서 엘 토보소 마을을 방문해 주시기만 하면 됩니다. 거기서 둘시네아 아가씨께 제가 보인 용맹을 증언해 주십시오."

부인을 수행하던 하인이 이 말을 듣고 있다가 돈 키호테를 툭툭 치며 말했다.

"이 멍청한 기사 양반아, 썩 비키지 못해! 우리가 왜 네놈의 광대 짓에 장단을 맞춰야 하는 거야? 저리 꺼져, 어서!"

돈 키호테가 으르렁거렸다.

"멍청이라니? 말 다했느냐? 네놈이 기사인지 하인 놈인지 몰라도, 몸조심하는 법을 먼저 배워야 할 게다."

돈 키호테는 말을 마치기 무섭게 칼을 뽑아 허공을 갈랐다. 만약 하인이 마차 지붕에 있던 가죽 쿠션을 재빠르게 낚아채서 방패로 삼지 않았더라면, 갑작스런 일격에 몸이 두 동강 나고 말았을 것이다.

아쉽게도 이날의 결투 이야기는 여기서 중단되어 버렸다. 작가는 돈 키호테의 행적과 관련하여 지금까지의 이야기 말고 다른 원고는 찾지 못했다고 해명했다. 그러나 이 작품의 두 번째 작가인 나는 이토록 재미난 이야기가 이렇듯 싱겁게 끝나지는 않았으리라 생각했다.

  조금이나마 읽을 수 있어서 다행이라는 처음의 생각은 점차 읽지 않은 것만 못하다는 불만으로 바뀌었다. 이렇게 훌륭한 기사 곁에 그 위업을 기록할 만한 현자가 없었다는 것이 믿어지지 않았다. 편력 기사 곁에는 으레 현자들이 붙어서 그들의 행적을 서술할 뿐만 아니라, 사소한 생각과 유치한 행동까지 세세하게 묘사를 했던 것이다.

  아무튼 나는 용감한 라 만차의 기사 돈 키호테야말로 역사에 길이 남을 위대한 인물이라고 생각했다. 그리고 기록으로 남지는 않았어도, 마을 사람들을 비롯하여 그를 만난 이들의 기억 속에 생생하게 살아 있을 것이라고 믿었다. 이런 믿음은 이 시대 최고의 기사인 돈 키호테의 생애와 그에 관한 경이로운 이야기들을 더 많이 찾고 싶다는 강렬한 염원으로 바뀌었다.

  하늘이 이런 나의 소망을 알고 행운을 보내 주었던 것일까? 어느 날 톨레도의 시장에 나갔다가 이야기의 나머지 부분을 찾게 되었다! 그날따라 잡기장 몇 권과 낡은 종이 뭉치를 팔고 있는 소년이 눈에 띄었다. 나는 워낙에 무엇이든 읽는 것을 좋아하는 성격이라, 소년이 파는 것 가운데서 잡기장 한 권을 집어 들었다. 그런데 온통 아라비어 어로 씌어 있어서 무슨 내용인지

도통 알 수가 없었다.

나는 아라비어 어를 해석해 줄 만한 사람이 없는지 두리번거리다가, 지나가던 무어 인을 발견하고는 내용을 살펴봐 달라고 부탁했다. 그는 중간 부분을 펼쳐 잠시 읽더니 갑자기 웃음을 터뜨렸다. 내가 이유를 묻자 이렇게 말했다.

"이 공책의 가장자리에 달려 있는 주석 때문에 웃었습니다. 이렇게 씌어 있군요. '엘 토보소의 둘시네아라는 여인은 라 만차의 그 어떤 여자보다도 돼지고기를 소금에 절이는 솜씨가 뛰어나다고 전해지고 있다.'라고요."

나는 '엘 토보소의 둘시네아'라는 말을 듣고 깜짝 놀라, 그에게 첫 부분을 읽어 달라고 했다. 그는 아라비아 어를 스페인 어로 번역하여 다음과 같이 말해 주었다.

"아라비아의 역사가인 시데 아메테 베넹헬리가 쓴 라 만차의 돈 키호테 이야기."

제목을 듣는 순간, 나는 뛸 듯이 기뻐서 당장 그 잡기장을 샀다. 그리고 그 무어 인에게 그 내용을 하나도 빼거나 덧붙이지 않고 스페인 어로 번역해 주면 원하는 값을 치르겠다고 제안했다. 그는 흔쾌히 하겠다고 나섰다. 나는 좀 더 빨리 그 일을 끝내고 싶어서 그를 우리 집으로 데려갔다. 무어 인은 우리 집에서 한 달 반쯤 머물며, 앞으로 이 책에서 펼쳐질 이야기들을 번역했다.

이 이야기가 과연 진실한가를 굳이 따지자면, 아마도 작가가 아라비아 사람이라는 사실이 가장 큰 걸림돌일 것이다. 아라비아 인들은 천성적으로 거짓말을 잘하는 데다, 우리하고는 원수 지간이기 때문에 장점보다는 단점을 더 많이 기록했을지도 모를 일이다.

그럼에도 나는 이 이야기 속에 사람들이 가장 재미나리라고 기대하는 모든 것이 담겨 있을 것이라 생각한다. 만약 이 이야기에 그런 유익한 것이 빠져 있다면, 주인공의 잘못이 아니라 작가의 그릇된 의도 때문이라 생각해야 할 것이다. 아무튼 무어인의 번역에 따르면 이야기는 다음과 같이 계속된다.

두 사람이 날카로운 칼을 높이 쳐들고 있는 모습은 마치 하늘과 땅을 위협하는 듯 기세등등하게 보였다. 이처럼 팽팽한 분위기에서 먼저 몸을 움직인 것은 하인이었다. 그는 고양이처럼 날쌔게 몸을 비틀며 돈 키호테에게 칼을 휘두르기 시작했다.

무섭게 춤을 추는 하인의 칼날이 기사 양반의 엉성한 투구를 스치는가 싶더니, 순식간에 한쪽 귀퉁이를 날려 버렸다. 그 바람에 돈 키호테의 한쪽 귀도 절반쯤 베이고 말았다. 화가 머리끝까지 치솟은 우리의 기사는 등자(말을 타고 앉아 두 발로 디디게 하는 것으로, 안장에 달아 말의 양쪽 옆구리로 늘어뜨린다.—옮긴이)를 딛고 벌떡 일어서더니 두 손으로 칼을 잡고는, 쿠션을 방패로 삼아 방어하고 있는 하인의 머리 위로 냅다 내리쳤다.

순간 하인의 귀와 양쪽 콧구멍에서 피가 흘러나왔다. 그와 동시에 타고 있던 노새가 깜짝 놀라 내달리는 바람에 하인은 땅바닥에 내동댕이처지고 말았다. 돈 키호테가 재빨리 달려가 그의 목에 칼끝을 겨누었다. 마차 안에서 그 광경을 지켜보던 부인은 화들짝 놀라 돈 키호테에게 애원했다.

"기사님, 제발 이 사람에게 자비를 베푸시어 목숨만은 살려 주세요. 기사님의 용맹은 충분히 입증되고도 남았습니다."

돈 키호테는 살점이 떨어져 나간 피투성이 귀를 손가락으로 톡 튕기면서 대답했다.

"그렇게 간곡히 말씀하시니 부인의 청을 들어 드려야겠지요. 하지만 조건이 하나 있습니다. 지금 당장 엘 토보소로 가서 아름다운 둘시네아 아가씨를 만나 뵙고, 저의 용맹한 결전을 증언해 주시겠습니까?"

부인은 미친 사람은 섣부르게 건드리지 말고 잘 얼러서 보내는 것이 상책이라고 생각했다. 그래서 그가 하는 말이 무슨 뜻인지, 둘시네아가 누구인지 물어보지도 않고 이렇게 대답했다.

"물론이지요. 꼭 그렇게 전하겠습니다."

"저자는 죽어 마땅하나, 부인의 약속을 믿고 살려 두겠습니다. 산초야, 이리 오너라."

산초는 얼마나 심하게 맞았는지 얼굴이 온통 만신창이인 데다 옷까지 너덜너덜해져 있었다. 그는 절뚝거리며 바닥에 떨어져 있는 주인의 창을 집어 왔다. 그러고는 애처로운 눈빛으로 물었다.

"저 귀부인이 주인님께 영지를 하사하셨나요? 그렇다면 이 연약한 종자에게 약속하신 섬을 주시는 겁니까요?"

"이번에는 아니다. 이번 모험은 섬에서 일어난 것이 아니지 않느냐? 좀 더 기다려 봐라. 곧 섬이 아니라 그보다 더한 것을 얻을 수 있는 모험을 하게 될 것이니. 자, 쓸데없는 소리는 그만 하고 어서 떠날 준비나 하여라."

산초는 자기 당나귀에 올라타면서 구시렁거렸다.

"그것 참 유감입니다요."

돈 키호테와 산초는 다시 길을 나섰다. 한 시간쯤 후, 울창한 숲 속으로 들어서자 돈 키호테가 말했다.

"어디 그늘진 곳에서 좀 쉬어 가자. 귀의 상처를 다스려야겠구나."

두 사람은 커다란 밤나무 아래에 자리를 잡았다. 돈 키호테는 통증이 심해서 자기도 모르게 신음 소리를 내뱉었다. 산초가 집을 떠날 때 미리 준비해 온 연고를 귀에 바르고 붕대를 감았다. 어느 정도 안정을 취하게 된 돈 키호테는 완전히 망가진 투구를 발견하고 부르르 떨며 화를 냈다. 산초는 불을 지핀 다음, 안장에 달린 자루를 샅샅이 뒤져 요깃거리를 찾아냈다.

"주인님, 소시지하고 치즈 한 덩어리가 있습니다. 양파 한 개랑 빵도 조금 남아 있고요. 이 정도면 거의 잔치 수준이지요."

"기사라면 마땅히 나무 열매와 산딸기만 먹고도 감사할 줄 알아야 하느니라. 기사도 소설을 숱하게 읽었지만, 모험을 떠나는 편력 기사들이 배불리 먹었다는 이야기는 본 적이 없도다. 또한 기사는 사치스런 물건을 절대로 탐하지 않는다. 그것이 기사의 당연한 도리니라."

산초는 입 안에 음식을 한 움큼 넣고 우물거리며 대답했다.

"아, 그렇군요. 하지만 저는 글을 읽을 줄도 모르고 쓸 줄도 몰라서 기사도 같은 것도 잘 모릅니다요. 그냥 양껏 먹을 테니, 주인님은 계속 교양을 지키시지요."

돈 키호테는 한숨을 쉬면서 점차 스러져 가는 땅거미의 희미한 빛을 응시했다. 마음은 온통 둘시네아 아가씨와 자신을 기다리고 있을 위험천만한 모험 생각뿐이었다.

제 3 장
성에서 생긴 일

 대충 끼니를 해결한 두 사람은 밤을 보낼 곳을 찾기 위해 서둘러 길을 나섰다. 해가 완전히 기울었을 무렵, 마침내 여관 하나가 눈에 띄었다. 돈 키호테는 그곳을 성이라고 우겼고, 산초는 여관이라고 우겼다. 그 논쟁은 여관 앞에 도착할 때까지 계속되었지만, 막상 문 앞에 서자 산초가 더 이상 우기지 않고 입을 다물었다.
 여관 주인이 손님을 맞으러 나왔다가, 만신창이가 된 돈 키호테의 모습에 깜짝 놀라 산초에게 물었다.
 "아니, 대체 무슨 끔찍한 일을 당하셨기에 이 지경이 되었답니까?"

산초가 당황하여 둘러댔다.

"아, 별일 아닙니다. 그저 바위에서 굴러 떨어졌을 뿐이에요."

잠시 뒤 여관 안주인도 손님을 맞으러 나왔다. 그녀는 이런 유의 장사를 하는 여느 여자들과 달리, 천성적으로 다정하고 친절한 성품을 지녔다. 안주인은 곧 하녀를 불러 다락방에 침상을 마련하라고 일렀다. 하녀는 의자 두 개에 판자를 걸쳐 놓고, 그 위에 엉성한 매트리스를 깔아 침상을 만들었다. 그러자 안주인은 아리따운 딸을 불러, 돈 키호테의 몸에 약을 바르게 하였다. 그녀는 돈 키호테의 상처가 생각보다 훨씬 더 깊은 것에 놀라며 말했다.

"마치 누군가한테 맞아서 생긴 상처 같네요. 바위에서 굴러 떨어져서는 이렇게까지 되진 않을 텐데……."

산초가 해명하듯 말했다.

"아, 바위가 워낙 울퉁불퉁 튀어나와 있어서 그런 겁니다. 그건 그렇고, 약이 남으면 저도 좀 주십시오."

"어머나, 댁도 바위에서 굴렀어요?"

"그건 아닌데요. 주인님이 떨어지는 걸 보고 너무 놀라서 그런지 온몸이 쑤시네요."

여관집 딸이 끼어들었다.

"어머, 저도 그런 적이 있어요. 높은 탑에서 떨어지는 꿈을 여러 번 꿨는데, 꿈에서 깨고 난 뒤에 진짜로 떨어지기라도 한 것처럼 온몸이 쑤시고 아프더라고요."

"바로 그겁니다, 아가씨. 전 꿈은커녕 지금보다 더 말짱하게 깨어 있었는데도 온몸에 멍이 들었다니까요."

그때 기력을 조금 회복한 돈 키호테가 침상에 누운 채 안주인의 손을 잡으며 말했다.

"아름다운 부인, 저를 이 성에 머물도록 허락하신 것을 행운이라 여기게 될 것입니다. 저 스스로 자랑을 늘어놓지는 않겠습니다. 종자가 부인께 제가 어떤 사람인지 알려 드릴 테니까요. 다만 제가 살아 있는 동안 부인이 베풀어 주신 은혜를 영원히 새기겠다는 말씀은 미리 드리겠습니다. 그리고 저 아름다운 아가씨의 눈동자는……."

안주인과 그녀의 딸, 그리고 하녀는 기사 양반이 무슨 말을 하는지 이해할 수 없었지만, 감사의 마음을 담은 말이겠거니 짐작했다. 그래서 상투적인 말로 답례를 하고 방에서 나갔다.

한편 그 방 안쪽에는 마부가 머무르고 있었는데, 먼저 온 덕분에 돈 키호테나 산초의 잠자리보다 훨씬 나은 곳에 자리를 잡았다. 그는 여관의 하녀를 꾀여 그날 밤을 함께 보내기로 한 터라 조용히 그녀를 기다리고 있었다.

밤이 이슥해지자, 여관은 온통 정적에 휩싸였다. 그러나 돈 키호테는 쉽사리 잠을 이룰 수 없었다. 통증이 뼛속까지 파고드는 것처럼 심했기 때문이다. 적막한 평온 속에서 돈 키호테는 상상의 나래를 펼치기 시작했다. 그는 풍광이 근사하기로 이름난 섬의 아름다운 성에 머물고 있다고 생각했다. 거기에서 더 나아가 영주의 딸이 자신의 늠름함에 반하는 바람에, 둘시네아 아가씨를 향한 마음이 위기에 처할지도 모른다는 망상을 하기에 이르렀다.

돈 키호테가 망상에 빠져 허우적거릴 때, 하녀가 마부와의 약속을 지키기 위해 조심스레 방 안으로 들어왔다. 문 여는 소리가 들리자, 돈 키호테는 영주의 딸이 자신을 만나기 위해 몰래 온 것이라고 생각했다. 그는 통증을 무릅쓰고 두 팔을 벌려 아가씨를 맞이했다. 그러다가 마부를 찾으려고 더듬거리던 하녀의 손과 부딪치자, 그녀의 손목을 확 잡아당겨 자기 옆에 앉혔다. 하녀는 너무나 놀라 숨이 멎는 듯했다.

돈 키호테는 그녀를 꼭 껴안고 자신이 낼 수 있는 가장 감미로운 목소리로 말했다.

"오, 아름다운 여인이여, 고귀한 그대가 베풀어 주신 은혜에 목숨을 바쳐서라도 보답해야 하겠지요. 당신의 마음을 기꺼이 받아들이고 싶지만 차마 그럴 수가 없습니다. 제 마음속에는 오직 한 여인과의 약속이 자리 잡고 있기 때문입니다."

하녀는 돈 키호테가 하는 말이 무슨 뜻인지 알 수가 없었고, 이해하고 싶지도 않았다. 그저 빨리 그의 품에서 벗어나고 싶어 몸부림을 쳤다.

방 한쪽에서 돈 키호테의 말을 듣고 있던 마부는 하녀가 자신을 배반하고 다른 남자의 품에 안긴 것이라고 생각했다. 그는 질투심에 사로잡힌 나머지 돈 키호테 쪽으로 다가갔다. 그 순간 벗어나려고 발버둥치는 하녀의 모습을 보았다. 그는 하녀가 희롱을 당하는 것이 분명하다고 생각하고, 온 힘을 다해 주먹을 기사의 얼굴로 날렸다. 그러고도 분이 풀리지 않자, 침상 위로 뛰어 올라가서 돈 키호테의 갈비뼈를 발로 차며 짓밟아 버렸다. 허술한 침상이 두 사람의 무게를 견디지 못하고 요란한 소리를 내며 부서졌다.

 그 소리에 여관 주인이 잠에서 깨어났다. 그는 큰 소리로 하녀를 불렀지만 대답이 들리지 않자, 칠칠치 못한 하녀가 이 소란의 주인공이라고 짐작했다. 주인은 잔뜩 화가 나서 등잔불을 들고 계단을 오르기 시작했다. 하녀는 노기를 띤 주인의 목소리에 몹시 당황하여 어쩔 줄 몰라 하다가 산초의 이불 속으로 후다닥 들어가 숨었다.

 잠에 빠져 있던 산초는 무언가가 자신의 품속으로 파고들자, 악몽을 꾸고 있는 줄 알고 주먹을 마구 휘둘러 댔다. 그러자 하녀도 아픔을 참지 못하고 사방으로 주먹세례를 퍼부었다. 두 사람이 부둥켜안고 싸움을 벌이고 있을 때, 등잔불을 든 여관 주인이 방 안으로 들어왔다.

 방 안이 환해지자 마부는 돈 키호테를 내팽개친 채 하녀를 때리고 있는 산초에게 달려들었다. 여관 주인 역시 이 소동에 뛰어들었다. 그리하여 마부는 산초에게, 산초는 하녀에게, 하녀는 산초에게, 여관 주인은 하녀에게 마구 주먹을 휘둘렀다. 그 소동의 와중에 등잔불이 꺼져 버렸다. 그들은 이제 껌껌한 어둠 속에서 상대가 누구인지 상관하지 않고 닥치는 대로 주먹을 날렸다.

그날 밤 우연히도 그 여관에 머무르던 경찰이 그 소리를 듣고 달려왔다. 깜깜한 방 안으로 들어선 경찰의 발치에 뭔가가 걸렸다. 정신을 잃고 쓰러진 돈 키호테였다. 경찰은 몸을 숙여 돈 키호테의 수염을 만져 보고는 크게 소리를 질렀다.

"모두들 멈춰라! 경찰이다!"

경찰은 수염의 주인공이 꼼짝도 하지 않자, 살해당한 것이 분명하다고 확신하고 더욱 강압적인 목소리로 소리쳤다.

"모두 꼼짝하지 마라! 모두 이 방에서 한 발짝도 나갈 수 없다! 현관문을 닫아라! 여기, 사람이 죽었다!"

사람들은 그 말에 깜짝 놀라 소동을 멈추었다. 여관 주인과 하녀는 겁에 질린 채 서둘러 각자의 방으로 돌아갔고, 마부 역시 자기 자리로 돌아갔다. 그러나 돈 키호테와 산초는 그 자리에서 꼼짝할 수 없었다. 경찰은 등잔을 찾기 위해 밖으로 나갔다. 그가 등잔에 불을 붙여 돌아와 보니, 죽은 줄 알았던 사람이 차분하게 앉아 있었다. 그는 돈 키호테의 어깨를 툭 치며 물었다.

"이봐, 이제 좀 괜찮나?"

여전히 비몽사몽인 돈 키호테가 버럭 화를 냈다.

"내가 너라면 좀 더 예의를 갖추어 말할 것이다. 편력 기사에게 그 따위로 말하다니 무례하기 짝이 없구나!"

경찰은 처참한 몰골의 사내가 자신에게 고마워하기는커녕 함부로 말을 하자 몹시 화가 났다. 그래서 들고 있던 등잔으로 돈 키호테의 머리를 세차게 내려친 다음 문을 쾅 닫고 나가 버렸다.

돈 키호테가 머리를 감싸며 말했다.

"저자는 마법사가 분명하구나. 하지만 눈에 보이지 않는 환상의 상대에게는 아무리 노력을 해도 복수를 하기가 쉽지 않은 법이지. 산초야, 피에라브라스의 물약을 만들어야겠다. 어서 가서 기름과 포도주, 소금, 로즈메리를 조금씩 얻어 오너라. 피가 많이 흐르고 있으니 얼른 구해 와야겠구나."

산초는 아픔을 참고 일어났다. 방 안이 너무 어두운 탓에 어디로 가야 할지 모른 채 벽을 더듬거리며 방에서 나갔다가, 마침 문밖에 서서 두 사람의 대화를 엿듣고 있던 경찰과 부딪치고 말았다. 산초는 그가 경찰인지도 모르고 얼른 부탁을 하였다.

"뉘신지는 모르지만, 부탁 하나만 들어주십시오. 지금 이 세상에서 가장 용감하고 뛰어난 기사님이 상처를 입었습니다. 상처를 치료하는 데 필요해서 그러니 기름과 포도주, 소금, 로즈메리를 조금만 얻을 수 있을까요?"

경찰은 아무래도 두 사람이 어딘가 이상하거나 모자란 것 같다고 생각했다. 그러나 마침 동이 터 오고 있었으므로 주인을 불러 산초가 부탁한 것들을 챙겨 주었다. 산초가 돌아왔을 때, 돈 키호테는 피가 흐른다며 두 손으로 머리를 감싸고 있었다. 그러나 산초가 보기에는 땀을 흘리고 있을 뿐이었다.

돈 키호테는 산초가 가져온 약재를 냄비에 모두 넣은 다음 물을 가득 붓고 오랫동안 끓였다. 마침내 귀중한 물약이 완성되자, 우리의 기사는 그 약이 얼마나 효험이 있는지 자신이 직접 보여 주겠다며 벌컥벌컥 들이켰다. 그리고 나서 얼마 지나지 않아 토하기 시작하더니, 나중에는 뱃속에 아무것도 남지 않게 되었다. 그는 땀을 비 오듯 흘리며 자리에 눕고 말았다.

세 시간쯤 지났을까? 돈 키호테가 잠에서 깨어났다. 누가 보아도 얼굴에 생기가 돌고 몸이 가뿐해진 듯 보였다. 그는 드디어 영험한 피에라브라스 물약을 만들어 내는 데 성공한 것이라고 믿었다. 주인의 회복을 직접 목격한 산초 역시 그것을 기적의 약이라 믿고, 자신도 그 효험을 맛보게 해 달라고 간청했다.

돈 키호테가 큰 선물이라도 내리는 기분으로 허락하자, 산초는 물약이 담긴 그릇을 두 손으로 받쳐 들고 단숨에 들이켰다. 그러나 가여운 그의 위장은 그 귀중한 약을 거부했다. 물약이 식도와 위장을 타고 흐르는 순간, 산초는 내장이 꼬이는 듯한 통증을 느꼈다. 그리고 이내 현기증이 나면서 온몸의 기운이 쭉 빠져 버렸다. 잠시 후 약 기운이 돌기 시작하자, 연신 구역질을 해 대며 화장실을 들락거렸다.

산초는 결국 약의 효력을 보지 못한 채 완전히 녹초가 되어 축 늘어졌다. 그 모습을 본 돈 키호테가 말했다.

"산초야, 아무래도 네가 기사가 아니라서 그렇게 된 것 같구나. 사실 나는 이 약이 기사가 아닌 사람한테는 효력이 없다는 것을 진즉 알고 있었느니라."

산초는 다 죽어 가는 목소리로 주인에게 따졌다.

"아이고, 불쌍한 내 신세! 주인님은 그걸 알면서도 어찌 허락을 하셨단 말입니까?"

그러나 돈 키호테의 대답을 듣지는 못했다. 또다시 심한 구토와 경련이 일어났기 때문이다. 돈 키호테는 산초의 심각한 상태를 아랑곳하지 않은 채 곧장 떠날 채비를 하였다. 손수 로시난테의 등에 안장을 얹고, 제대로 걷지도 못하는 산초를 당나귀에 태웠다. 그러고는 자기도 말 등에 올라탄 다음, 여관의 한쪽 구석에 두었던 창을 집어 들었다.

여관에 있던 스무 명 남짓한 사람들이 모두 나와서 돈 키호테를 지켜보았다. 여관 주인은 왠지 뭔가를 기대하는 듯한 눈빛이었다. 돈 키호테는 자신을 배웅하러 나온 사람들을 한번 둘러본 뒤 엄숙한 목소리로 주인을 불렀다.

"영주님, 이 성에서 베풀어 주신 호의는 가슴 깊이 새기고 평생토록 감사드리겠습니다. 만약 영주님께 무례한 행동을 하거나 횡포를 부리는 이가 있다면, 괘념치 마시고 말씀하십시오. 제가 영주님을 대신하여 원수를 갚는 것으로, 조금이나마 은혜에 보답하고 싶습니다."

주인 역시 정중하게 대답했다.

"기사님께서 저의 원한을 풀어 주실 필요는 없습니다. 그런 일은 제 힘으로도 얼마든지 해결할 수 있으니까요. 그저 지난밤 여기서 묵은 숙박료를 지불해 주시는 것만으로 충분합니다."

"숙박료라니요? 아니, 그럼 이곳이 성이 아니란 말입니까?"

"성이라고요? 여긴 그저 여관일 뿐입니다."

"그럼 내가 속았단 말인가? 나는 성인 줄 알았는데……. 그렇지만 성이 아니라 여관이라 하더라도 값을 치를 수는 없소. 편력 기사는 숙박료를 비롯한 그 어떤 비용도 지불한 경우가 없으니까. 그건 기사도에 반하는 일이오. 편력 기사는 밤낮을 가리지 않고 위험천만한 모험을 찾아다니는 대가로 어디서든 환대를 받는 것이 마땅하오."

여관 주인이 퉁명스럽게 말했다.

"기사도가 어떻든 나하고는 상관없습니다. 난 숙박료만 받으면 되니 어서 돈이나 내시지요."

"이런 어리석고 고약한 사람 같으니!"

돈 키호테는 버럭 소리를 지르고는 로시난테에게 박차를 가하며 그곳에서 나가 버렸다. 종자가 따라오는지는 신경도 쓰지 않았다. 산초는 돈 키호테를 따라가려 했지만 여관 주인에게 덜미를 잡히고 말았다. 여관 주인은 산초에게 돈을 내놓으라고 다그쳤다. 산초는 편력 기사의 종자이므로 주인이 지키는 기사도에 따라 돈을 낼 수 없다고 우겼다.

그 모습을 본 몇몇 사내들이 산초 곁으로 다가왔다. 그들은 지난밤의 소란 때문에 화가 나 있기도 했지만, 워낙에 장난기가 많아 다소 짓궂게 보이는 행동도 서슴지 않는 이들이었다. 한 사람이 여관 안으로 들어가 담요를 가져오는 동안, 다른 사람들은 당나귀에서 불쌍한 종자를 끌어 내렸다. 그러고는 담요에 둘둘 말아 장난감처럼 위로 던졌다 받았다 했다.

산초의 비명 소리가 여관 주변을 뒤흔들었다. 돈 키호테는 비명 소리의 주인공을 알아채고 되돌아왔다가, 자신의 종자가 담장 위로 솟았다가 떨어지는 모습을 보았다. 당장이라도 구해 내고 싶었지만 대문이 굳게 닫혀 있는 데다 담장을 기어오를 만한 기력이 있는 것도 아니어서, 그저 그들이 알아서 그만두기를 기다릴 수밖에 없었다.

마침내 사내들도 지쳤는지 장난을 멈추었다. 그들은 당나귀를 끌고 와 산초를 태우고는 외투를 덮어 주었다. 산초는 몹시 지쳐 있었지만, 어찌 되었든 돈을 내지 않게 된 사실에 기분이 좋아져서 어깨에 잔뜩 힘을 준 채 여관을 나섰다.

산초가 여관 밖으로 나오자 돈 키호테가 다가가 말했다.

"산초야, 저곳은 마법에 걸린 곳이 분명하다. 저자들이 유령이 아니고서야 어찌 너를 그렇듯 잔혹하게 대할 수 있단 말이냐? 더구나 내가 너를 구하기 위해 애를 썼건만, 말에서 내릴 수도 없고 담장 위로 올라갈 수도 없었으니, 그야말로 마법사의 술수가 아니고 무엇이겠느냐? 마법사의 농간만 아니었다면 기사도에 어긋나는 한이 있더라도 내, 너를 구하려고 목숨을 걸었을 것이다."

"주인님, 할 수만 있었다면 제 손으로 했을 겁니다요. 저들은 유령이 아니라 우리처럼 살과 뼈를 가진 사람이니까요. 제가 저들의 횡포에 힘없이 놀아나고, 주인님이 그것을 뻔히 보면서도 담장을 넘을 수 없었던 것은 마법이 아니라 뭔가 다른 이유 때문일 겁니다. 아무튼 이번 일로 제가 확실히 알게 된 것은, 우리가 가는 길이 엄청나게 위험해서 결국에는 살아서 돌아오지 못할 거라는 사실입니다. 마침 수확기여서 농사일이 한창 많을 때이니, 지금 당장 고향 마을로 돌아가는 것이 최선인 듯합니다요."

"산초야, 넌 기사도라는 것을 모르느니라. 입 다물고 기다려라. 이런 모험이 얼마나 명예로운 일인지 네 눈으로 똑똑히 보게 될 것이니라."

"하지만 주인님, 우리가 모험을 떠난 뒤로, 아니 주인님이 편력 기사가 된 후로 제대로 이겨 본 적이 없어서 변변한 전리품 하나 얻은 것도 없지 않습니까요? 그나마 한 번 이긴 적이 있긴

하지만, 그것도 귀를 다치고 투구가 엉망이 된 끝에 간신히 얻은 승리고요."

두 사람은 옥신각신하며 천천히 길을 따라 갔다. 한 시간 남짓 갔을까? 돈 키호테는 거대한 먼지구름이 자신들 쪽으로 몰려오는 것을 발견했다. 돈 키호테가 외쳤다.

"보아라, 산초야! 바로 이거다! 마침내 내가 진정한 기사라는 사실을 입증할 수 있게 되었구나. 피에 굶주린 전사들이 몰려오고 있도다!"

산초가 사방을 둘러보며 나직하게 대답했다.

"그러고 보니, 군대가 하나가 아닌 것 같습니다. 우리 뒤쪽에도 흙먼지가 일어나고 있는뎁쇼."

우리의 기사는 뒤를 돌아보고는 몹시 벅차오르는 듯한 표정으로 말했다.

"여기서 엄청난 전투가 벌어질 모양이로구나. 나는 좀 더 지켜보다가 전투가 극에 달할 때, 더 약한 군대 쪽에 힘을 실어 줄 것이다. 자, 우리는 저 언덕 위에 숨어 있자꾸나."

두 사람은 재빨리 언덕 위로 올라가 자리를 잡은 뒤, 뽀얗게 피어오르는 흙먼지를 뚫어져라 바라보았다. 산초가 물었다.

"그런데 도대체 누가 누구하고 싸우는 겁니까?"

돈 키호테는 재빨리 종자에게 양쪽 군대의 조직 체계를 설명해 주었다. 군대의 우두머리와 용맹스러운 기사들의 이름, 그리고 이들을 둘러싼 살벌하고 잔혹한 소문 따위가 술술 흘러나왔다. 물론 모두 돈 키호테가 꾸며 낸 이야기였다. 그는 자신의 광기 어린 상상력에 사로잡힌 나머지, 마치 눈앞에서 실제로 펼쳐지는 광경을 묘사하는 것처럼 입에 거품을 물며 이야기했다. 물론 산초의 눈에는 그 어떤 기사나 거인도 보이지 않았다. 산초가 미심쩍다는 듯이 말을 막았다.

"잠깐만요, 주인님. 제 눈에는 기사나 거인이 한 사람도 보이지 않습니다요. 기사는커녕 흙먼지만 잔뜩 보이는뎁쇼. 이것도 마법사의 술수인 모양이지요?"

그러자 돈 키호테가 버럭 소리를 질렀다.

"아니, 저 행진하는 발자국 소리가 안 들린다고? 천지를 울리는 무시무시한 함성과 시퍼렇게 날이 선 칼과 창이 부딪치는 소리, 둥둥 울려 퍼지는 북소리가 정녕 들리지 않는단 말이냐?"

"아무리 들어 봐도 제 귀에는 요란한 양 떼 울음소리 같기만 합니다."

우리의 기사가 웃으며 말했다.

"산초여, 두려운 게로구나. 두려움이 네 귀를 막은 것이니라. 그토록 무섭다면 여기에 있도록 하여라. 그러나 나는 라 만차의 돈 키호테이니, 오늘 여기서 내 이름을 영원불멸의 존재로 만들겠노라."

그러고는 창을 비껴들고 말을 달려 뿌연 먼지구덩이 속으로 돌진했다. 산초가 당황하여 소리쳤다.

"아이쿠, 맙소사! 주인님, 돌아오세요! 그건 양 떼라고요. 제발 좀 돌아오세요!"

먼지구름이 서서히 걷히면서 산초의 눈에 들어온 장면은, 자신의 주인이 양 떼의 한가운데에서 어쩔 줄 모르고 이리저리 허둥대는 모습이었다. 물론 그것은 이미 산초가 예상했던 광경이었다. 산초가 큰 소리로 외쳤다.

"보세요, 주인님. 기사가 아니라니까요. 저 녀석들은 사근사근하지, 절대로 사납지 않다고요."

그러나 우리의 기사 양반은 여전히 자신이 엄청난 전투의 소용돌이 속으로 뛰어들었다고 생각하는 모양이었다. 순하기 그지없는 짐승들을 창끝으로 마구 찔러 대었다.

양치기들은 자신들의 소중한 재산이 괴상한 사람에게 공격당하는 광경을 목격하고는 고래고래 소리를 지르며 황급히 달려왔다. 그러나 돈 키호테가 물러설 기미를 보이지 않자 닥치는 대로 돌멩이를 집어 들어 던지기 시작했다. 돌멩이 하나가 돈 키호테의 한쪽 뺨을 세게 때리고 지나갔다. 곧이어 또 다른 돌멩이가 날아와 엄청난 충격을 가했다. 어찌나 세게 맞았던지, 우리의 기사는 말에서 곧장 떨어져 땅바닥에 나뒹굴고 말았다.

양치기들이 우르르 달려왔다. 돈 키호테가 미동도 없이 땅바닥에 널브러져 있는 것을 보고는 죽은 모양이라고 착각하고 양 떼를 모아 언덕 너머로 허둥지둥 도망쳤다. 산초가 헐레벌떡 달려와 소리쳤다.

"아이고, 주인님! 괜찮으세요?"

돈 키호테의 몰골은 말이 아니었다. 얼굴에 명중한 돌멩이 때문에 입 안에는 피가 그득한 데다 이까지 산산이 부서져서 차마 눈뜨고 보기 힘들 지경이었다. 돈 키호테는 다 죽어 가는 목소리로 이렇게 중얼거렸다.

"저 비열한 마법사 녀석들! 내가 또 당했구나."

양 떼를 몰고 가는 양치기들의 모습이 가물가물 사라지고 있었다. 덩그러니 남은 돈 키호테는 멀어져 가는 양 떼를 바라보며 자신의 명예를 강탈한 마법사를 저주하고 또 저주했다. 이번 싸움으로 우리의 기사는 가장 튼튼했던 치아 넉 대를 잃어버리고 말았다.

제 4 장
마법에 걸린 숲

    돈 키호테와 산초는 양 떼와 전투를 벌였던 들판을 뒤로하고 다시 길을 떠났다. 날이 저물고 있었으므로 한시라도 빨리 묵을 곳을 찾아야 했다. 그러나 돈 키호테의 상처가 심한 까닭에 걸음이 자꾸만 더뎌졌다. 결국 그들은 길에서 밤을 맞고 말았다.
    한밤중에 길까지 잃어 한참을 헤매다 보니, 자기들도 모르는 새 깊은 산골짜기까지 들어가 있었다. 얼마 후, 그들은 숲 속 한가운데에서 널찍한 풀밭을 발견했다.
    산초가 당나귀에서 내리며 말했다.
    "밤을 보내기에 딱 알맞은 장소 같습니다요. 오늘 밤은 여기서 보내는 게 좋겠어요."

그러고는 안장에 달린 자루를 열면서 덧붙였다.

"바로 저녁을 준비합지요. 이걸로 내일 점심때까지 버텨야 할 텐데, 걱정입니다요."

우리의 기사는 크게 낙담하여 신음을 뱉어 내듯 말했다.

"아아, 산초여, 내가 이렇게 절망의 나락을 헤매고 있는데 그대는 어찌 먹는 생각을 할 수 있는가?"

산초가 대답했다.

"먹는 문제에는 내일이란 게 없으니까요. 그저 오늘뿐이니, 먹을 수 있을 때 가능한 한 많이 먹어 두는 게 좋지 않겠습니까? 따뜻하게 데우거나 예쁜 그릇에 보기 좋게 담는 건 여유가 있을 때나 가능한 얘기지요. 그런데 주인님은 뭐가 그렇게 절망스러워 한탄하고 계십니까?"

"종자여, 귀 반쪽도 모자라 이를 넉 대나 잃고 나니 가슴이 미어질 듯 슬프구나."

"그건 당연합니다요. 이런 식으로 가다가는 주인님한테 온전하게 남는 건 하나도 없을 거예요."

돈 키호테가 고개를 끄덕였다.

"내 상처가 대단히 심각한 것 같구나."

"제 평생 주인님보다 더 비참한 꼴을 한 사람은 본 적이 없습니다요. 이제부터 주인님을 '슬픈 얼굴의 기사'라고 불러야 할 것 같네요. 예전에 신부님께 들은 이야기인데요. 책에 나오는 기사들은 독특한 생김새나 인상적인 옷 모양 같은 것을 토대로 이름이나 별명을 짓는다고 하셨거든요. 지금 주인님의 얼굴은 더할 수 없이 비통해 보입니다요. 아마 너무 피곤해서 그러시거나 이가 빠지셔서 그런 것일 테지요."

돈 키호테는 종자의 통찰력에 깜짝 놀랐다. 그는 '슬픈 얼굴의 기사'라는 호칭이 무척 마음에 들었지만, 아무런 내색을 하지 않고 짐짓 대수롭지 않다는 듯이 대답했다.

"고맙구나, 산초야. 나처럼 불행한 기사한테는 정말로 그럴 듯한 이름이로다."

산초는 안장에 달린 자루에서 빵과 소시지를 꺼내 우적우적 씹으며 말했다.

"어쨌든 우선 뭘 좀 드셔야 기분이 괜찮아질 겁니다요."

"음식은 내 영혼을 드높이지 못하느니라. 산초야, 아무래도 나의 용기를 세상에 충분히 입증하지 못했다는 느낌이 드는구나. 저 잔인한 마법사가 영광의 기회를 모두 앗아 갔기에, 내 책무가 한층 더 힘들어졌도다. 우리는 타락할 대로 타락해 저급한 야망이 난무하는 시대에 살고 있으니, 지금의 노력에 노력을 더하여 악행을 바로잡고 선행에 더욱 힘써야 한다. 오로지 기사도만이 이 나라를 구원할 수 있는 것이니라."

"선행은 지금 당장 이 자리에서도 시작하실 수 있습니다요. 그런데……."

산초는 자루를 뒤적이며 대꾸를 하다가 갑자기 말을 멈추었다. 그러고는 헝클어진 머리카락을 쥐어뜯으며 비명을 지르듯 말했다.

"정말로 끔찍한 일이 벌어졌습니다! 자루 안에 포도주를 한 병 넣어 뒀는데……, 양 떼와 전투를 벌이던 중에 박살이 난 모양이에요. 아주 산산조각이 나서, 생명을 되살리는 붉은 생명수가 단 한 방울도 남아 있지 않다, 이 말입니다. 그러니 목이 말라 죽을 지경이라고요."

돈 키호테가 차분하게 말했다.

"내가 진작 말하지 않았느냐? 기사는 포도주 같은 사치품이 없어도 지낼 수 있다고. 난 물만으로도 언제까지나 행복할 수 있느니라."

"물도 없기는 마찬가지입니다. 아까 그 난리 통에 물주머니가 찢어져 버렸으니까요."

돈 키호테는 두툼하게 부어오른 뺨을 문지르며 대답했다.

"돌멩이로 집중 공격을 받았으니 오죽했겠느냐? 그럼 우선 개울이나 샘부터 찾아야겠구나."

산초는 로시난테와 당나귀의 등에 각각 안장을 올려놓으면서 말했다.

"이렇게 푸르고 싱싱한 풀밭이 있는 걸 보면, 이 근처 어딘가에 물줄기가 있는 게 분명합니다. 저기 언덕 쪽으로 한 바퀴 둘러보면 어렵지 않게 찾을 수 있을 거예요."

그러나 한 시간이 족히 지났는데도 시원한 폭포 소리나 시냇물이 흘러가는 소리는 들리지 않았다. 두 사람은 새까만 어둠 속에서 희미한 달빛에 의지한 채 좁다란 산길을 따라갔다. 그러다 나뭇가지가 이리저리 구부러진 노목(老木)이 무성한 숲으로 발을 들여놓는 순간, 정체를 알 수 없는 요란한 소리가 들려오기 시작했다. 돈 키호테는 목에 힘을 주며 말했다.

"물이다. 물소리가 점점 더 커지고 있구나."

산초가 갈라진 목소리로 대답했다.

"물소리만 들리는 게 아닌 것 같은뎁쇼? 다른 소리는 안 들리십니까?"

돈 키호테는 머리를 앞으로 숙여서 나무들 사이에서 들려오는 소리에 귀를 기울였다. 요란한 물소리와 바람 소리에, 바위 같은 거대한 물체가 쿵쿵거리는 소리와 쇠사슬이 삐걱거리는 소리가 뒤섞여 들려왔다. 돈 키호테가 물었다.

"이게 도대체 무슨 소리냐?"

산초는 불안을 감추지 못하고 대답했다.

"저도 모르겠습니다만, 그리 듣기 좋은 소리는 아닌 것 같습니다요."

산초는 자신도 모르게 이가 위아래로 딱딱 맞부딪치고 무릎이 덜덜 떨리는 것을 느꼈다. 고개를 돌려 어깨 너머를 내다보는 순간 숨이 턱 막혔다. 여태껏 지나온 길이 온데간데없이 사라지고, 음산한 기운을 내뿜는 기괴한 형상의 나무들만이 그들을 빙 둘러싸고 있었다. 칠흑 같은 어둠의 한가운데에 오직 두 사람만 있을 뿐이었다. 그는 두려움에 떨며 흐느꼈다.

"주인님, 우리가 길을 잃은 모양입니다. 저 불길한 소리가 자꾸만 더 커지고 있어요. 꼭 괴물이 신음하는 것 같습니다요."

돈 키호테는 방패를 들어 팔에 고정시키고 창을 비껴든 채 말했다.

"사악한 기운이 느껴지는 소리로구나. 이건 저녁거리를 사냥하려고 어슬렁거리는 초자연적인 존재의 신음 소리가 분명하도다. 솔직히 말하면 내 심장도 마구 뛰는구나. 물론 아주 조금 그렇다는 얘기다. 그러나 나는 자랑스러운 슬픈 얼굴의 기사이니, 오늘 밤 나의 용맹을 세상에 입증해 보일 기회로 삼겠다. 여기가 바로 내 명성을 드높일 도전의 현장이니라. 마법에 걸린 이 숲에서 악마든 도깨비든 우리의 뒤를 쫓아오더라도 걱정하지 마라. 그들은 나와 마주한 오늘을 두고두고 후회하게 될 것이다."

"마법에 걸린 숲이요? 도깨비라고요? 아이고, 맙소사! 이제 어쩌지요?"

산초는 금방이라도 울음을 터뜨릴 듯 울먹거렸다.

"이런 모험에 익숙지 않은 사람한테는 한 치 앞도 보이지 않는 어둠 속에서 저렇게 괴기스러운 소리를 듣는 것만으로도 충분히 공포스러울 것이다. 하물며 그에 맞서 싸우는 일은 오죽이나 두렵겠느냐? 그러니 충성스러운 산초여, 너는 여기서 나를 기다려라. 만일 내가 사흘 안에 돌아오지 못하면, 엘 토보소로 가서 둘시네아 아가씨에게 내가 훌륭한 기사가 되기 위한 편력의 책무를 수행하다 죽었노라고 전해 다오."

종자는 눈물을 흘리며 애원했다.

"사흘이요? 그렇게는 못합니다요. 차라리 도깨비한테 쫓기는 게 낫겠습니다. 이런 곳에다 저를 혼자 놔두고 가 버리시면, 무서워서 당장 숨이 멎고 말 거라고요. 왜 이토록 무시무시한 모험을 하시려는 것인지 도무지 이해할 수가 없습니다. 지금까지 경험한 걸로도 충분하지 않습니까? 아니, 가시려거든 최소한 날이 밝을 때까지만이라도 참아 주세요."

"진정해라, 산초여. 기사는 그렇게 겁먹은 모습을 보여서는 아니 되느니라."

"하지만 저는 기사가 아닙니다요. 그러니까 조금 소심하게 군들 누가 뭐라 하겠습니까? 주인님, 저를 불쌍히 여기세요. 저는 주인님을 따르려고 고향에 가족을 남겨 두고 오지 않았습니까? 제 가족이 이 가련한 산초 판사를 다시는 못 본다고 생각해 보시란 말입니다요."

돈 키호테는 엄숙하고 단호하게 말했다.

"친구여, 너의 눈물과 애원 때문에 기사도를 지키지 못했다는 말은 듣고 싶지 않구나. 그러니 부디 아무 말 하지 마라. 다시 한 번 너에게 부탁하노니, 용감하게 나의 귀환을 기다려 다오. 더도 말고 딱 사흘이니라. 살아서든 죽어서든 꼭 돌아올 것이다."

산초는 자기가 아무리 애원을 해도 주인의 의지를 막을 수 없다는 사실을 깨달았다. 동시에 그의 머릿속에 온갖 꼼수가 바쁘게 요동치기 시작했다. 갖은 궁리 끝에 산초는 어둠 속을 더듬거리며 자기 당나귀의 고삐로 로시난테의 뒷다리를 꽉 묶어 버렸다. 그 바람에 로시난테는 앞으로 나아가지 못하고 제자리에서만 주춤거렸다. 돈 키호테는 박차를 세차게 가했는데도 말이 꼼짝하지 않자 혼잣말로 이렇게 중얼거렸다.

"이건 대체 무슨 마법인가? 뭔가가 로시난테를 꽉 붙들고 있는 것 같구나."

산초가 기어 들어가는 목소리로 대답했다.

"뭐가요? 아무것도 없는뎁쇼?"

"마법사, 네 이놈! 이 어릿광대 같은 놈아!"

우리의 기사는 허공에 대고 고래고래 소리를 질렀다. 자신의 명예를 드높일 수 있는 기회가 사라질지도 모른다는 생각에 분노가 치민 모양이었다. 산초는 자신의 속임수가 성공했다는 사실에 우쭐해졌다. 그렇지만 내색하지 않은 채 주인에게 말했다.

"주인님, 이건 오히려 더 잘된 일일 수도 있습니다요. 어쩌면 하늘의 뜻이 아닐까요? 아침까지 기다렸다가 도대체 어떤 괴물이 소동을 일으키는지 살펴본 다음 맞서는 편이 더 안전하다는 거지요. 지금처럼 어두컴컴한 상황에서는 설령 적을 무찌른다고 해도 주인님의 영웅적인 행동을 알아볼 방법이 없지 않습니까? 그렇게 되면 역사책에 기록될 수도 없고요."

돈 키호테가 투덜거렸다.

"내 말이 바로 그 말이니라. 아무래도 마법사의 장난으로 로시난테의 발이 얼어붙은 모양이다. 내일 아침 햇살이 비치기 시작하면 마법사의 저주에서 풀려나겠지."

두 사람은 그 자리에서 덜덜 떨며 밤을 보냈다. 바람이 으르렁거리고, 정체를 알 수 없는 기괴한 소리들이 나무와 나무 사이를 매섭게 휘감으며 지나갔다. 산초는 어찌나 겁에 질렸던지, 당나귀에 올라탈 엄두조차 내지 못한 채 밤새도록 주인 옆에 바짝 붙어 있었다.

어느덧 먼동이 터 오고 하늘을 덮은 검은 장막이 차차 옅어지기 시작했다. 산초는 하늘을 흘깃 올려다본 다음 재빨리 로시난테의 뒷다리를 묶었던 고삐를 풀었다. 로시난테는 두 발이 자유로워지자 흥분을 감추지 못하고 비틀거리며 앞발을 번쩍 들어 올렸다. 그러자 돈 키호테가 소리쳤다.

"아, 이제 자유롭도다! 충성스러운 종자여, 사흘만 기다리도록 하라!"

그러고는 로시난테에게 박차를 가해 아직 어둠을 드리우고 있는 숲 속으로 향했다. 깜짝 놀란 산초가 허둥지둥 당나귀에 올라타며 소리쳤다.

"주인님, 저도요! 저도 같이 가겠습니다요!"

울창한 숲에 이르자 돈 키호테는 말에서 내려 줄을 지어 늘어선 나무 사이를 헤집고 나아갔다. 그 뒤를 산초가 당나귀의 고삐를 꽉 움켜쥔 채 바짝 붙어 따라갔다. 아직도 귓전에는 쿵쾅거리는 소리가 계속 울리고 있었다. 숲 속 깊숙이 들어갈수록 그 소리도 점점 더 커졌다. 한참 걷다 보니, 어느 순간 눈앞에 널따란 풀밭이 펼쳐졌다. 그 끝에는 높다란 바위산이 있었는데, 꼭대기 어딘가에서 어마어마한 물줄기가 쏟아져 내리고 있었다. 산기슭에는 금방이라도 쓰러질 듯한 오두막이 몇 채 버티고 있었다.

산초가 로시난테의 엉덩이 뒤로 숨으며 속삭이듯 말했다.

"아마도 저 안에서 나는 소리 같습니다요."

그 말이 채 끝나기도 전에 돈 키호테는 용감하게 앞으로 불쑥 나섰다. 그러나 그 역시 두려움을 온전히 떨치지 못하고 마음을 다잡으며 조심스레 다가갔다. 산초는 여전히 로시난테의 꽁무니에 바짝 붙어서 천천히 뒤를 따랐다. 오두막 주위를 둘러보려고 뒤쪽으로 다가간 우리의 기사는 그 끔찍한 소음의 주인공을 발견했다.

독자들이여, 부디 노여워하지 마시길! 그것은 도깨비도 아니고 괴물도 아니었다. 물의 힘을 이용해서 여섯 개의 방망이가 번갈아 가며 곡식을 빻는 물레방아였다. 돈 키호테는 말문이 막혀 고개를 푹 숙였다. 터져 나오는 웃음을 참느라 얼굴이 벌게진 산초가 주인의 표정을 살피며 조심스럽게 말했다.

"이건 물레방아네요. 그러니까 저 고물 물레방아 때문에 밤새도록 우리가 겁에 질려 있었던 셈입니다요."

그러더니 더 이상 참지 못하고 배를 움켜잡은 채 풀밭 위를 뒹굴며 요란하게 웃어 댔다. 돈 키호테는 슬슬 부아가 치밀어 올라 엄한 목소리로 명령했다.

"그만! 그만 웃어라."

그러나 산초는 낄낄 깔깔, 웃음을 멈출 수가 없었다. 어찌나 심하게 웃었던지, 나중에는 숨쉬기조차 어려울 지경이 되었다. 간신히 웃음을 멈추고 숨을 고르는가 싶더니, 또다시 자지러지게 웃기 시작했다. 돈 키호테가 버럭 소리를 질렀다.

"종자야, 당장 웃음을 그치래도!"

산초는 킬킬대면서도 할 말은 다 했다.

"도깨비라면서요? 기사도를 보여야 한다고 하셨잖아요? 슬픈 얼굴의 기사님, 우리는 지난 여섯 시간을 쓸데없이 벌벌 떨면서……."

돈 키호테는 창을 집어 들면서 종자의 말을 잘랐다.

"아니다, 나는 떨지 않았느니라."

"그렇지요. 대신 물레방아를 무서워했습지요."

산초는 우스꽝스러운 목소리로 하려던 말을 마저 마쳤다. 그러자 돈 키호테는 더 이상 분을 참지 못하고 창으로 종자의 머리를 두 번이나 내리쳤다. 그 바람에 산초의 눈에 별이 왔다 갔다 했다.

"나약하고 철없는 종자여, 나의 용맹을 의심하지 마라. 저것이 물레방아가 아니라 다른 위험한 것이었다면 내가 그에 맞서는 용기를 보여 주지 못했을 것 같으냐? 나는 어떤 괴물과도 싸울 준비가 되어 있느니라. 기회가 오면 언제든 두려움 없이 용감하게 맞설 것이다. 그러니 다시는 그 얘기를 꺼내지 마라, 알아듣겠느냐?"

산초는 머리에 생긴 혹을 쓱쓱 문지르며 대답했다.

"알겠습니다요. 하지만 너무 뭐라 하지 마십시오. 제가 심하게 웃은 건 사실이지만, 그래도 무슨 일이 일어난 것보다는 낫지 않습니까요? 주인님은 두려움이나 무서움 같은 걸 아예 모르시겠지만, 저는 지난밤 내내 얼마나 두려웠다고요."

"내, 굳이 웃을 일이 아니라고는 하지 않겠다. 하지만 그렇게 떠들어 댈 일도 아니니라. 앞으로는 내 앞에서 말을 적당히 하도록 해라. 지금까지 수많은 책을 읽어 봤지만, 너처럼 주인에게 수다를 떨어 대는 종자는 본 적이 없느니라. 하긴 내 잘못이 크도. 네가 나를 존경하지 않는 것은, 내가 존경받을 만한 일을 하지 않았기 때문이 아니더냐? 아무튼 앞으로는 서로를 좀 더 존중하도록 하자꾸나."

이 웃기는 모험을 겪고 난 후, 슬픈 얼굴의 기사는 참담한 심정으로 다시 길을 나섰다. 두세 시간쯤 지났을까? 해가 중천에 떠올랐을 때, 그의 가슴을 뛰게 만드는 광경이 시야에 들어왔다. 돈 키호테는 산초를 돌아보며 외쳤다.

"산초야, 저길 보아라! 저기 빛나는 무언가가 다가오고 있는 게 보이느냐?"

산초는 돈 키호테에게 맞은 곳이 쿡쿡 쑤시는 데다 지금까지 겪어 온 종자의 삶이 무척이나 고달팠던 탓에, 가난한 농부로 살더라도 편안한 집에서 밥이나 실컷 먹고 푹신한 침대에 누워 자는 편이 훨씬 행복하겠다는 생각을 하고 있던 참이었다. 주인의 외침에 화들짝 놀라 정신이 든 산초는 눈을 가늘게 뜨고 아스라한 지평선을 바라보았다.

"당나귀를 타고 오는 남자가 보이는데요?"

돈 키호테는 산초의 표현을 바로잡아 주었다.

"종마를 타고 오는 기사 말이다. 그의 머리를 보아라. 세상에서 가장 값지고 귀한 보물로 꼽히는 황금 투구, 즉 맘브리노 투구를 쓰고 있지 않느냐?"

"그게 그렇게 귀중한 것인지 어찌 아십니까요?"

"책에서 읽었느니라. 맘브리노 투구는 이 세상에 단 하나밖에 없을뿐더러 그 무엇으로도 부술 수 없도다. 그 투구를 만든 장인의 솜씨 역시 따를 자가 없다는구나."

"그렇군요. 머리에 뭔가를 쓴 것 같긴 한데, 제 눈에는 어째 세숫대야처럼 보이는뎁쇼."

돈 키호테가 소리쳤다.

"무슨 소리! 저건 분명히 전설의 황금 투구니라! 옛말이 하나도 틀리지 않는구나. 한쪽 문이 닫히면 다른 쪽 문이 열리는 법이라고 했던가? 내가 바로 그런 경우로다. 숲 속에서 어처구니없는 모험을 겪고 암흑 같은 절망의 심연에 빠져 있었더니, 이제 새로운 모험의 문이 활짝 열리는구나."

산초가 싱긋 웃으며 대꾸했다.

"그럼 닫힌 문은 아까 그 물레방아로군요."

"네 이놈! 조용히 하지 못하겠느냐! 내 창에 등짝을 찔리고 싶지 않거든 이제 그만 입을 다물어라. 한 번만 더 그 얘기를 꺼내면 가만두지 않겠다고 하지 않았느냐?"

산초는 주인의 서슬에 놀라 입을 다물었다. 돈 키호테가 말을 이었다.

"모험을 계속하느라 투구를 쓰고 있지 않다는 사실을 까맣게 잊고 있었구나. 들판을 가로지르는 저 기사는 정말로 멋진 황금빛 맘브리노 투구를 쓰고 있도다. 내, 기꺼이 저자와 싸워서 맘브리노 투구를 차지하겠노라."

돈 키호테는 창을 앞으로 겨누고 고래고래 소리를 지르며 힘차게 말을 달렸다.

"네 이놈! 어서 투구를 내놓아라. 안 그러면 소금에 절인 고깃덩이처럼 이 창에 꽂힐 것이다."

당나귀를 탄 사나이는 영문도 모른 채 겁에 질려 부들부들 떨며 말했다.

"아이고 맙소사! 저는 그냥 이발사일 뿐입니다. 투구 같은 건 구경해 본 적도 없습니다요."

돈 키호테는 말을 세우며 사나이에게 물었다.

"머리에 쓰고 있는 게 투구가 아니라고?"

"이건 그냥 놋쇠 세숫대야입니다요. 갑자기 비가 쏟아져서 머리에 썼을 뿐입니다."

돈 키호테가 비웃듯이 말했다.

"내가 그 말을 믿어 줄 것이라 생각하는가?"

그 말이 끝남과 동시에 돈 키호테는 창을 겨누며 덤벼들었다. 지지리도 운이 나쁜 이발사는 창을 피하려다가 당나귀에서 떨어지고 말았다. 그러자 그는 걸음아 날 살려라, 하고 들판으로 내뺐다. 그가 버리고 간 세숫대야는 더러운 흙구덩이에 나동그라져 버렸다. 산초가 재빠르게 달려가서 세숫대야, 아니 투구를 집어 들었다. 그러고는 그것을 자세히 살펴보며 말했다.

"꽤 좋아 보이는데요."

돈 키호테는 세숫대야를 받아 자기 머리에 쓰고 빙글빙글 돌려 보았다.

"이 맘브리노 투구를 처음으로 쓴 사람은 아무래도 머리통이 무척 컸던 모양이구나. 게다가 얼굴 가리개도 없어졌군."

산초는 주인이 틀렸다는 사실을 새삼 일깨우려는 듯 눈을 비비며 말했다.

"그건 세숫대야인뎁쇼? 확실하다니까요."

"제발, 조용히 좀 해라. 이 맘브리노 투구는 어쩌다가 그 가치도 모르는 무지한 이교도의 손에 들어간 게 틀림없다. 그 이교도 놈은 자기가 무슨 짓을 하는지도 모르는 채 투구를 녹여서 금덩어리로 만들려다가 얼굴 가리개를 손상시킨 것이니라. 어쨌든 난 이것만으로도 자랑스럽도다."

산초는 금방이라도 웃음보가 터질 것 같았지만, 창으로 맞은 기억이 떠올라 두 손으로 입을 막았다. 그러다가 이발사가 미처 데리고 가지 못한 당나귀를 발견했다. 당나귀의 등에는 새것으로 보이는 안장이 얹혀 있었다. 산초가 눈을 빛내며 말했다.

"주인님, 이 당나귀를 보세요. 저자가 버리고 간 겁니다요. 이 당나귀를 제 당나귀와 바꾸면 안 될까요?"

"정복당한 자의 말을 빼앗거나, 결투 중에 말을 잃은 상대를 걸어가게 하는 것은 기사도에 어긋나는 행동이니라. 그냥 두어

라. 우리가 떠나면 주인이 데리러 올 것이다."

"전리품이지 않습니까? 기사도가 지나치게 엄격한 듯싶습니다. 당나귀가 정 그렇다면, 이 안장이라도 바꾸면 안 될까요?"

"글쎄다……, 바꾸는 것 정도는 괜찮을지도 모르겠구나. 꼭 필요하다면 바꾸도록 해라."

산초는 재빨리 안장을 바꿔 놓았다. 새 안장을 얹자, 자신의 당나귀도 꽤나 근사해 보였다.

제 5 장
기사의 책무

 그날 오후, 두 사람은 목적지를 정하지 않은 채 발길이 닿는 대로 가다가 여남은 사람들이 줄을 지어 걸어가는 행렬을 발견했다. 사람들의 손에는 수갑이 채워져 있었으며, 목은 묵직한 쇠사슬로 줄줄이 엮여 있었다. 입고 있는 옷은 다 해져서 누더기나 다름없었다. 말을 탄 군인 두 명이 총을 들고 그들을 인솔하고 있었고, 뒤쪽에는 칼을 든 군인이 두 명 있었다. 걷는 내내 욕설과 채찍질이 끊이지 않았다.
 산초가 주인에게 설명했다.
 "저들은 국왕 폐하의 명령에 따라 노 젓기 노역을 하기 위해 끌려가는 죄수들입니다."

산초가 죄수라 지칭한 사람들은 숨을 헐떡거리며 금방이라도 쓰러질 듯 비틀비틀 걸어오고 있었다. 돈 키호테는 그들을 놀란 눈으로 바라보며 물었다.

"무슨 말인지 도무지 모르겠도다. 이 불쌍한 자들이 죄수란 말이냐?"

"그렇습니다요. 저자들은 바다에 닿을 때까지 내내 저런 꼴로 걸어야 하지요. 물론 그렇게 고생해서 도착한다고 해도 다 끝나는 건 아니에요. 여러 해 동안 노예 신분으로 갤리선(노를 주로 쓰고 돛을 보조적으로 쓰는 대형 군용선—옮긴이)에서 노역을 해야 하거든요."

우리의 기사가 물었다.

"그럼 저들이 자기 의지에 따라 가는 것이 아니라 강제로 끌려가는 것이란 말이냐?"

"지은 죄가 있어 노역형을 받은 이들이니 자기 의지로 간다고 할 수는 없지요."

"그렇다면 이들을 구해 주는 것도 나의 책무가 되겠구나."

당황한 종자가 주인을 말렸다.

"아이고, 주인님! 잠자는 개는 내버려 두는 게 좋습니다요. 저들은 어두운 감옥에 있어야 할 자들이니, 자기 죗값을 치르는 게 마땅합니다."

"종자여, 나는 힘들고 억울한 사람들을 위해 봉사하겠노라고 맹세한 편력 기사니라. 저들이 어떤 죄를 지었건 간에 자신의 의지와 상관없이 극심한 고통에 시달리고 있으니, 내가 도와주는 게 마땅하지 않겠느냐?"

돈 키호테가 이렇게 말하고 있을 때, 죄수 일행이 가까이 왔다. 맨 앞에 있던 호송 대장이 소리쳤다.

"저쪽으로 비켜서시오. 그래야 죄수들이 지나갈 게 아니오?"

돈 키호테가 그에게 다가가 공손하게 말했다.

"이들이 왜 끌려가고 있는지 알려 주실 수 있습니까? 대체 어떤 이유로 이런 불행을 겪고 있는지 알고 싶소이다."

호송 대장은 우리의 기사를 위아래로 쓱 훑어보았다. 낡아 빠진 갑옷 차림에 세숫대야를 쓴 모습을 보고, 가장 무도회라도 가는 모양이라고 생각하고는 무심하게 대답했다.

"우린 갈 길이 멉니다. 그러니 정 궁금하면 직접 물어보든지 말든지 마음대로 하시오."

돈 키호테는 죄수들 앞으로 말을 몰고 가, 도대체 무슨 죄를 지었기에 이렇게 되었느냐고 물었다. 첫 번째 죄수는 빨래 바구니에 있던 옷을 훔친 죄로 곤장 100대와 3년 동안 노를 젓는 형벌에 처해졌다고 했다. 두 번째 죄수는 가축을 훔쳐서 곤장 200대에 징역 6년을 선고받았고, 어느 늙은 죄수는 마법사라는 억울한 누명을 쓰고 4년 동안 갤리선에서 노를 젓게 되었다고 했다.

돈 키호테의 질문을 받은 죄수들은 하나같이 가난한 데다 지독히도 운이 없었다. 게다가 모두 지은 죄에 비해 너무나 가혹한 처벌을 받았다. 산초는 그들의 이야기를 듣다가 그만 눈물을 쏟고 말았다.

일곱 번째 죄수 앞에 선 우리의 기사는 그 죄수가 다른 죄수들과 다르다는 사실을 발견했다. 온몸이 쇠사슬로 칭칭 감겨 있는 데다 목에는 칼까지 차고 있었다. 그는 호송하던 군인들에게 물었다.

"어찌하여 이 사람에게는 쇠사슬을 이렇게 많이 감아 놓은 거요?"

"이자는 이름이 파라피야 뭐라고 하는 악당인데, 탈주의 달인에다 변장의 대가요. 아주 교활한 미꾸라지 같은 놈이라고나 할까? 여하튼 도망가는 데는 이골이 난 놈이지. 우리가 갤리선에 도착하기 전에 도망을 치겠다고 벌써부터 공언을 해 둔 터라, 여간 신경이 쓰이는 게 아니오."

돈 키호테가 물었다.

"이자의 죄목은 뭐요?"

"이자는 다른 자들의 죄를 모두 합친 것보다도 더 많은 죄를 지었소. 입에 담고 싶지도 않은 끔찍한 범죄를 저질러서 징역 10년을 선고받았지. 뭐, 그 정도면 사형을 받은 거나 다름이 없어요."

나이가 서른 살쯤 되어 보이는 그 사내는 상당히 잘생긴 용모에 체구도 자못 건장했다. 몸 전체에 쇠사슬을 감았지만, 어딘지 모르게 자부심이 넘치고 품위가 있어 보였다.

사나이가 발끈하여 소리쳤다.

"내 이름은 파사몬테요. 내가 이 쇠사슬을 끊고 나면, 나에게 모욕을 주었던 자들을 모두 찾아내서 그 대가를 치르게 할 것이니, 입 조심들 하는 게 좋을 거요. 난 겁을 모르는 사람이니 말이오. 그리고 기사 양반, 우리한테 줄 만한 것이 있으면 얼른 주고, 그게 아니라면 가던 길이나 마저 가쇼. 괜히 성가시게 굴면서 길이나 막지 말고. 이보쇼, 호송 대장, 이러니저러니 호들갑 떨지 말고 어서 갑시다. 우린 서로 각자 맡은 일에 충실하면 되는 것 아니겠소? 댁은 나를 감시하고, 나는 탈출을 시도하고 말이오. 난 지금보다 지독한 상황에서도 언제나 탈출에 성공하여 진실을 알려 왔소이다."

돈 키호테는 파사몬테의 당당함에 깊은 인상을 받았다. 그래서 호송 대장에게 말했다.

"이제 어느 정도 상황을 알 것 같소. 이들은 도움이 필요한 약자가 분명하오. 이들을 보호하는 일 역시 편력 기사인 나의 책무요. 나는 그대에게 이들을 당장 풀어 줄 것을 요청하오. 만일 이들에게 죄가 있다면, 하늘에 계신 하느님께서 마땅한 벌을 내리실 것이오. 그런고로 사람이 사람에게 죄를 물어, 쥐새끼가 들끓는 갤리선에서 몇 년씩 노를 젓게 하는 것은 말도 안 되오."

호송 대장은 동료 군인을 둘러보며 웃음보를 터뜨렸다.

"아니, 이런 정신 나간 작자를 봤나! 머리에 세숫대야를 뒤집어쓰고 다니는 미친놈 주제에, 우리한테 감히 명령을 내릴 권리이라도 있는 것처럼 건방을 떨고 있구먼그래."

이런 무례한 태도를 그냥 보고 넘길 돈 키호테가 아니었다. 재빠르게 창을 휘둘러 상대의 머리를 냅다 내리쳤다. 호송 대장은 손을 써 볼 겨를도 없이 바닥으로 나동그라지면서 기절해 버리고 말았다. 그러자 다른 군인들이 일제히 용감한 편력 기사에게로 몰려가 공격을 하였다.

만약 죄수들이 끼어들지 않았다면, 우리가 예상한 대로 일방적인 싸움이 되어 돈 키호테는 참혹한 결과를 맞았을 것이다. 그러나 실제 상황은 그렇게 되지 않았다. 호송 대장이 쓰러지자 죄수들은 자유의 기회가 왔음을 알아차리고 서로 도와 쇠사슬을 벗겨 내려고 했다. 군인들은 죄수들을 쫓으랴, 돈 키호테를 막으랴 정신이 하나도 없었다.

그 틈에 산초는 호송 대장의 허리춤에서 열쇠를 낚아채 파사몬테를 풀어 주었다. 자유의 몸이 된 파사몬테는 자기 옆에 있는 두 사람의 사슬을 풀어 주고는, 그때까지도 정신을 차리지 못하고 있던 호송 대장에게서 총을 빼앗아 군인들을 위협했다. 자신들이 불리해진 것을 깨달은 군인들은 걸음아 날 살려라, 하고 냅다 도망을 쳤다.

죄수들은 빙 둘러서서 환호성을 지르며 피와 땀을 씻어 냈다. 돈 키호테는 흐뭇한 얼굴로 그들을 바라보며 선언했다.

"친구들이여! 나는 그대들에게 자유를 주었소이다. 은혜에 보답하고 싶은 마음이야 간절하겠지만, 나는 기사의 책무를 다한 것일 뿐이니 보답 같은 것은 바라지 않소이다. 다만 한 가지, 지금 당장 엘 토보소로 가서 나의 둘시네아 아가씨를 뵙고 슬픈 얼굴의 기사가 얼마나 용맹한지 증언해 주기를 청하오."

그러자 파사몬테가 말했다.

"기사님, 우리를 자유롭게 해 주신 것은 무척이나 감사한 일이나, 그 명령을 수행하기는 어려울 것 같습니다. 경찰이 곧 우리를 쫓을 테니, 각자 흩어져서 쥐죽은 듯 숨어 지내야만 합니다. 차라리 둘시네아 아가씨를 위해 기도를 올리는 것은 어떻겠습니까? 그것은 도망을 치면서도 밤이건 낮이건 얼마든지 할 수 있을 테니까요."

돈 키호테는 얼굴을 붉히며 성을 냈다.

"뭐라고? 이런 어처구니없는 소리는 생전 처음 듣는구나! 은혜도 모르는 겁쟁이 같은 놈, 내 눈앞에서 썩 꺼져 버려라!"

파사몬테는 돈 키호테가 아무런 망설임도 없이 자신들의 탈출을 도운 사실로도 놀라움을 감출 수 없었다. 그런데 너무나 당연하다는 듯 황당한 요구를 하자, 자신의 앞에 서 있는 이가 제정신이 아니라는 생각이 들었다. 그는 바닥에서 돌을 주워 돈 키호테에게 던지며 소리쳤다.

"이자는 미쳤다! 어서 붙잡아라!"

그러자 다른 죄수들도 덩달아 돌팔매질을 해 대기 시작했다. 돈 키호테는 물론 산초와 로시난테, 산초의 당나귀까지 돌 세례에서 벗어날 수 없었다. 잠시 후 돈 키호테와 산초는 흙먼지를 뒤집어쓴 채 완전히 늘어져 버렸다.

파사몬테는 땅바닥에 너부러진 돈 키호테의 몸뚱이 위로 올라타더니, 머리에 씌워져 있던 세숫대야를 벗겨서 바위에다 마구 내리쳤다. 세숫대야는 금세 흉측하게 찌그러지고 말았다. 파사몬테와 다른 죄수들은 산초의 옷을 벗긴 다음, 샅샅이 뒤져서 소지품을 챙긴 후 사라졌다.

10분쯤 지난 뒤, 돈 키호테는 간신히 정신을 차렸다. 그는 욱신거리는 머리를 손으로 문지르면서, 은혜도 모르는 배은망덕한 녀석들을 향해 욕을 퍼부었다. 산초가 벌벌 떨며 중얼거렸다.

"슬픈 얼굴의 기사시여, 이번에는 크게 실수를 하신 겁니다. 우리는 이제 도망자 신세가 되고 말았습니다. 이제 그 무시무시한 성스러운 형제단이 우리 뒤를 쫓을 거예요."

제 6 장
카르데니오의 비애

 우리의 산초는 '성스러운 형제단'이 죄수들의 탈출을 도와준 '착한 사람들'을 금세 찾아낼 것이라고 확신했다. 성스러운 형제단 그 이름을 듣기만 해도 무릎이 와들와들 떨릴 정도로 악명이 높은 경찰이었다.
 산초는 힘겹게 몸을 일으킨 다음 옷에 묻은 흙먼지를 털어 냈다. 그러고는 땅바닥에 주저앉아 있는 돈 키호테를 말에 태우고, 저 멀리 보이는 시에라 모레노 산을 향해 길을 떠났다. 깊고 험한 산속으로 들어가는 것이 훨씬 더 안전할 듯했다.
 산속에는 표석(漂石, 빙하로 운반되었다가 빙하가 녹은 다음에 그 자리에 그대로 남은 돌—옮긴이)이 지천으로 널려 있었다. 산초는 두려움에 휩싸인 채 산속 깊숙한 곳으로 걸음을 옮겼다. 그런데 갑자기 아주 현실적인 걱정거리 하나가 엄습해 왔다. 안장에 달린 자루 속에 넣어 둔 양식을 죄수들이 약탈해 가지 않았는지 걱정이 되었던 것이다.

'설마 그것마저 다 가져갔을까?'

산초는 곧바로 자루를 열어 보았다. 다른 것은 몰라도 음식은 그대로 있었다. 그는 안도의 숨을 내쉬며 돈 키호테에게 말했다.

"최소한 굶어 죽지는 않겠습니다. 다행히 먹을 것은 그대로 남아 있네요. 곰이나 늑대 같은 산짐승만 나타나지 않으면 별 탈이 없을 겁니다요. 물론 산적도 무섭긴 하지만요."

돈 키호테는 깊고 험한 산의 웅장한 경치에 정신을 빼앗긴 나머지, 산초의 이야기를 듣는 둥 마는 둥 했다. 돈 키호테의 눈에 그곳은 기사의 임무를 수행하면서 꼭 한 번 탐험해 봐야 할 곳처럼 느껴졌다. 보는 이를 얼어붙게 만드는 위험천만한 산비탈, 깎아지른 절벽, 사람의 발길이 닿지 않은 것 같은 오솔길 등 모두가 동경해 마지않던 풍경이었다. 우리의 기사는 이곳이야말로 놀라운 모험이 기다리고 있으리라고 확신했다.

주인이 이처럼 황당한 상상의 날개를 펴는 동안, 로시난테는 땅바닥에 코를 대고 킁킁거리면서 무언가의 냄새를 맡고 있었다. 돈 키호테가 내려다보니, 바위틈으로 삐죽 고개를 내밀고 있는 다 떨어진 자루 하나가 눈에 들어왔다. 우리의 기사는 창끝으로 자루를 들어 올리려 했지만, 너무 무거워서 뜻대로 되지 않았다. 산초가 재빨리 달려와 그를 거들었다.

돈 키호테는 산초에게 자루 안을 살펴보라고 명령했다. 산초는 잠자는 전갈이나 뱀이라도 깨우게 되면 어쩌냐고 투덜거리며 발로 자루를 툭툭 건드려 뒤집었다. 그러다 갑자기 산초의 입에서 환호성이 터졌다. 그는 자루를 쫙 펼치면서 큰 소리로 외쳤다.

"우와! 여기 좀 보세요, 주인님! 금화예요, 금화! 금화가 가득 들어 있습니다요."

"금화밖에 없느냐?"

"옷옷도 몇 벌 있네요. 꽤 고급스러워 보이는데요. 다 낡은 수첩도 하나 있습니다요."

돈 키호테가 명령했다.

"그 수첩을 이리 다오. 그걸 보면 이 자루의 주인이 누군지 알 수 있을지도 모르지. 금화는 네가 가져도 좋다. 돈은 나한테 아무런 의미가 없으니까."

산초의 입에서 다시 한 번 환호성이 터져 나왔다. 그는 수첩을 돈 키호테에게 넘겨준 다음, 허리춤에 숨겨 두었던 작은 주머니를 꺼내 금화를 담기 시작했다.

돈 키호테는 수첩을 한 장씩 넘겨 보며 말했다.

"오호, 시인이로구나. 가슴 아픈 사랑 때문에 괴로워한 모양이군. 하기는 놀랄 일도 아니지. 이곳은 기사뿐만 아니라 시인이 방랑을 하기에도 더할 나위 없이 완벽한 장소이니까."

산초는 황량한 산봉우리를 바라보며 대꾸했다.

"이 시인은 행복을 모르는 사람이었을 겁니다요. 여기서 시를 써 봐야 뭐 좋은 일이 있겠습니까? 이런 곳에서 시를 쓰는 사람이라면 틀림없이 불행했을 거예요."

"그래도 이 시인은 대단히 뛰어난 것 같구나."

"주인님께서도 시를 잘 아신단 말입니까?"

"잘 알다마다. 다행스럽게도 기사는 천부적으로 시인의 품성을 타고 나느니라."

"왜 그렇죠? 운율을 맞추는 일과 칼을 쓰고 창을 던지는 일이 무슨 상관이라도 있습니까요?"

돈 키호테는 자부심을 드러내며 말했다.

"기사는 단순히 칼이나 창을 휘두르는 사람이 아니라, 예의와 겸손을 전하는 사신(使臣)과도 같은 존재니라. 나는 이 나라에서 검을 가장 빨리 휘두르는 기사지만, 검을 다루는 재주 못잖게 예민한 감수성도 가지고 있도다.

사랑하는 아가씨를 생각하며 방랑하다가 이렇게 험한 계곡을 마주하는 순간, 나의 가슴은 저절로 아름다운 시와 예술의 세계로 고개를 돌리게 되느니라. 이런 사람이 바로 멋진 시인이 아니겠느냐? 시인이 사랑하는 여인은 잔인할 정도로 매정하기 때문에 시인은 항상 슬픔에 빠져 있을 수밖에 없지. 결국 시인은 고독에 지치고 지쳐 이곳에서 삶을 마감하려 하는구나."

산초가 빈정대는 투로 말했다.

"시인은 무척이나 웃기는 사람이군요."

돈 키호테는 종자의 무지가 놀랍다는 듯 고개를 설레설레 흔들었다.

"너는 시인을 이해하지 못한다. 시인은 원래 행복해질 수 없는 사람들이니라. 비애야말로 영감의 원천이기 때문이지."

산초가 불퉁하게 대꾸했다.

"영감이 아니라 소화불량 때문에 슬프겠지요. 시인은 하루 종일 시무룩한 얼굴로 멍하니 앉아 있기만 하잖아요. 그러니 기껏 먹은 게 소화나 제대로 되겠습니까?"

돈 키호테는 종자의 조잡한 생각을 책망하듯 쯧쯧 혀를 찼다. 바로 그 순간, 산마루에서 어떤 형체가 휙 지나가는 것이 보였다. 그 형체는 놀랄 만큼 날렵하게 바위 절벽에서 풀숲으로 뛰어다니고 있었다.

분명 사람인 듯이 보였는데, 얼굴을 구별하기 힘들 정도로 더러운 데다 누더기나 다름없는 벨벳 바지 하나만 달랑 걸치고 있었다. 그는 길고 텁수룩한 수염과 머리카락을 나부끼며 맨발로 날아가듯 달려갔다. 그러더니 갑자기 외마디 소리를 지르면서 수풀 뒤로 자취를 감추어 버렸다.

산초는 가슴을 쓸어내리며 중얼거렸다.

"신이시여, 우리를 지켜 주소서. 여기는 온통 악마 소굴입니다요."

우리의 기사가 말했다.

"아니다, 산초야. 내가 보기에 저 사내는 네가 배꼽 근처에 숨겨 둔 금화의 진짜 주인인 것 같구나."

산초는 화들짝 놀라서 금화 주머니가 있는 부분을 손바닥으로 얼른 가렸다.

"그럴 리가요? 저건 요정이나 산도깨비가 분명합니다. 확실합지요."

"아니, 사람이 틀림없을 게다. 이곳은 사람의 자취를 찾아볼 수 없을 정도로 깊은 산속이 아니더냐? 저자는 우리가 조금 전에 이야기했던 상심한 시인이 틀림없느니라."

산초는 푸념하듯 말했다.

"상한 건 가슴만이 아닐 겁니다. 머리도 크게 다쳤을 테지요. 옷가지도 제대로 걸치지 않고 미친듯이 다니는 게 제정신 가진 사람이 할 짓입니까요?"

"그 사람을 꼭 찾아서 이야기를 나누어 봐야겠구나."

산초가 더듬거리며 물었다.

"왜 그렇게 하고 싶으신 겁니까? 사실 길에 떨어진 돈이야 줍는 사람이 임자지요. 그 사람이 간수를 잘못한 것이니, 버린 거나 마찬가지 아닙니까?"

돈 키호테는 고개를 절레절레 흔들었다.

"따라가 봐야 하느니라. 주운 물건의 주인으로 짐작되는 사람을 발견했다면 돌려주는 게 옳지 않겠느냐? 그렇게 하지 않으면 남의 물건을 취했다는 죄의식에서 벗어나지 못할 것이니라. 자, 당나귀를 몰고 저쪽 언덕 주변을 둘러보아라. 나는 반대 방향으로 갈 테니."

종자는 다급하게 소리쳤다.

"혼자서는 아무 데도 못 갑니다! 주인님 뒤를 따라가면 안 될까요? 제가 뒤쪽을 지키겠습니다요."

두 사람은 바위투성이의 비탈길을 가로질러 갔다. 언덕의 반대편에 이르렀을 때, 그들은 도랑에 처박힌 채 죽어 있는 당나귀를 발견했다. 산짐승에게 물어뜯기고 새들에게 쪼여 처참하기 그지없는 모습이었다.

돈 키호테가 천천히 입을 열었다.

"그자가 탔던 당나귀인 모양이구나."

"이런, 아주 형편없이 뜯겼습니다."

산초는 자기 당나귀를 토닥이며 말했다. 이때만큼은 결점 많은 자신의 당나귀가 세상의 그 어떤 명마보다도 소중하게 여겨졌다.

"조용! 좀 조용히 해라. 저 소리가 들리지 않느냐?"

산초가 뭐라고 대답하기도 전에, 한 무리의 양들이 나타났다. 늙은 양치기가 맨 뒤에서 휘파람을 불며 양들을 몰고 있었다. 그는 깊은 산골짜기 한복판에 우뚝 서 있는 이상한 차림새의 기사를 보고 깜짝 놀란 표정을 지었으나, 이내 인사를 하려는 듯 손을 흔들며 가까이로 왔다. 그러나 말을 건네는 목소리에는 의심이 가득했다.

"이런 산속에서 사람을 보는 게 흔치 않은 일이라 그런지 좀 얼떨떨하네요. 이 당나귀의 주인을 찾아오신 게요?"

돈키호테가 물었다.

"아까 저 언덕에서 머리를 산발하고 옷가지도 거의 걸치지 않은 남자를 언뜻 봤는데……. 혹시 그 사람이 주인이오?"

양치기가 대답했다.

"아마 맞을 겁니다. 그럼 혹시, 아무렇게나 내팽개쳐 둔 자루도 보셨는지?"

"봤습니다만."

늙은 양치기가 바위에 걸터앉으며 말했다.

"나도 진즉 그걸 봤지만 함부로 손을 대지는 못하겠더군요. 왠지 안 좋은 일에 말려들 것 같은 기분이 들어서요. 이 산에는 뭔가 이상한 기운이 작용하고 있는 것 같아요. 그런 판국에 남의 물건에 손을 댔다가 무시무시한 저주라도 받게 되면 큰일이잖소? 괜히 긁어 부스럼을 만들 필요는 없으니까."

산초가 경쾌한 어조로 대꾸했다.

"그러게요. 저도 일이 복잡해지는 건 딱 질색이에요. 그러니 제가 자루에다가 코를 박고 있는 모습 따위는 절대로 볼 수 없을 겁니다. 백 년이 가고 천 년이 가도 남의 자루를 건드리는 일은 결코 하지 않을……."

돈 키호테는 종자의 시답지 않은 말을 냉큼 잘랐다.

"그건 그렇고, 양치기 양반! 이 당나귀의 주인이 어떤 사람인지 아시오?"

"나도 아는 게 별로 없습니다만, 아는 대로 말씀드리지요. 한 여섯 달쯤 전이었을 거요. 여기서 건너편 쪽으로 쭉 가다 보면 양치는 사람들이 마련해 둔 오두막이 한 채 있어요. 거기서 동료들과 함께 쉬고 있는데, 어디선가 건장한 체격에 잘생긴 외모의 청년이 나타났소이다. 아까 댁들이 본 당나귀를 탄 채 길에서 봤다는 자루를 들고 말이오. 그 청년은 공손히 인사를 하고는 길을 묻더이다. 이 험한 산에서 인적이 가장 드문 오지 중의 오지가 어디냐고요. 우리는 여기서 조금만 더 들어가면 찾는 곳이 나올 거라고 했지요. 사실이 그렇소. 댁들도 여기서 조금만 더 갔더라면 길을 잃었을 게요. 모든 오솔길이 바로 여기서 끝이 나거든. 여기는 몇 달씩 지내도 사람의 그림자 한번 보기가 힘드니까 말이오."

산초가 불쑥 끼어들었다.

"그 말을 들으니 어째 소름이 쫙 돋는데요. 지금 우리를 겁주려고 그런 이야기를 하는 거죠?"

양치기는 산초의 말을 무시하고 이야기를 계속했다.

"그 얘기를 듣자마자 청년은 우리가 알려 준 쪽으로 가 버립디다. 그 후 여러 날이 지나도록 그를 보지 못했어요. 그런데 어느 날 갑자기 나타나서는 오두막에서 쉬고 있던 양치기한테 주먹질을 하고 음식을 훔쳐 가 버렸지 뭡니까? 우리는 산골짜기를 샅샅이 뒤져서 그 청년을 찾아냈습니다. 커다란 참나무의 움푹 파인 구멍 안에서 세상모르고 자고 있더군요.

우리는 서둘러 그를 깨웠습니다. 잠에서 깨어난 청년은 무척이나 예의 바르고 공손했습니다. 처음 봤을 때와 달리 옷은 너덜너덜하게 찢겨 있었고, 얼굴도 알아볼 수 없을 만큼 변해 있었지만요. 우리가 찾아온 이유를 말하자, 청년은 자신의 무례한 행동을 용서해 달라고 했습니다. 그러고는 앞으로 그런 행색으로 돌아다니는 모습을 보더라도 놀라지 말라고 하더군요. 자신이 저지른 죄에 대한 벌을 받고 있는 것이라고요.

그 후로 여러 번 오두막에 와서 함께 음식을 나누어 먹곤 했소이다. 적은 양을 먹게 되어도 감사의 인사를 꼭꼭 챙길 만큼 예의가 바른 사람이었지요. 말투도 상당히 교양이 있었고요. 그런데 이상한 것은 우리가 가족이나 직업 같은 개인적인 일을 물으면 입을 꽉 다물고 절대 대답을 하지 않더이다. 때로는 알 수 없는 광기에 사로잡혀서 혼자 있는 양치기를 공격하거나 양들에게 상처를 입히기도 했지요. 어떤 때는 흡사 미친개처럼 울부짖고 다니기도 했고요.

이 청년은 정신이 나가 있을 때마다 똑같은 말을 몇 번이고 으르렁거리면서 반복하는데, 우리로서는 도무지 무슨 뜻인지 알아들을 수가 없더군요. 정확하진 않지만, '페르난도, 네 이놈!' 어쩌고 하는 것 같았어요. 그래서 그 페르난도라는 자 때문에 청년이 저렇게 된 것이 아닐까, 하는 짐작만 했소이다. 저러다 청년이 정말로 미쳐 버리는 건 아닌가 싶어서, 억지로라도 마을로 데려가려던 참입니다."

양치기의 이야기를 듣자, 우리의 기사는 그 불쌍한 청년이 더욱더 보고 싶어졌다. 그는 주먹으로 가슴팍을 치며 큰 소리로 말했다.

"나는 슬픈 얼굴의 기사 돈 키호테요. 불행한 자에게 도움을 주는 것은 기사의 의무이자 책임이오. 맹세컨대, 그 청년을 찾을 때까지 이 산의 구석구석을 다 뒤지고 말겠소. 나, 돈 키호테가 그 청년을 구해 내겠다는 말이오."

산초가 언덕 쪽을 가리키며 말했다.

"뭐, 그렇게 뒤지고 다닐 필요는 없겠는데요? 저기, 언덕을 보세요. 그 청년입니다."

청년은 금방이라도 쓰러질 듯 비틀거리며 이쪽으로 다가왔다. 고통으로 일그러진 얼굴에, 만세를 부르듯 두 팔을 머리 위로 번쩍 치켜들고 있었다. 그들 앞에 선 청년은 자못 예의 바른 목소리로 인사를 건넸다. 돈 키호테는 곧장 로시난테에서 내리더니, 마치 오래전부터 알고 지낸 사이인 양 그를 안아 주었다.

청년은 뜻밖의 환대에 깜짝 놀랐는지 잠시 동안 가만히 있다가, 돈 키호테를 품에서 밀어낸 뒤 찬찬히 훑어보았다. 얼마간 침묵이 흐른 후, 청년이 입을 열었다.

"기사님이 누구신지는 모르겠으나, 이토록 크나큰 호의를 보여 주시니 감사할 따름입니다. 그 호의에 보답하고 싶지만, 제 상황이 이러해서 간절한 마음밖에 드릴 것이 없습니다."

돈 키호테가 말했다.

"당신을 돕고 싶소. 도대체 얼마나 큰 고통을 겪었기에 이 깊은 산중에서 친구도 이웃도 없이 혼자 지내는 것입니까? 당신의 말투나 인품으로 보아, 이런 곳에서 그런 행색으로 지낼 분은 아닌 것 같은데 말이오. 기사의 명예를 걸고 맹세하건대, 당신을 도울 수 있는 방법이 있다면 무엇이든 할 테니 사연을 들려주시오."

청년은 돈 키호테의 얼굴을 한참 동안 물끄러미 바라보았다. 그러더니 절망적인 표정으로 입을 열었다.

"혹시 이 굶주린 바보에게 음식을 좀 주실 수 있으신가요?"

돈 키호테는 산초에게 먹을 것을 꺼내 놓으라고 명령했다. 산초가 안장에 매단 자루에서 음식을 꺼내자, 청년은 소시지 한 개를 덥석 집어 입에 물고는 허겁지겁 씹으며 말했다.

"정말로 고맙습니다. 한때는 제게도 은접시에 최고급 요리만 담아서 먹던 시절이 있었지요. 지금은 사냥꾼에게 쫓기는 사자나 늑대처럼 숨어서 식사를 해야 하는 지경이 되었지만요."

돈 키호테가 확신에 찬 목소리로 말했다.

"당신이 훌륭한 집안의 출신이라는 사실을 알고 있소. 비록 다 찢어지고 더럽긴 하지만, 당신이 입고 있는 바지는 아주 고급스런 벨벳으로 만든 것이 아니오? 그런 좋은 옷은 아무나 입지 못하지. 더욱이 당신한테서는 용연향(龍涎香, 향유고래에서 채취하는 향료로, 사향과 비슷한 향기가 난다.―옮긴이) 냄새까지 나고 있소."

청년이 말했다.

"제가 왜 이렇게 되었는지 궁금하시겠지요? 그럼 선뜻 베풀어 주신 이 한 끼 식사에 대한 보답으로 자초지종을 말씀드리겠습니다. 그냥 절망에 빠진 사람이 지껄이는 푸념이라고 생각하고 들어 주시면 됩니다. 한 가지 부탁드릴 것은, 제가 이야기를 하는 동안 질문을 하거나 중간에 끼어들어 말을 막지는 않았으면 합니다. 불행했던 순간을 회상하는 것은 저에게 또 다른 고통이니, 가급적 빨리 이야기를 끝내고 싶기 때문입니다."

돈 키호테와 산초, 양치기는 동시에 고개를 끄덕였다. 그러자 청년은 잠시 동안 조용히 음식을 먹었다. 음식을 먹는 동안 그 누구도 입을 열지 않았다. 조촐한 식사를 마친 후, 청년은 사람들을 이끌고 근처에 있는 풀밭으로 갔다. 사람들이 풀밭에 둥그렇게 모여 앉자, 청년은 자신의 인생 역정을 하나하나 풀어 놓기 시작했다.

"제 이름은 카르데니오입니다. 안달루시아 지방에서도 꽤 큰 도시의 귀족 가문 출신이지요. 여섯 달 전까지만 해도 저는 제 자신을 가장 행복하고 운이 좋은 놈이라고 여겼습니다. 무엇 하나 부러울 것 없는 삶이었지요.

제 인생의 가장 큰 행복은 뭐니 뭐니 해도 어린 시절의 연인이자 영원한 사랑인 루신다였어요. 그녀는 저와 마찬가지로 귀족 가문의 딸이었습니다. 루신다는 그 어떤 여인과도 감히 비교할 수 없을 만큼 완전무결하게 아름다웠습니다. 성품 또한 흠잡을 데가 없었지요.

우리 집안과 그녀의 집안은 오래전부터 아주 가깝게 지냈기에, 우리는 어린 시절부터 서로에 대한 사랑을 키워 갔습니다. 양가 부모님도 우리의 마음을 알고 계셨지만 크게 걱정하지는 않으셨지요. 두 집안이 맺어지는 것을 암묵적으로 인정하셨던 셈입니다. 그런데 나이가 웬만큼 차자, 부모님들께서는 체면을 생각해서인지 함부로 만나지 못하게 하셨습니다. 그 덕분에 우리의 사랑은 더욱 깊어 갔지요.

그녀와 함께 있고 싶다는 열망이 점점 강하게 타올라 더 이상

견딜 수가 없을 것 같다는 생각이 든 어느 날, 저는 루신다를 찾아가 제 마음을 털어놓았습니다. 루신다도 제 마음과 똑같다고 말하더군요. 감히 내색을 하지 못하고 있었을 뿐이었다고요. 저는 너무나 기뻐서 혼이 빠질 지경이었습니다. 그날 우리는 사랑의 약속을 굳게 지키기로 맹세했지요.

그 후 저는 한달음에 루신다의 아버지께 달려가, 그녀를 아내로 맞게 해 달라고 청했습니다. 그분은 저를 기꺼이 사위로 받아들이겠다고 하셨습니다. 당연한 대답이었지요. 하지만 청혼만큼은 저의 아버지께서 직접 하셔야 정식으로 성립될 수 있다고 말씀하시더군요. 저는 그 말씀에 일리가 있다는 생각이 들어서 지체하지 않고 집으로 돌아왔습니다.

아버지는 언제나처럼 서재에 계시더군요. 제가 들어가자, 미처 말을 꺼내기도 전에 읽고 계시던 편지를 건네셨습니다. 그 편지는 스페인에서 가장 막강한 권세를 자랑하는 리카도 공작한테서 온 것이었지요. 내용인즉, 저에 관한 세간의 평판이 좋으니, 자기 아들 곁에서 친구로 있어 주기를 바란다는 것이었습니다.

아버지께서는 놓치기 아까운 기회라면서 꼭 가야 한다고 하셨지요. 제 생각에도 아주 좋은 기회 같았습니다. 공작께서 제게 적당한 지위를 보장해 주겠다고 하셨기 때문입니다. 그렇게 되면 저도 사랑하는 루신다 앞에서 좀 더 당당해질 수 있을 테고, 더 나은 여건에서 결혼할 수 있으리라 판단했습니다. 참으로 바보 같은 생각이었지요…….

저는 곧바로 루신다를 찾아가 그러한 상황을 설명해 주었습니다. 그러고는 리카도 공작이 나를 위해 어떤 자리를 마련해 두었는지 알아보러 가야 하기 때문에 당분간 청혼을 미룰 수밖에 없다고 말했지요. 그 일이 우리의 미래에 도움이 될 거라고요. 루신다는 저를 이해한다고 하면서 변치 않는 사랑을 맹세했습니다.

다음 날, 저는 공작이 계신 성으로 갔습니다. 그리고 얼마 지나지 않아 공작의 신임을 얻게 되었지요. 루신다가 몹시 보고 싶었지만, 하는 일이 재미있기도 하고 친구도 많이 사귄 덕분에 잘 지낼 수 있었습니다.

특히 공작의 둘째 아들인 돈 페르난도는 저를 무척 아끼고 존중해 주었습니다. 이 친구는 품위 있으면서도 대범했으며, 무척이나 낭만적인 성격이었지요. 좀 거칠고 이기적인 면이 있기도 했지만요. 특히나 여자를 보는 안목이 상당했습니다.

그 당시에는 부유한 농부의 딸과 사랑에 빠져 있었는데, 성 안팎에서 모르는 사람이 없을 정도였습니다. 그것을 두고 사람들이 이러쿵저러쿵 떠들어 댔지만, 제가 공작의 아들과 친구로 지내는 데에는 별다른 영향을 끼치지 않았기 때문에 세간의 평판에 귀를 기울이지 않았습니다.

그러던 어느 날, 돈 페르난도가 명마의 고장으로 이름난 우리 마을에 말을 사러 가야겠다고 하더군요. 사실은 그 아가씨와 헤어질 핑계를 찾기 위해서였어요. 그는 이삼 주일가량 우리 집에서 머물 수 있겠느냐고 물었습니다. 저는 돈 페르난도와 함께 고향에 머무는 동안 사랑하는 루신다를 만날 수 있다는 생각에 내심 기뻐했지요.

그런데 그 사실에 들뜬 나머지 제 인생 최대의 실수를 하고 말았습니다. 돈 페르난도에게 루신다에 관한 이야기를 털어놓은 것이었지요. 루신다가 너무나 보고 싶었던 나머지 감정이 절제되지 않았나 봅니다. 여자를 아주 쉽게 여기는 그에게 루신다가 얼마나 아름답고 우아한지 칭찬을 늘어놓았으니 말입니다.

그런 칭송 때문이었는지, 돈 페르난도는 루신다의 이야기에 큰 관심을 보였습니다. 그때 그 음흉한 속내를 눈치 챘어야 하는데……. 고향에 도착한 뒤, 그는 귀찮다 싶을 정도로 나를 따라다니더니, 급기야 루신다를 한 번만 보게 해 달라고 조르더군요. 저는 어쩔 수 없이 승낙했습니다. 그날 저녁, 제가 루신다를 만나는 동안 창문 너머로 잠깐 볼 수 있게 해 주었지요.

돈 페르난도는 루신다를 보고 난 후 내내 멍한 표정으로 있더니 말까지 잃어버렸습니다. '자네의 말이 하나도 틀리지 않는군.'이라고 말한 게 전부였을 정도니까요. 저는 무언가 불길한 기운을 느끼기는 했지만, 그때까지도 돈 페르난도가 루신다에게 반했다는 사실을 알아채지는 못했습니다.

돈 페르난도는 우리 두 사람 사이에 오고 간 이야기며 편지에 점점 더 깊은 관심을 보이더군요. 그러던 어느 날, 루신다가 제게 기사도 소설인 《아마디스 데 가울라》를 빌려 달라고 했습니다. 그런데……."

기사도 소설이라는 말은 돈 키호테를 흥분시키기에 충분했다. 게다가 최고의 기사도 소설로 꼽히는 《아마디스 데 가울라》라니! 우리의 기사는 가만히 있지 못하고 냉큼 끼어들었다.

"처음부터 루신다가 기사도 소설을 좋아한다고 말했다면, 그녀가 얼마나 지혜로운지 아는 데 긴 설명이 필요 없었을 것이오. 그것만으로도 이 세상에서 가장 아름답고 현명한 여인이라고 확신할 수 있으니 말이오. 나와 함께 우리 마을로 갑시다. 내 영혼의 결실이자 내 삶의 기쁨인 책들을 소개해 드리리다. 이렇게 갑작스레 이야기에 끼어든 것을 용서하시오. 기사 이야기를 들으면 달빛에 젖어 드는 것처럼 나도 모르는 사이에 빠져 들고 만다오."

카르데니오는 돈 키호테를 뚫어지게 바라보았다. 그의 눈빛이 초점을 잃은 채 흔들리고 있었다. 돈 키호테가 계속 말을 하고 있었지만 그의 귀에는 하나도 들리지 않는 듯했다. 돈 키호테는 기사 이야기에 심취한 나머지 카르데니오의 변화를 눈치채지 못했다.

바로 그때, 카르데니오가 갑자기 발뒤꿈치로 땅바닥을 쿵쿵 구르기 시작했다. 곧이어 몸을 심하게 떨더니, 입에서 하얗게 거품이 일었다.

양치기가 혀를 차며 말했다.

"또 발작이군. 가슴 아픈 이야기를 하고 나니 다시 광기가 휘몰아친 게야."

산초가 물었다.

"이 사람, 이렇게 되면 난폭해지나요?"

"그럴 거요."

돈 키호테가 일어서면서 말했다.

"겁낼 것 없도다. 내 옆에만 있으면 안전하니까."

카르데니오는 금세 발작을 멈추더니, 번득이는 눈빛으로 허공을 노려보며 으르렁대기도 하고 낄낄대기도 했다. 그러다 갑자기 퍽 하고 주먹 소리가 나는가 싶더니, 우리의 기사가 납작해져 버렸다. 곧이어 산초와 양치기도 흠씬 두들겨 맞았다. 돈 키호테는 한쪽 팔꿈치로 간신히 몸을 지탱한 채, 언덕 너머로 사라지는 카르데니오를 곁눈질하였다.

제 7 장

고행의 시간

 산초가 먼저 일어나 주인을 일으켜 세우고는 갑옷에 묻은 먼지를 털어 주었다. 양치기도 자리에서 일어나 잠시 몸을 추스르고는, 두 사람에게 작별을 고한 뒤 양 떼를 몰고 사라졌다.
 산초가 초조한 목소리로 말했다.
 "아무래도 여기서 빨리 벗어나는 게 좋을 것 같습니다. 여기서 미적대느니 차라리 성스러운 형제단을 만나는 것이 더 낫겠어요. 저 작자는 미쳐도 단단히 미쳤다고요."
 돈 키호테가 부르튼 입술을 달싹이며 말했다.
 "아니다, 아니야. 오히려 우리가 그 청년한테서 배울 점이 많은 것 같구나."

"주인님이야 그럴지 모르지만 저는 아닙니다요. 제 눈에는 대단히 위험한 인물로밖에 보이지 않아요. 아무 죄도 없는 제가 이렇게 얻어터졌으니, 이게 바로 그자가 미쳤다는 확실한 증거 아니겠습니까?"

우리의 기사는 엉뚱하게도 이렇게 대꾸했다.

"자고로 위대한 인물들은 자기가 철석같이 믿고 있던 것에 의문을 가질 때 절망의 시기를 맞게 되느니라. 그런 시기야말로 시인이 이야기하는 '영혼이 거쳐 가는 길고 어두운 밤'이라 하는 것이지."

그러고는 발뒤꿈치를 들어 한껏 키를 높인 다음, 엄숙한 시선으로 산초를 바라보며 명령했다.

"카르데니오가 내게 본보기를 보여 주었으니, 나는 이 깊고 험한 산중에 계속 머무르면서 그의 발자국을 따라가련다. 산초야, 너는 지금 당장 나의 둘시네아 아가씨에게 가거라. 그리하여 아가씨를 뵙거든, 내 말을 전하고 아가씨의 대답을 받아 오너라. 그동안 나는 여기서 나 스스로를 혹독하게 채찍질하겠다."

산초가 당황하여 물었다.

"예? 채찜질이라니요? 그게 대체 뭐란 말입니까? 무슨 뜨거운 찜질 같은 건가요?"

돈 키호테는 심각한 얼굴로 대답했다.

"'채찜질'이 아니라 '채찍질'이다. 나는 잠시도 쉬지 않고 내

몸에 채찍을 휘두를 것이다. 몹시 고통스럽겠지만……."

"주인님이 지금 무슨 말씀을 하시는 건지 도무지 모르겠습니다. 갑자기 무슨 충동이 일어서 그런 고통을 감수하시려는 겁니까?"

"나는 저 유명한 편력 기사 아마디스 데 가울라의 길을 따르려 하는 것이니라. 아마디스야말로 사랑에 빠진 기사들이 본받아야 할 태양이니, 그의 행적을 제일 비슷하게 따라 하는 편력 기사가 기사도를 가장 완벽하게 이룰 수 있도다. 아마디스는 자신의 용기와 강직함, 그리고 사랑을 증명하기 위해 깊은 숲 속에 들어가 은둔하며 고행의 시간을 보냈느니라. 이곳은 그 고행을 본받기에 참으로 적합한 곳이니, 이 기회를 놓칠 수가 없구나."

"아마디스인지 아디마스인지 하는 그 기사는 그런 바보 같은 고행을 할 만한 이유가 있었다지만, 주인님이 꼭 그래야 할 이유는 없잖습니까?"

우리의 기사가 벼락처럼 소리쳤다.

"종자여, 그만 입을 다물라! 더 이상 시간을 낭비하지 말고 어서 떠나 둘시네아 아가씨에게 내 마음을 전하고 오너라. 네가 얼마나 빨리 돌아오는가에 따라 나의 고통도 그만큼 줄어들 것이다. 아, 잠깐, 그런데 편지를 쓸 종이가 없구나. 가만있자……, 옳지! 카르데니오의 수첩을 좀 쓰면 되겠구나. 이 편지로 둘시네아 아가씨에게 내 마음이 영원히 안식에 들 수 있게 해 달라고 부탁해 보련다."

"아이고, 모르겠습니다. 어서 편지나 써 주세요."

우리의 기사는 잠시 주변을 어슬렁거리면서, 사랑하는 둘시네아 아가씨를 향한 자신의 마음을 심오하고 감동적인 언어로 표현해 내려 안간힘을 썼다. 그러다가 바위 위에 앉아 차분하게 편지를 쓰기 시작했다. 편지를 다 쓴 후, 그는 산초에게 따로 당부했다.

"혹시 네가 편지를 잃어버릴지도 모르니, 내가 읽어 주는 내용을 머릿속에 잘 새겨 두어라. 엘 토보소에 도착하거든, 아가씨 앞에 충성스럽게 무릎을 꿇고, 단 한 자도 빼지 말고 그대로 전해야 하느니라."

"편지 내용이 짧습니까요? 기억력이 별로 안 좋아서요."

"네 녀석의 농담 따위를 즐길 여유가 없느니라. 나, 슬픈 얼굴의 기사는 이 척박하고 험준한 산속에서 나의 아름다운 아가씨에게 헌신의 의무를 다하려 하노라. 그러니 너, 종자는 이 절절한 마음을 한 마디도 놓치지 말고 기억하여라."

산초는 흐느끼듯이 작은 목소리로 대답했다.

"최선을 다해 보겠습니다요."

돈 키호테는 잠시 마음을 가다듬더니 편지를 들고 읽기 시작했다. 흐르는 시냇물처럼 사랑의 단어들이 줄줄 쏟아졌다. 아름답고 고상한 글귀 하나하나가 마음속 깊은 곳을 울렸다.

"고귀하고 고귀하신 여인이여, 그대께서 진정 나를 사랑하신다면 '예.'라고 대답하셔야 합니다. 그러면 당신의 충성스러운 신하인 나, 돈 키호테는 말을 타고 한달음에 달려가서 언제까지나 그대 곁에 머무를 것이라오. 만일 그대의 대답이 '아니요.'라면, 슬픈 얼굴의 기사 돈 키호테는 이 음울한 산중에서 산양과 늑대와 바람 소리만을 벗 삼아 평생을 방랑하며 보낼 것이라오."

아무리 냉혹한 사람이라 할지라도 이토록 아름다운 사랑의 글을 듣고 눈물을 흘리지 않을 수 없을 것이었다. 산초는 주인의 애절한 사랑의 맹세에 넋을 잃었다. 주인의 말 한 마디 한 마디가 그의 마음에 생생하게 각인되는 듯한 기분이었다.

그러나 그것도 잠시, 뒤로 돌아서자마자 '예'와 '아니요' 딱 두 마디 빼고는 모든 말이 머릿속에서 사라져 버렸다. 대신 산에서 내려가면 맛보게 될 포도주와 맛있는 음식들이 머릿속을 가득 채웠다. 아주 짧은 순간 주인의 명령을 제대로 수행하지 못하면 어쩌나 하는 불안감이 파고들었지만, 편지를 잃어버리지만 않으면 만사가 잘 풀릴 것이라고 생각했다.

돈 키호테는 종자를 당나귀 쪽으로 떼밀며 재촉했다.

"산초 판사여, 어서 당나귀에 올라타라. 로시난테도 네가 데리고 가서 돌봐야 하느니라. 말이든 뭐든 나에게 조금이라도 안락을 가져다주는 것은 필요치 않도다. 나의 고행은 바로 이 순간부터 시작되어 둘시네아 아가씨의 대답을 들을 때까지 멈추지 않으리라."

돈 키호테는 갑옷을 벗어 바닥에 내려놓더니, 윗옷과 바지를 차례대로 벗어 버렸다. 산초는 당황한 나머지 벌어진 입을 다물지 못했다. 우리의 기사는 돌멩이 하나를 집어 들고는 비쩍 마른 자신의 가슴을 마구 쳐 댔다. 그다음에는 죽은 나무에서 가지를 꺾어 들더니, 자기 몸을 사정없이 후려치고 또 후려쳤다.

산초가 비명을 지르며 말렸다.

"주인님, 제발 그만 하세요. 그러시다가는 제가 계곡을 벗어나기도 전에 앙상한 해골만 남겠어요."

"종자여, 어서 움직여라. 네가 돌아왔을 때 나를 잘 찾을 수 있도록 저 언덕에 있는 높은 바위 위에 올라가 있으마."

돈 키호테는 곧장 언덕으로 달려가 바위 위로 올라갔다. 그러고는 나뭇가지로 채찍질을 하기도 하고 돌멩이로 가슴팍을 세게 내려치기도 하면서, 영원히 변하지 않을 자신의 사랑을 맹세하고 또 맹세했다. 간간이 고통과 한탄이 뒤섞인 절규가 들려오기도 했다.

산초는 당나귀를 탄 채 로시난테를 끌고 산에서 내려왔다. 엘 토보소로 가기 위해 한적한 길을 지나가던 중, 얼마 전에 봉변을 당한 여관 앞을 지나게 되었다. 그 여관에 다시는 발을 들여놓고 싶지 않았지만, 따뜻한 음식과 포도주 생각이 그를 여관

쪽으로 이끌었다. 문간에 서서 들어갈지 말지 망설이고 있는데, 뜻밖에도 낯익은 얼굴들이 눈에 띄었다.

　돈 키호테의 친구이자 산초의 이웃인 신부와 이발사가 여관 안에서 나오고 있었다. 두 사람은 다른 도시에 일을 보러 가던 길에, 말에게 물을 먹이러 여관에 잠시 들른 참이었다. 신부가 산초를 알아보고 말을 건넸다.

"이게 누구야? 산초 판사 아닌가?"

산초가 반가워하며 인사를 했다.

"오호, 신부님! 안녕하세요?"

신부는 이발사를 힐끗 돌아보고는 이렇게 말했다.

"들리는 말로는, 자네가 우리의 골치 아픈 친구 키하노의 종자가 되었다던데?"

산초는 자랑스럽게 대답했다.

"그게 새로 얻은 직업입지요. 저는 슬픈 얼굴의 기사를 위해 일하고 있습니다요."

신부가 고개를 절레절레 흔들면서 말했다.

"내 앞에서 그런 말도 안 되는 소리는 하지도 말게. 불쌍한 키하노가 제정신이 아니라는 걸 자네도 곧 깨달을 걸세."

산초가 자기 턱을 긁적이며 말했다.

"하긴 이상한 사건이 적잖게 일어났지요. 주인님의 성격이 종잡을 수 없기는 해도, 종자를 배려하는 마음만큼은 대단하답니다. 그래서 아직 주인님한테 의지하고 있는 것이기도 하고요. 조금만 기다리면 주인님이 제게 섬 하나를 주겠다고 하셨습니다. 그럼 저는 영주가 되는 거지요. 자, 이제 저는 여관 안으로 들어가서 뭘 좀 먹어야겠습니다요."

신부가 명령조로 말했다.

"잠깐만! 자네 주인은 지금 어디에 있지?"

산초는 콧잔등을 손가락으로 톡톡 두드리면서 대답했다.

"주인님은 지금 무척 은밀하고 중대한 일을 추진하고 계세요. 제 두 눈을 걸고 맹세하건대, 어디에 계신지는 알려 드릴 수 없습니다요."

산초와 신부의 대화를 가만히 듣고만 있던 이발사가 갑자기 무언가를 발견하고 입을 열었다.

"그런데 그건 키하노의 안장에 매달려 있던 자루가 아닌가? 자네 당나귀 뒤에 있는 저 말도 필시 자네 주인이 타던 말이고. 안 그런가?"

신부가 넌지시 이발사를 보면서 말을 이었다.

"그렇다면 자네가 주인을 살해하고 말을 훔쳤다고 생각해도 되겠나? 지금 당장 경찰을 불러야겠군."

겁에 질린 산초가 서둘러 대답했다.

"제가 남을 해칠 위인으로 보이십니까? 주인님께서는 그저 저 산에서 고행을 하고 계실 뿐입니다."

산초는 여태껏 경험한 갖가지 모험담을 단숨에 풀어 놓은 뒤, 돈 키호테가 지금 어떤 상태인지 들려주었다. 그러고는 이렇게 덧붙였다.

"그래서 지금 몹시 흥분해 계십니다요."

신부가 물었다.

"뭐라고 했는가? 다시 한 번 말해 보게나."

"제 말씀은, 주인님이 채찍을 맞고 있다는 뜻입니다. 온몸에 피멍이 들 때까지 스스로를 채찜질, 아니 채찍질하고 계시지요. 저는 주인님이 사랑하는 둘시네아 아가씨에게 빨리 편지를 전하고 답변을 받아 가야 합니다. 안 그러면 주인님이 채찍질을 영원히 멈추지 않으신 채 방랑을 하겠다고 하셨습니다."

"무슨 답변 말인가?"

"사랑의 편지에 대한 답변입지요."

"알 만하네. 간단히 말해서 속죄를 하고 있는 셈이로군."

산초가 되물었다.

"네? 숙제요? 그게 어떻게 하는 건데요?"

"지금 그게 중요한 게 아니네. 당장 우리의 친구 키하노를 집으로 데려가서, 그 산란한 마음을 진정시킬 방법을 찾는 게 급선무야."

이발사가 말했다.

"동감이네. 우리의 친구를 고향으로 데려갈 수 있는 방안이 분명 있을 거야."

신부는 잠시 생각에 잠겨 있다가 눈을 크게 뜨며 말했다.

"좋은 생각이 떠올랐네."

이발사가 물었다.

"뭘 어떡해야 하지?"

"일단 우리 둘 다 옷이 한 벌씩 필요해."

그날 늦은 오후, 산초는 키가 큰 숙녀 두 명을 호위해서 산으로 향했다. 당나귀를 타고 가는 아가씨들의 모습은 어딘지 모르게 불편해 보였고, 옷차림이나 화장 역시 몹시 어색하고 괴상했다. 여러분이 짐작하다시피, 이 아가씨들은 여장을 한 신부와 이발사였다. 그러니 그런 기괴한 분위기가 나는 것도 무리는 아니리라.

신부는 돈 키호테가 제정신이 아닌 데다 무기까지 있으므로, 함부로 데려가려고 하다가는 봉변을 당할지도 모른다고 생각했다. 그래서 생각해 낸 방법이 바로 변장술이었다. 신부와 이발사는 공주와 시녀로 변장을 했다. 곤경에 처한 공주가 도움을 요청한다면, 용맹스런 기사는 차마 거절하지 못할 것이 분명했다.

조금 전 신부는 다시 여관으로 들어가 안주인과 다소 거북한 대화를 나누고 난 뒤, 여자 옷 두 벌과 모자를 빌리는 데 성공했다. 안주인이 선뜻 내켜 하지 않자, 신부는 자신의 새 사제복을 담보로 맡겼다.

다음 단계는 산에서 돈 키호테를 불러낼 만한 구실을 찾는 것이었다. 신부는 돈 키호테의 귀를 솔깃하게 할 만한 '기사도적인 도전'이 필요하다고 말했다.

이발사가 수염을 옷 안으로 밀어 넣으면서 되물었다.

"기사도적인 도전이라니?"

신부가 대답했다.

"악당이나 건달 정도는 너무 사소해서 소용이 없을 것이네. 그런 것보다는 아주 포악한 거인이 왕국을 위협하고, 고귀한 공주를 모욕했다고 하는 게 더 효과적일 거야. 그러면서 돈 키호테가 세상에서 가장 용감한 기사라는 소문을 들었으니, 그 원한을 갚을 수 있도록 도와 달라고 간청하러 왔다고 둘러대는 게 좋겠네."

이발사가 물었다.

"그런 황당한 이야기를 믿을까?"

"제정신을 가진 사람이라면 당연히 안 믿겠지. 하지만 그 친구가 어디 정상인가? 당연히 믿을 거야. 암, 믿고말고."

그날 저녁 땅거미가 질 무렵, 신부 일행은 깎아지른 듯한 낭떠러지가 앞을 가로막는 시에라 모레노 산의 중턱에 들어섰다. 그들은 작은 시냇가에 천막을 치고 나서, 딱딱한 빵과 치즈, 그리고 포도주가 전부인 조촐한 식사를 했다.

산초가 커다란 빵을 한입 베어 물고 우물거리며 물었다.

"신부님, 질문이 하나 있는데요? 신부님의 계획에 대한 겁니다만."

신부가 대답했다.

"얼마든지 물어보게나. 질문이 많을수록 좋은 계획은 더 탄탄해지고 나쁜 계획은 약점이 드러나게 마련이니까."

"제가 둘시네아 아가씨한테 사랑의 편지를 제대로 전달하지 않았다는 사실을 주인님이 알게 되면, 저는 사정없이 채찍을 맞을지도 모릅니다. 이를 어쩌지요?"

"아주 좋은 질문이군. 그럼 일단 이렇게 해 보세나. 우리의 친구를 만나게 되면, 아가씨를 만나 편지를 전했다고 말하게. 그리고 아가씨가 편지에 대한 답을 하기 전에, 먼저 자네 주인을 보고 싶어 한다고 전하게나."

산초는 손뼉을 치며 대답했다.

"그러면 둘시네아 아가씨를 만나기 위해 곧장 산에서 내려오겠군요. 거인이나 공주 이야기를 골치 아프게 꺼낼 필요도 없겠네요."

"그렇겠군. 운이 좋으면 우리가 이렇게 볼썽사나운 복장을 하고 힘들게 나서지 않아도 되겠는걸."

다음 날 아침, 산초는 돈 키호테를 데려오기 위해 길을 떠났다. 신부와 이발사는 산초가 돌아올 때까지 기다리기로 하고, 냇가에서 몸을 씻은 다음 나무 그늘 아래에서 한가로이 쉬고 있었다. 시간이 얼마나 지났을까? 어디선가 아름다운 노랫소리가 들려왔다. 너무나 달콤하고 구슬퍼서 감탄사가 절로 터져 나올 지경이었다.

목소리의 주인공은 사랑을 잃은 슬픔을 노래하고 있었다. 듣는 이의 심금을 울리는 노랫소리에 점점 깊은 한숨과 흐느낌이 섞여 들기 시작했다. 신부와 이발사는 그토록 슬픔에 잠긴 이가 누구인지 알아보기 위해 노랫소리가 들리는 쪽으로 가 보았다. 몹시 지저분한 몰골에 생기라고는 전혀 찾아볼 수 없는 청년이 바위 위에 앉아 처량하게 혼잣말을 중얼거리고 있었다.

처음에 두 사람은 청년의 모습을 보고 깜짝 놀랐지만, 곧 전날 밤에 산초에게서 들은 이야기를 떠올렸다. 그는 산초가 묘사한 카르데니오의 모습 그대로였다. 그때는 산초가 꾸며 낸 이야기인 줄 알고 흘려듣고 말았는데, 막상 그 청년을 직접 보니 그 사연을 더 자세히 알고 싶다는 생각이 들었다.

신부가 그에게 다가가며 말을 걸었다.

"오, 당신이 카르데니오로군요! 우리는 그대의 이야기를 이미 들어 잘 알고 있다오."

신부는 자신들이 누구이며, 그의 사연을 어떻게 알게 되었는지, 그리고 왜 이 산까지 오게 되었는지를 이야기해 주었다. 그러고는 카르데니오를 조금이라도 돕고 싶으니, 어찌하여 그렇게 슬픔에 잠겨 있는지 자세히 알려 달라고 했다.

카르데니오가 말했다.

"고맙습니다, 신부님. 사람들 말로는 제가 가끔씩 정신이 오락가락한다고 합니다만, 지금 이 순간만큼은 마음과 정신이 아주 평화롭게 안식을 누리고 있습니다. 신부님 앞이라면 최선을 다해 제 자신을 다스려 보겠습니다."

카르데니오는 며칠 전 돈 키호테와 양치기에게 했던 이야기를 똑같은 순서로 두 사람에게 들려주었다. 돈 키호테의 참견으로 우리가 미처 듣지 못했던 사연은 다음과 같다.

"나중에 그 책을 돌려받았을 때, 책장 사이에 루신다의 편지가 있었습니다. 저를 사랑하는 마음이 절절하게 담긴 그 편지를 보는 순간, 무슨 일이 있어도 빠른 시일 내에 그녀를 아내로 맞아야겠다는 생각이 들었습니다. 하지만 그 편지를 계기로 돈 페르난도가 저한테서 루신다를 빼앗기로 작정한 사실은 꿈에도 생각지 못했지요.

어느 날, 돈 페르난도가 제게 물었습니다. 왜 루신다와 결혼하지 않느냐고요. 혹시 그녀의 아버지가 결혼을 반대하는 건 아니냐고 하더군요. 저는 아버지를 통해 정식으로 청혼을 해야 하는데, 공작님을 모시느라 그럴 기회가 없었다고 답해 주었습니다. 그러자 돈 페르난도는 '그럼 내가 자네 대신 결혼 준비를 해 달라고 말씀드려 주겠네.'라고 하면서 저를 안심시키더군요.

당시에는 그렇게까지 저를 생각해 주는 그의 마음이 고마울 뿐이었습니다. 그래서 돈 페르난도가 며칠 동안 자기 형한테 다녀와 달라고 부탁했을 때에도 전혀 의심하지 않고 기꺼이 수락을 했지요. 저는 루신다에게 돈 페르난도가 우리의 결혼을 도울 것이니 아무 걱정하지 말라고 하고는 집을 떠났습니다. 그런데 집을 떠난 지 사흘째 되던 날, 루신다가 편지를 보내왔더군요. 그 편지를 읽는 동안, 제 심장은 금방이라도 터져 버릴 것만 같았지요.

편지의 내용은 이랬습니다. '돈 페르난도가 우리 아버지에게 저를 아내로 맞고 싶다고 청혼을 했어요. 그는 자신의 욕망을 채우기 위해 우리의 결혼을 돕겠다고 거짓말을 한 것입니다. 이틀 후 저는 비밀리에 결혼식을 올려야만 해요. 카르데니오! 저를 잊은 건 아니겠죠? 왜 돌아오지 않는 건가요? 이 비열한 사람의 욕망 때문에 우리의 사랑이 끝나 버리기 전에 어서 저를 구해 주세요.'

저는 앞뒤 따져 볼 겨를도 없이 서둘러 길을 떠났습니다. 쉬지 않고 말을 달렸지요. 루신다의 집 근처에 도착했을 때는 결혼식 날의 아침이 어스름하게 밝아 오고 있었습니다. 저는 사람들의 눈에 띄지 않도록 조심하면서 결혼식 준비가 한창인 예배당 안으로 들어가 재빨리 커튼 뒤로 몸을 숨겼지요.

예배당 안에는 돈 페르난도와 증인이 되어 줄 루신다의 사촌

이 있더군요. 돈 페르난도를 보는 순간, 분노와 공포가 사정없이 요동쳐 왔습니다. 저는 허리춤에 숨겨 둔 칼을 꽉 움켜쥐었습니다. 그리고 막 숨을 고르려는 찰나, 신부님이 사제를 데리고 나타났습니다. 그 뒤로 루신다와 그녀의 부모가 차례로 안으로 들어섰습니다.

제가 사랑하는 여인은 부드러운 비단으로 만든 새하얀 예복을 입고 있었는데, 하늘에서 갓 떨어진 눈송이처럼 순결해 보였습니다. 바보스럽게도 저는 눈부시게 아름다운 그녀의 모습에 정신이 팔려서 식이 시작된 줄도 모르고 있었지요.

그때 '예.'라고 대답하는 돈 페르난도의 음성에 귀가 번쩍 뜨였습니다. 동시에 제 눈은 루신다의 입을 향했지요. 루신다가 머뭇거리는 짧은 순간, 고통스러운 침묵이 흘렀습니다. 저는 곧바로 뛰쳐나가서 연적(戀敵)의 가슴에 칼을 꽂을 작정이었습니다. 그런데 그때 실낱 같은 기대가 뒷덜미를 잡아당기더군요.

'그래, 난 지금 루신다의 대답을 기다리고 있다. 어쩌면 이번 일이 루신다의 사랑을 확인하고, 내 자존심을 회복할 수 있는 절호의 기회일지도 몰라.'

아, 그러나 제가 들은 것은 기다리던 대답이 아니었습니다. 루신다는 떨리는 목소리로 '예.'라고 대답하더니 풀썩 쓰러지고 말았습니다. 저는 그녀의 대답에 엄청난 충격을 받은 나머지 그 자리에서 얼음처럼 굳어 버렸지요. 깜짝 놀란 사람들이 의사를 부르려고 이리저리 뛰어다니느라 예배당 안은 온통 난리법석이었답니다.

그녀의 어머니는 몸을 숙여 그녀가 숨 쉬기 편하도록 가슴 쪽의 단추를 풀었습니다. 그때 뭔가를 발견하고는 '루신다의 손에 편지가 있어요!' 하고 소리치더군요. 돈 페르난도는 루신다의 손에서 편지를 잽싸게 낚아챘습니다. 이윽고 편지를 읽는 돈 페르난도의 두 눈이 이글이글 타올랐습니다.

저는 그 광경을 더 이상 지켜볼 수가 없어서 밖으로 나와 버렸습니다. 결국 저는 루신다에게 버림을 받은 것이었지요. 감당하기 어려운 절망감을 안고 그 길로 고향을 떠났습니다. 그러고는 은둔자로 살다가 인생을 끝내려고 이 산속으로 들어온 것이지요. 그 누구의 도움도 받지 않은 채 완전한 고독 속에서 살아가는 은둔자 말입니다.

타고 온 당나귀가 죽어 버리자, 가지고 온 짐마저 팽개친 채 그저 멍하니 걷기만 했습니다. 그러다가 어느 순간 정신을 잃었지요. 나중에 정신을 차려 보니 양치기들이 곁에 있었습니다. 그들의 입을 통해 제가 광기에 사로잡히면 이성을 잃고 야수로 돌변한다는 사실을 알았지요. 제정신이 돌아오면 만신창이가 된 몸을 이끌고 참나무의 구멍으로 돌아와 잠이 들곤 했습니다. 여기까지가 제가 이곳에 있게 된 사연입니다."

이렇게 카르데니오의 파란만장한 이야기는 막을 내렸다. 신부는 무언가 위로의 말을 건네야겠다고 생각했지만, 뭐라고 해야 할지 딱히 입이 떨어지지 않았다. 카르데니오가 다시 입을 열었다.

"감사합니다, 신부님. 사랑하는 사람을 다시금 기억하게 해 주셔서요. 그 모든 일은 이 깊고 깊은 산골짜기 밖에서 일어난 일입니다. 이제는 그 누구도 저를 도와줄 수 없어요. 그 어떤 대단한 기적이 일어난다 해도, 저는 이 불행한 운명에서 구원받을 수 없을 겁니다."

카르데니오의 말이 끝나 갈 무렵, 어디선가 아름다운 노랫소리가 들려왔다. 시냇물 건너 커다란 암벽 뒤쪽에서 들려오는 듯했다. 신부가 손을 들어 카르데니오에게 조용히 하라는 신호를 보냈다. 세 사람은 자리에서 일어나 조심스럽게 주변을 둘러본 후 숲의 가장자리로 걸어갔다.

커다란 암벽을 돌아가니, 농부 차림을 한 소년이 나무 밑에 앉아 슬픈 연가(戀歌)를 부르고 있었다. 아름다우면서도 슬픈 목소리였다. 신부는 소년이 눈치 채지 못하도록 바위 뒤에 몸을 숨기라고 손짓을 하였다. 이윽고 소년이 자리에서 일어나더니, 겉옷을 벗어 나뭇가지에 걸어놓고는 신발을 벗고 물가로 걸어가서 발을 씻었다.

카르데니오가 놀란 표정으로 속삭였다.

"저것 좀 보세요. 발이 백옥처럼 하얗네요."

이발사가 덧붙였다.

"농부의 발이라고 하기에는 너무 매끄럽군요."

발을 다 씻은 소년은 곧 허리를 펴고 일어섰다. 그가 쓰고 있던 모자를 벗는 순간, 황금빛 머리카락이 굽이치며 길게 흘러내렸다. 그 덕분에 세 사람은 소년의 얼굴을 정확히 볼 수 있었다.

그때 신부가 탄성을 지르듯 말했다.

"농부가 아니라 여인이로구나."

카르데니오가 덧붙였다.

"게다가 루신다만큼이나 아름답군요."

"어서 나가서 만나 봅시다."

신부의 말이 떨어지기가 무섭게, 세 사람은 누가 먼저랄 것도 없이 숨어 있던 곳에서 제각기 모습을 드러냈다. 그러자 아름다운 여인이 부스럭거리는 소리가 나는 쪽을 바라보았다. 그녀는 낯선 남자들을 발견하자마자 비명을 지르면서 바위 사이로 황급히 도망치려 했다. 하지만 냇가에 널린 날카로운 돌멩이들이 여인의 부드러운 발을 가만히 놔둘 리 만무했다. 그녀는 채 얼마 못 가 발을 헛디디며 넘어지고 말았다.

신부가 소리쳤다.

"아가씨, 겁낼 것 없소이다. 아가씨를 해치려거나 겁주려는 게 아닙니다. 우리는 우연히 아가씨의 노래를 듣고 사연이 궁금해서 쫓아온 것 뿐이오. 아가씨가 누구인지는 상관없소이다. 그저

도와주고 싶은 것이라오."

여인은 몹시 당황했는지 아무 말도 하지 않았다. 그러자 신부가 다시 말했다.

"이토록 고귀해 보이는 아가씨가 어찌하여 농부 차림을 하고 있는 건가요? 이렇게 적막한 곳에서 어울리지 않는 옷차림으로 아름다움을 숨기고 있다는 것은 필시 어떤 사연이 있다는 뜻일 터, 우리가 당신의 괴로움을 해결해 줄 수는 없겠지만 충고 정도는 할 수 있을 것이오. 그러니 아가씨의 사연을 들려줄 수 없겠소? 우리한테 음식이 좀 있으니, 뭘 좀 먹으면서 이야기를 나눠 보는 게 어떻겠소?"

아가씨는 신부 일행을 한 명씩 번갈아 바라보다가, 잠시 후 깊은 한숨을 내쉬며 입을 열었다.

"저에게 도움을 주고 싶어 하는 마음이 진심으로 전해지니, 그 호의에 보답하는 의미에서라도 제 얘기를 하지 않을 수 없겠네요. 제 불행이 여러분께 슬픔을 안겨 드리지나 않을까 조심스럽습니다. 제 불행은 치유될 수도, 위안을 찾을 수도 없기 때문이지요."

그녀는 신발을 신고 머리를 가다듬은 다음 차분하게 자리를 잡고 앉았다.

제 8 장
도로테아의 슬픈 사연

 신부는 먼저 자기가 왜 이 산속으로 들어오게 되었는지 설명하면서, 혹시 이 근처에서 정신이 나간 기사를 보지 못했느냐고 물었다. 아가씨가 대답했다.
 "저는 여러 달 동안 이 산의 곳곳을 안 다녀 본 데 없이 돌아다녔어요. 믿기지 않는 장면을 여러 번 목격하긴 했지만, 기사처럼 보이는 사람은 본 적이 없어요."
 카르데니오가 물었다.
 "그건 그렇고 아가씨는 왜 여기에 머물러 있는 건가요? 이곳은 아가씨처럼 연약하고 고운 분이 계실 곳이 못 됩니다."
 아가씨가 우울한 표정으로 대답했다.

"저는 외모 때문에 이 지경에까지 이르게 되었습니다. 아름다운 외모가 행복을 보장해 주지 않는다는 사실을 절실히 깨달았지요. 제 이야기를 들으면 아마 돌이라도 눈물을 흘릴 거예요."

"어디 속 시원히 이야기해 보시오. 분명 우리가 도움을 줄 만한 일이 있을 게요."

신부는 그렇게 말하면서 나뭇등걸에 비스듬히 몸을 기댔다. 우스꽝스러운 옷차림 때문에 성스러움과는 거리가 멀어도 한참 멀어 보였지만, 표정만큼은 고해성사를 들을 때처럼 고요하고 침착했다.

아가씨는 두 눈에 눈물이 그렁그렁한 채 이야기를 시작했다.

"제 이름은 도로테아입니다. 부모님은 안달루시아의 부유한 농부시고요."

카르데니오가 부쩍 관심을 보였다.

"아, 제 고향과 같은 곳이군요."

그러자 신부가 말했다.

"아가씨가 편안히 이야기할 수 있게 끼어들지 말고 끝까지 들어 봅시다."

도로테아는 다시 이야기를 이어 갔다.

"비록 내세울 것 없는 가문이었지만, 우리 가족은 더할 나위 없이 행복했기에 남부러울 것이 없었습니다. 하지만 가문이 좀 더 훌륭했다면 부모님도 더 이상 바랄 게 없으셨을 테고, 저 역시 이런 불행에 빠지지 않았을지도 모르지요. 나름대로 풍족한 생활을 했는데도, 막상 이렇게 되고 보니 신분에 대한 원망이 드는 것은 어쩔 수가 없군요.

저는 부모님의 가장 고귀한 재산이었습니다. 자식이라곤 저 하나뿐이었기 때문에 저를 향한 두 분의 사랑은 정말 대단했지요. 저는 그 사랑을 너무나 잘 알기에 부모님의 뜻에 어긋나는 행동은 조금도 하지 않았습니다. 나이가 들면서는 부모님을 도와 농사일을 거들기 시작했지요. 그 덕분에 아버지처럼 부유한 농부가 되려면 어떻게 해야 하는지도 알게 되었고요.

농사일이 계획적으로 진행되는지 점검하고, 가축을 관리하며, 인부들 각자에게 맞는 일을 적절히 나누어 주는 등 하루하루가 무척이나 바빴습니다. 그 모든 일들이 몹시 힘들었지만, 보람을 느낄 수 있었기에 아주 만족스러웠습니다. 그러다 시간이 나면 바느질을 하거나 책을 읽기도 하고, 하프 같은 악기를 연주하기도 하며 마음을 다스렸지요.

그렇게 지내다 보니, 외출 같은 건 상상도 할 수 없었어요. 몇 안 되는 친구들조차 만날 틈이 없었으니까요. 그런데도 하는 일 없이 마을을 어슬렁거리던 그의 눈에 들고 말았습니다. 뱀처럼 야비한 그의 이름은, 아, 돈 페르난도였답니다."

그 이름을 듣는 순간, 카르데니오의 얼굴이 하얗게 질렸다. 신부와 이발사는 그런 변화를 곧바로 눈치 챘다. 두 사람은 말로

만 들었던 광기가 발동하지나 않을까 걱정하며 카르데니오를 조심스레 바라보았다. 다행히 카르데니오는 자신의 마음을 잘 다스리고 있는 듯했다. 카르데니오의 심정을 알 리 없는 도로테아는 이야기를 계속했다.

"그는 스페인의 대귀족이자 안달루시아에서 상당한 지위에 있는 공작의 작은아들이었어요. 돈 페르난도는 저를 보자마자 사랑에 빠졌다고 하더군요. 그는 제 마음을 얻기 위해 하루도 빠짐없이 선물을 보냈고, 우리 집 앞에서 날마다 연주회와 축제를 열었으며, 사랑의 편지를 숱하게 보냈습니다.

제 환심을 사기 위한 그의 행동들이 다양해질수록, 저는 마음을 더욱 단단히 다잡았습니다. 사실 그처럼 매력적이고 강한 열정을 지닌 남자는 일찍이 본 적이 없었어요. 내색할 순 없었지만, 그토록 훌륭한 가문의 자제에게 지나칠 정도의 찬탄을 받는 것은 자못 큰 기쁨이었지요. 그렇지만 부모님께 가정교육을 워낙 철저히 받았던 터라 그런 달콤한 말에 쉽사리 흔들리진 않았습니다.

부모님께서도 돈 페르난도의 속셈을 알아차리시고, 그가 하는 말은 진실한 사랑이라기보다는 자신의 욕망을 채우려는 것일 뿐이라고 충고하셨습니다. 그래서 제가 원한다면 비슷한 집안에서 훌륭한 젊은이를 찾아 맺어 주겠다고 하셨지요. 저는 부모님의 뜻을 따르기로 하고, 그에게 일말의 희망도 주지 않겠다고 작정했습니다.

그렇지만 돈 페르난도는 우리 부모님이 다른 결혼 상대를 찾는다는 사실을 알고선 강제로라도 저를 갖겠다고 결심했던 모양입니다. 어느 날 밤, 그가 제 방에 찾아왔습니다. 그런 일을 우려해 문단속을 철저히 했건만, 어처구니없게도 제 하녀를 돈으로 매수해 방 안까지 들어와 버렸습니다. 저는 너무나 당황한 나머지 눈앞이 깜깜해질 뿐 아무 말도 할 수가 없더군요.

그는 두 팔로 저를 꽉 끌어안고는 눈물을 흘리며 사랑을 호소했습니다. 저는 이내 정신을 차리고 그에게서 벗어나려고 했지만, 그는 저를 놓아주지 않았습니다. 그를 부드럽게 달래기도 하고 냉정하게 나무라기도 하며, 어떻게든 설득을 해 보려 무진 애를 썼습니다. 그러나 돈 페르난도는 아랑곳하지 않더군요. 그러다 어느 순간부터였을까? 그의 눈물과 한숨, 진실한 사랑의 맹세에 제 마음이 움직이기 시작했습니다.

결국 돈 페르난도와 저는 하녀와 하느님을 증인으로 삼아 우리만의 결혼식을 치렀습니다. 그는 자신의 맹세를 거듭 확인시켜 주면서, 저에게 증인 앞에서 맹세한 것을 반드시 지켜야 한다고 말했지요. 그렇게 하겠다고 한 뒤에야 저는 그의 팔에서 풀려날 수 있었습니다. 하지만…… 불행은 그때부터 시작되었던 거예요. 그는 날이 새기도 전에 제 곁을 떠났습니다. 원하는 것을 얻었으니, 당장이라도 버리고 싶었겠지요.

그가 가고 나자, 저는 기쁨인지 슬픔인지 모를 혼란스런 감정에 사로잡혔습니다. 어쩔 수 없이 한 결혼이기는 하지만, 그의 진심을 믿었기에 밀려드는 불안감을 애써 밀어냈습니다. 그러나 그날 밤 이후 저는 그의 모습을 다시는 볼 수 없었습니다. 수십 번 사람을 보내어 소식을 전해도 아무런 답변을 들을 수 없었지요.

거의 한 달 동안을 폐인처럼 살았습니다. 그럴 리가 없다고 부정하다가도 스스로를 꾸짖으며 괴로운 시간을 보냈습니다. 결국엔 저의 어리석음과 제게 닥친 불행을 인정할 수밖에 없었지요. 그러다 어떤 소문을 듣게 되었습니다. 돈 페르난도가 이웃 도시에 살고 있는 이름난 가문의 아름다운 아가씨와 결혼한다는 것이었지요. 그 아가씨 이름은 루신다라고 했습니다."

루신다라는 이름이 그녀의 입에서 나오는 순간, 카르데니오는 입술을 깨물며 얼굴을 찌푸렸다. 잠시 후에는 그의 눈에서 눈물이 흘러내렸다. 그러나 도로테아는 이야기를 멈추지 않았다.

"저는 우리 부모님이나 제 자신이 그렇듯 쉽게 모욕당하도록 내버려 둘 수 없었습니다. 물론 부모님은 아무것도 모르셨지만요. 그래서 아주 충직한 하인에게 원수가 있는 그곳에 함께 가 달라고 부탁했습니다. 그를 만나 모든 것을 원점으로 돌리고 싶었습니다. 아니, 왜 저한테 그런 짓을 했는지 해명이라도 듣고 싶은 심정이었지요. 저는 이런 복장을 한 다음, 간단히 짐을 꾸려 한밤중에 몰래 집을 나섰습니다.

 이웃 도시에 도착하자마자, 처음 만난 사람에게 루신다의 집이 어디인지 물어보았습니다. 그 사람은 루신다라는 이름을 듣더니, 그날 아침 온 도시를 술렁이게 만든 이상한 결혼식 이야기를 들려주었습니다. 루신다를 보는 순간 첫눈에 반한 돈 페르난도가 그녀의 부모를 설득해 결혼식을 올리게 되었다더군요. 그런데 결혼식이 한창 진행되는 도중, 루신다가 결혼 서약에 '예.'라고 대답을 하고는 기절하고 말았다는 거예요.

 그녀는 손에 편지를 쥐고 있었는데, 그 편지에 진짜 속마음이 담겨 있었다더군요. 부모님의 뜻을 거역할 수 없기에 결혼 서약을 하기는 하지만, 자신은 이미 다른 남자를 사랑하고 있으며, 그가 진정한 남편이라고요. 그 사람이 덧붙이길, 루신다가 사랑하는 사람은 카르데니오라는 훌륭한 가문의 자제라고 했어요. 루신다는 결혼식이 끝나고 나면 목숨을 끊을 작정이었던 모양입니다. 그녀의 옷 안쪽에서 단도가 발견되었다니까요.

 돈 페르난도는 자신이 우롱당했다며 몹시 화를 내다가 홀연히 사라져 버렸다고 했습니다. 그런데 그 불행한 결혼식을 남몰래 지켜본 이가 있었으니, 바로 루신다가 사랑한 카르데니오였어요. 그는 루신다의 대답에 절망한 나머지, 편지 한 장만 남긴 채 자취를 감추었다고 하더군요. 얼마 후 루신다마저 진정한 사랑을 찾으러 떠나겠다면서 사라져 버렸고요.

이 이야기는 곧 온 도시로 퍼졌고, 사람들은 모이기만 하면 그 얘기를 화젯거리로 삼았다고 합니다. 저는 그 이야기를 듣고 아직은 최악이 아니라고 생각했습니다. 저에게는 하늘이 준 기회였지요. 돈 페르난도를 찾아 결혼에 대한 의무감을 일깨워 주고 설득하면 제 삶을 되찾을 수 있을 것 같았거든요. 말하자면 그때까지는 희망이 있었지요."

도로테아가 갑자기 흐느끼며 말을 이었다.

"그다음에 들은 소식은 그야말로 청천벽력이었습니다. 그날 오후 시장에 나갔더니, 어떤 이가 사람을 찾는다고 외쳐 대고 있었습니다. 가만히 들어 보니, 저의 생김새를 소상하게 설명하면서, 저를 찾는 사람에게는 막대한 사례금을 주겠다고 하는 게 아니겠어요? 사람들은 제가 하인과 눈이 맞아 달아난 것이라고 수군거렸습니다. 너무나 가슴이 아팠습니다. 집을 떠난 사실만으로도 부모님을 걱정시켜 드린 셈인데, 부모님께서 명예롭지 못한 딸로 오해하고 계실 거라 생각하니 미칠 것만 같았습니다.

저는 그 길로 혼자 말을 타고 이 산속으로 들어와 숨었습니다. 너무나 창피해서 집으로 돌아갈 수도 없고, 너무나 슬퍼서 새로운 삶을 시작할 엄두도 나지 않습니다. 그저 이곳이 제게 남은 불행한 날들을 울면서 보내기에 안성맞춤이라는 생각뿐입니다."

도로테아의 이야기는 거기서 끝이 났다. 이야기를 듣고 있던 사람들은 그녀에게 닥친 불행에 뭐라고 위로를 해야 할지 몰라 잠시 동안 침묵을 지켰다. 그러다 갑자기 카르데니오가 벌떡 일어나더니 하늘을 향해 팔을 휘저으면서 소리쳤다.

"이건 기적이야, 기적! 루신다는 아직도 나를 사랑한다!"

도로테아가 깜짝 놀라 물었다.

"누구라고요? 당신은 누구시죠?"

"제가 바로 그 불행한 카르데니오입니다. 루신다가 진정한 남편으로 여기는 그 사람 말입니다. 저는 루신다가 돈 페르난도의 아내가 되겠다고 대답한 그 순간을 견디지 못하고 그 자리를 떠났습니다. 바보처럼 그녀의 사랑을 의심한 데다, 저에게 닥친 불행을 지켜볼 만큼 인내심이 강하지 못했던 거지요. 저는 제 자신을 증오하고 원망하며 인생을 끝낼 생각으로 이 산으로 들어왔습니다. 증오의 마음이 컸던 탓인지, 가끔은 정신이 온전치 못할 때도 있습니다.

그러나 하늘이 저를 영영 버린 것은 아니었나 봅니다. 이렇게 당신을 만나게 되었으니까요. 루신다의 입으로 얘기했듯, 그녀는 돈 페르난도와 결혼할 수 없습니다. 돈 페르난도 역시 당신의 남편이므로 루신다와 결혼할 수 없지요."

도로테아가 소리쳤다.

"어떻게 이런 일이! 그럼 이제 당신과 루신다는 결혼할 수 있겠네요!"

신부가 맞장구를 쳤다.

"할 수 있고말고요."

도로테아가 다시 물었다.

"그럼 돈 페르난도도 아직 제 남편이 될 수 있고요?"

카르데니오가 대답했다.

"그렇습니다."

신부가 말했다.

"정말 훌륭한 생각입니다. 모두 마을로 내려가도록 하지요. 마을에 가서 아가씨의 부모에게 진상을 밝히고 돈 페르난도를 찾을 방도를 강구해 보도록 합시다. 아, 그 전에 우리의 친구 돈 키호테를 찾으러 가야 할 텐데……."

신부는 재빨리 현재의 상황을 들려주고 앞으로 어떻게 해야 하는지 설명을 하였다. 도로테아와 카르데니오도 기꺼이 도움을 주겠다고 약속했다. 특히 도로테아는 신부의 계획을 진행시키는 데 꼭 필요한 공주 역할을 자신이 맡겠다고 나섰다. 기사도 소설을 많이 읽은 덕에 슬픔에 젖은 아가씨가 편력 기사에게 어떤 말로 부탁을 하는지 잘 알고 있다는 것이었다.

신부가 손뼉을 치며 말했다.

"그거 다행이군요! 아가씨라면 틀림없이 우리의 친구가 공주님이라고 믿고도 남을 겁니다. 생각지도 못하게 일이 쉽게 풀리는군요. 행운의 여신이 우리에게 미소를 보내는 모양입니다."

도로테아는 자신이 가지고 다니던 짐 꾸러미에서 아름다운 드레스와 장신구 따위를 꺼내 들고 풀숲으로 사라졌다. 그와 동시에 산초가 산등성이 너머로 모습을 나타냈다. 그는 빨갛게 달아오른 얼굴로 거친 숨을 내쉬며 다가왔다. 그러다 카르데니오를 발견하고는 깜짝 놀라 소리쳤다.

"아니, 당신은 그 야만스러운 청년이 아니오? 헌데 지금은 온전한 때인가?"

카르데니오가 고개를 끄덕이며 대답했다.

"저는 완전히 다른 사람이 되었습니다. 은둔자로 지낼 이유가 사라졌거든요. 광기의 나날도 이제 끝입니다."

카르데니오의 말끝에 웃음이 묻어 나왔다. 그러자 산초는 퉁퉁한 몸을 여기저기 문지르면서 말했다.

"그렇다면 좋은 일이긴 한데, 난 아직도 댁한테 맞은 상처가 욱신거려 죽겠어요."

신부가 중간에서 말을 잘랐다.

"산초 판사! 그래, 자네 주인은 만났나?"

"물론입니다. 둘시네아 아가씨께서 주인님이 직접 엘 토보소로 오시면 좋겠다는 부탁을 하셨다고 분명히 전했습니다. 하지만 주인님은 사랑하는 아가씨 앞에 나설 준비가 아직 안 되었다고 하셨어요. 우선은 더 혹독한 고행의 시간을 보내야 한다면서요."

신부가 말을 받았다.

"예상했던 대로군. 걱정하지 말게나. 곧 자네 주인이 겪고 있는 고통에서 구해 줄 테니. 그 친구가 우리 공주님을 기꺼이 도와주겠다고 나서야 할 텐데, 한번 기대해 보자고."

산초가 머리를 긁적이며 말했다.

"사실 그 문제를 줄곧 생각해 봤는데요. 신부님이 변장한 모습은 누가 봐도 공주라고 착각하기에는 무리가 있어 보입니다요."

그때 옷을 갈아입은 도로테아가 나타났다. 어느 모로 보나 기품과 우아함을 간직한 공주의 모습 그대로였다. 아름답고 청초한 데다 뺨에는 눈물 자국까지 있어, 위협받고 있는 왕국을 걱정하느라 고뇌에 차 있는 왕가(王家)의 숙녀로 보기에 손색이 없었다.

모두가 그녀의 모습에 감탄했지만, 누구보다 경탄한 사람은 산초였다. 그토록 빛나는 여인을 본 것은 태어나 처음이었기 때문이다. 산초가 신부에게 물었다.

"도대체 저 아름다운 아가씨는 누굽니까? 어쩌다 이 험한 산속까지 들어왔을까요?"

신부는 빠르게 머리를 굴려 재치 있게 대답했.

"자네에게 소개하지. 이 아름다운 아가씨는 미코미콘 왕국의 미코미코나 공주님이시네. 사악한 거인에게 갖은 모욕과 위협을 받다가 복수를 하기 위해 자네 주인을 찾아오셨다네."

도로테아가 말했다.

"여러분! 지금 여기서 이렇게 이야기나 나누고 있을 때가 아닙니다. 어서 빨리 용감한 돈 키호테 님을 만나 뵈어야 합니다. 제가 지체할수록 우리 왕국은 더욱 심각한 위험에 빠지고 말 거예요."

도로테아의 호소에 감동한 산초가 나섰다.

"그렇군요, 잘 찾아오셨습니다. 제 주인님이신 돈 키호테 님은 공주님의 명예를 위해 거인 앞에 당당히 나설 만큼 충분히 용감하신 분입니다."

산초는 아주 의기양양한 얼굴로 신부를 바라보았다. 신부는 산초의 단순함에도 놀랐지만, 그 역시 터무니없는 공상에 빠져 있는 모습을 보고 당혹감을 감추지 못했다.

일행은 자리를 정리하고 떠날 준비를 했다. 산초가 땅바닥에 무릎을 꿇자, 도로테아가 그의 어깨를 발판처럼 딛고 로시난테의 등에 올라탔다. 공주의 하인으로 변장한 이발사는 도로테아와 함께 산초를 따라 앞서 갔고, 신부와 카르데니오는 조금 떨어져서 가기로 했다.

제 9 장
엇갈린 사랑, 제자리를 찾다

 돈 키호테는 계곡의 한가운데에 있는 넓적한 바위 위에서 올리브 나뭇가지로 말라 비틀어진 자신의 몸을 휘갈기고 있었다. 산초가 그 사람이 돈 키호테라고 알려 주자, 도로테아는 즉시 말을 몰아 우리의 기사 앞으로 달려갔다. 그녀는 말에서 뛰어내려 돈 키호테 앞에 무릎을 꿇고는 절절한 흐느낌을 섞어 가며 말했다.
 "정의로운 기사님이시여! 제 청을 들어주세요. 저는 아주 머나먼 미코미콘 왕국에서 바로 당신, 저 유명한 라 만차의 기사 돈 키호테 님을 찾아왔습니다. 고통에 신음하는 불행한 사람들의 구원자이자, 두려움에 떠는 불쌍한 이들의 마지막 희망이신 기사님! 부디 저를 위해 기사님의 창을 들어 주십시오."

돈 키호테가 손을 내밀며 말했다.

"부디 일어나십시오, 공주님. 단정한 몸가짐이나 흠잡을 데 없는 말씨로 보아하니, 분명 왕가의 피가 흐르고 있는 분이로군요. 지체 높은 숙녀가 하찮은 기사 앞에 무릎을 꿇다니요? 그런 법도는 이 세상 어디에도 없습니다. 아름다운 공주님, 바닥에서 일어나시기 전에는 부탁을 듣지도 않을 것이며, 아무런 대답도 하지 않을 것입니다."

도로테아는 작게 한숨을 쉬며 대답했다.

"기사님, 저는 일어나지 않겠습니다. 기사님께서 저를 위해 기꺼이 칼을 들겠다고 약속하시기 전에는 여기서 한 발짝도 움직일 수 없습니다. 저는 기사님의 명성을 듣고서, 여러 달 동안 기사님을 찾아 사방으로 헤맸답니다. 사악한 거인이 우리 왕국을 유린하고, 국왕이신 아버지를 능멸했으며, 저를 모욕했습니다. 제발 거인을 무찔러 왕국과 저를 구원해 주세요."

우리의 기사가 버럭 소리를 질렀다.

"이런 극악무도한 놈을 봤나! 공주님, 그 간악한 악당이 공주님의 왕국을 마음대로 하는 일은 절대로 없을 것입니다."

"그럼 저의 청을 들어주시는 건가요? 지금 당장 저와 함께 길을 떠나실 수 있나요?"

돈 키호테가 부드럽게 대답했다.

"아름다운 공주님, 어서 일어나세요. 그대를 돕겠습니다. 저는 공주님께서 말하듯, 세상의 떠들썩한 명성을 얻고 있는 기사는 아닙니다. 그저 정의를 수호하기 위해 물불을 가리지 않는 슬픈 얼굴의 기사일 뿐이지요. 저는 오로지 양심에 따라 기사의 책무를 다할 뿐입니다."

"아아, 감사합니다, 기사님. 그런데 떠나기에 앞서 한 가지 약속을 해 주셨으면 합니다. 저와 제 왕국을 능멸한 거인을 응징할 때까지 다른 어떤 모험에도 발을 들여놓지 않고, 전투도 벌이지 않으실 수 있나요?"

"그렇게 하겠습니다. 그러니 공주님, 이제 그만 슬픔을 떨쳐 버리시지요. 고귀하고 고귀한 나의 여인 둘시네아 아가씨도 시련에 빠진 공주님을 모른 척할 수 없는 제 마음을 이해해 줄 것입니다. 고행은 그 거인을 참살한 다음 다시 시작해도 늦지 않을 테니까요. 자, 어서 서두릅시다. 늑장을 부리다가 더욱 위태로운 상황에 처하게 되면 이 몸은 부끄러움을 견디지 못하고 죽고 말 겁니다."

도로테아는 감사의 표시로 돈 키호테의 두 손에 입을 맞추려 했다. 그러나 예의 바른 우리의 기사는 결코 그것을 허락하지 않았고, 오히려 정중한 태도로 그녀를 일으켜 세웠다. 그런 다음 산초에게 로시난테의 등에 안장을 얹으라고 명령했다. 하인으로 분장한 채 도로테아 곁에서 이 광경을 지켜보고 있던 이발사는 웃음을 참느라 무진 애를 썼다. 행여 자신의 작은 실수로 일을 망치게 될까 봐 고개를 푹 숙인 채 도로테아의 뒤만 따라다녔다.

한편, 신부와 카르데니오는 커다란 바위 뒤에 숨어서 상황을 지켜보고 있었다. 돈 키호테가 떠날 준비를 하자, 신부는 재빨리 그 일행에 합류할 방도를 생각해 냈다. 그는 보따리에서 가위를 꺼내 카르데니오의 수염을 자른 다음, 웅덩이에 고인 물로 깨끗이 세수를 하고 도로테아가 입었던 농부 옷을 입으라고 시켰다. 그렇게 하자 카르데니오는 전혀 다른 사람처럼 보였다.

신부와 카르데니오는 저만치 앞에서 기다리다가, 돈 키호테 일행을 맞닥뜨리자 아주 우연히 만난 것처럼 눈을 동그랗게 뜨고 놀란 목소리로 외쳤다.

"아니, 이게 누군가? 나의 친구, 라 만차의 훌륭한 기사 돈 키호테 아닌가? 이런 곳에서 만나다니!"

돈 키호테도 깜짝 놀라 말했다.

"아니, 자네가 여긴 웬일인가? 이렇게 깊은 산속에 혼자 있다니, 도대체 어찌 된 일인가?"

신부는 일을 보러 세비야에 갔다가 집으로 돌아가는 길에 강도를 만나, 가지고 있던 것을 모두 털리고 길까지 잃어 산속으로 들어오게 되었다고 둘러댔다. 그러고는 카르데니오를 소개하며 이렇게 말했다.

"이 청년은 강도를 당할 때 함께 있던 친구라네. 그나마 이 청년 덕분에 혼자라는 두려움은 덜 수 있었지. 그나저나 자네와 산초를 이렇게 만나게 되니 정말로 반갑구먼."

이렇게 하여 신부의 계획대로 돈 키호테를 데리고 산에서 내려올 수 있었다. 돈 키호테는 허리를 꼿꼿이 세우고 결의에 찬 얼굴로 맨 앞에서 나아갔다. 신부는 조심스레 도로테아에게 감사의 인사를 전했고, 산초는 주인이 거인과의 결투 후에 하사받을 영지를 생각하며 기쁨에 들떴다.

다음 날 오후, 일행은 낯익은 여관에 들어섰다. 돈 키호테가 숙박비를 지불하지 않고 떠난 곳이자, 산초가 봉변을 당한 곳이며, 신부와 이발사가 산초를 만났던 바로 그 여관이었다. 사실, 여관 주인은 나름대로 기사도 소설에 심취해 있던 터라, 지난번에 돈 키호테가 돈을 내지 않고 그냥 가 버린 사건이 있었음에도 불구하고 그들 일행을 반갑게 맞이했다.

신부가 재빨리 주인을 한쪽 구석으로 데리고 가서 속삭였다.

"갑옷을 입은 저 친구는 자기가 진짜 기사인 줄 알고 있소이다. 살짝 미쳤다고 할 수 있지요."

여관 주인이 대답했다.

"알고 있습니다. 얼마 전에 이곳에서 묵었으니까요. 그런데 성스러운 형제단에서 기사 행세를 하는 미친 사람을 찾고 있다는 소문이 들리던데요."

"저 친구는 누구에게 해를 입힐 사람이 아니외다. 일단 방과 식사를 준비해 주시오. 값은 충분히 치를 테니 아무 걱정 마시고. 우리는 내일 날이 밝는 대로 길을 떠날 것이오."

"알겠습니다. 그렇지만 기사 양반 잠자리는 다락방에 마련해 둘 겁니다. 멀쩡하다가 또 정신이 나가서 이것저것 부수고 난리를 치면 안 되니까요."

돈 키호테는 몹시 지쳐 있던 터라, 잠자리가 마련되자마자 곧바로 잠이 들었다. 신부와 이발사는 안주인에게 빌린 옷을 돌려주며 감사의 인사를 전했다. 저녁 식사를 마친 후, 돈 키호테와 산초를 제외한 나머지 사람들은 모두 한자리에 모여 기사도 소설에 대해 이야기꽃을 피웠다.

여관 주인이 말했다.

"저도 기사도 소설을 몇 권 가지고 있는데, 그것이야말로 인생을 즐겁게 해 주는 존재인 것 같습니다. 추수를 하거나 큰 잔치를 벌일 때, 사람들을 모아 놓고 누군가 책을 읽어 주기 시작하면 모두들 금세 그 이야기에 빠져 들면서 근심을 잊고 활력을 되찾지요. 그런 이야기를 듣다 보면, 저도 기사들처럼 세상을 방랑하며 짜릿한 모험을 해 보고 싶다는 생각이 솟구치기도 하고요."

여관에 있던 다른 이들도 주인의 의견에 동의하면서, 각자 기사도 소설에서 가장 인상적인 대목을 가지고 한 마디씩 하기 시작했다.

신부가 여관 주인에게 그 소설들을 볼 수 있겠냐고 청하자, 주인은 방으로 들어가서 여러 권 들고 나왔다. 대부분은 터무니없는 주인공이 등장하는 허황된 이야기 책이었지만, 그중 한 권은 스페인의 진정한 영웅의 위대한 업적을 담은 것이었다. 그러나 여관 주인은 영웅의 진짜 이야기보다 헛소리로 가득한 다른 책이 훨씬 더 재미있다고 주장했다.

그때 갑자기 문이 벌컥 열리더니, 산초가 방으로 뛰어들면서 털썩 쓰러졌다. 그는 하얗게 질린 얼굴로 소리쳤다.

"여러분, 어서 가서 우리 주인님을 구해 주세요! 지금 주인님이 미코미코나 공주의 원수인 거인과 싸우고 있습니다. 거인의 머리를 단칼에 베어 버렸다니까요."

신부가 놀라서 물었다.

"그게 무슨 말이냐? 대체 거인이 어디에 있다고 그러는 것이냐?"

그 순간 돈 키호테가 벼락 치듯 고함을 지르는 소리가 들렸다.

"이 사악한 놈아! 너의 횡포는 이제 끝이다. 너는 곧 내 손에 죽음을 맞이하리라!"

신부와 일행들은 곧장 다락방으로 달려갔다. 여관 주인도 허둥지둥 뒤를 따랐다. 방문을 열어 보니, 돈 키호테가 눈을 감은 채 허공을 향해 마구 칼을 휘두르고 있었다. 거인을 해치우고자 하는 열망이 너무나 강했던 나머지, 꿈속에서 그 거인을 찾아가 결투를 벌이고 있었던 것이다.

다락방 천장에는 돼지가죽으로 만든 커다란 포도주 부대가 대롱대롱 매달려 있었다. 돈 키호테가 거인에게 칼을 휘두를 때마다 포도주 부대에 담겨 있던 포도주가 폭포수처럼 쏟아져 내려서 기사의 머리를 흠뻑 적셨다. 우리의 기사는 승리에 도취되어 이렇게 소리쳤다.

"이 정도면 살아남기 힘들 것이다! 이제 네 몸에는 단 한 방울의 피도 남아 있지 않을 테니, 승리는 응당 나의 것이 되리라!"

귀중한 포도주를 다 버리게 되자, 여관 주인은 화가 머리끝까지 치밀어 올라 몸을 부들부들 떨었다. 그는 돈 키호테에게 냅다 달려들어 부둥켜안고는 마루 위를 뒹굴며 소리쳤다.

"이 망할 놈아! 이건 내가 자랑하는 최고급 포도주란 말이다. 뭐? 편력 기사라고? 이 미친 기사 놈아! 너한테는 동전 한 닢까지 모두 받아 내고 말 테다."

우리의 기사도 맞받아쳤다.

"이 악당아! 이거 놓아라. 네 눈에는 저 흉악한 거인의 몸뚱이가 보이지 않느냐? 저놈이 내 머리 위에서 왔다 갔다 하고 있었도다. 저 추악한 피부가 달빛에 빛나고 있었단 말이다."

여관 주인은 발버둥치는 돈 키호테를 붙잡아 주먹으로 때리기 시작했다. 카르데니오와 신부가 그들을 떼어 놓자, 이발사가 차가운 물을 가져와 돈 키호테의 얼굴에 뿌렸다. 돈 키호테는 잠에서 깼지만 여전히 자신이 거인을 물리쳤다고 믿고 있었다. 그는 도로테아 앞으로 달려가 무릎을 꿇으며 말했다.

"공주님, 약속드린 대로 공주님과 공주님의 왕국을 위협하는 거인을 단숨에 무찔렀습니다. 이제 공주님께서는 안전하십니다. 공주님과의 약속을 지켰으니, 저 역시 자유의 몸이 되었습니다."

그러자 신부와 이발사, 카르데니오는 돈 키호테를 일으켜 억지로 침대에 눕혔다. 거인을 물리치기 위해 온 힘을 다 써 버린 탓에 돈 키호테는 금세 다시 잠에 빠졌다. 신부는 아직도 분이 풀리지 않은 여관 주인을 달래면서, 졸지에 거인이 되어 희생당한 포도주 값은 충분히 보상하겠다고 말했다.

한편, 우리의 종자는 거인의 머리를 찾으려고 방 안을 샅샅이 뒤졌다. 승리의 증거를 찾지 못하면 영주가 된다는 꿈도 물거품이 되어 버리기 때문이었다. 그러나 거인의 머리 같은 것은 어디에서도 찾을 수 없었다. 도로테아가 절망에 빠진 산초를 위로했다. 그녀는 산초에게 돈 키호테가 거인을 무찌른 것은 사실이므로, 그에 대한 보답으로 가장 비옥한 영지를 주겠다고 약속했다.

포도주 사건이 정리되고 여관이 다시 조용해질 무렵, 마당으로 들어서는 말발굽 소리가 들렸다. 여관 주인이 창밖을 내다보니, 무장을 한 기사 네 명과 하얀색 비단 드레스를 입은 여자 한 명이 말을 타고 오고 있었다. 남자들은 모두 검은색 천으로 눈

아래를 가리고 있었고, 여자 역시 하얀 베일로 얼굴을 가렸다.

낯선 사람들이 등장하자 도로테아는 얼른 베일로 얼굴을 가렸고, 카르데니오는 방 안으로 들어갔다. 이윽고 그들이 여관 안으로 들어왔다. 기사 한 명이 여인을 안아서 카르데니오가 들어간 방 앞에 놓여 있는 의자에 앉혔다. 그들은 얼굴을 보이지도, 입을 열지도 않았다. 다만 여인만이 가끔씩 깊고 애잔한 한숨을 내쉴 뿐이었다. 도로테아는 여인의 한숨 소리에 동정심이 생겨 가까이 다가가 말을 건넸다.

"무엇 때문에 그렇게 힘들어 하시나요? 제가 도움을 드릴 수 있는 일이라면 얼마든지 돕겠어요."

하지만 여인은 아무런 말도 하지 않았다. 도로테아가 다시 말을 건네려 하자, 네 명의 기사 중 우두머리로 보이는 이가 끼어들었다.

"괜한 짓 하지 마시오. 그 여자는 도무지 감사라는 것을 모르는 사람이오. 대답이라고 해 봤자, 아마 그럴듯한 거짓말만 늘어놓을 거요."

마침내 여인이 입을 열었다.

"저는 거짓말 따위는 하지 않아요. 아, 차라리 거짓말을 했다면 이런 불행을 겪지 않을지도 모르지요……."

그녀의 목소리는 크지 않았지만 방 안에 있던 사람들 모두에게 똑똑히 들렸다. 방 안에 있던 카르데니오도 그 목소리를 또

렷하게 들었다. 카르데니오가 소리쳤다.

"오, 맙소사! 내가 누구의 목소리를 들은 거지? 이 목소리를 알 것 같아."

카르데니오의 목소리에 깜짝 놀란 여인이 자리에서 벌떡 일어나 목소리가 들린 방으로 들어가려고 했다. 그러자 우두머리 기사가 그녀를 붙잡았다. 동시에 여인의 얼굴을 가리고 있던 베일이 흘러내리면서 비할 데 없이 아름다운 얼굴이 나타났다. 기사는 여인을 붙잡느라 자신의 얼굴을 가리고 있던 검은색 천이 흘러내리는 것을 알아채지 못했다. 그의 얼굴이 드러나자, 도로테아가 소리쳤다.

"아! 돈 페르난도!"

도로테아는 몸을 가누지 못하고 쓰러져 버렸다. 다행히도 그녀의 뒤에 있던 이발사가 재빨리 두 팔을 벌려 그녀를 부축했다. 신부가 얼른 다가와 베일을 벗기고 물을 살짝 끼얹자 도로테아는 곧 정신을 차렸다. 그녀의 얼굴이 드러나는 순간, 돈 페르난도의 얼굴이 창백하게 굳어 버렸다. 그때 방 안에 있던 카르데니오가 뛰쳐나오며 소리쳤다.

"루신다!"

"오, 내 사랑 카르데니오!"

그러나 돈 페르난도는 루신다를 놓아주지 않았다. 잠시 무거운 정적이 흘렀다. 도로테아는 돈 페르난도를, 돈 페르난도는 카르데니오를, 카르데니오는 루신다를, 루신다는 카르데니오를 바라보고 있었다. 네 사람은 물론, 그 어느 누구도 쉽게 입을 열지 못했다. 마침내 루신다가 말했다.

"돈 페르난도 님, 저를 놔주세요. 제 앞에 저의 진정한 남편이 있습니다. 당신이 높은 신분을 이용해 저에게 혼인 서약을 강요하고 협박을 해도 우리를 헤어지게 할 수는 없습니다. 제 마음에서 저분을 지우는 길은 오로지 죽음밖에 없다는 사실을 당신도 이미 잘 알고 계시지 않나요?"

돈 페르난도는 아무런 대답도 하지 않았다. 그러자 도로테아가 그의 앞에 무릎을 꿇고 서글픈 눈물을 쏟으며 애원했다.

"돈 페르난도 님, 저예요. 당신이 불행하게 만든 여인입니다. 비천한 저는 당신의 사랑, 아니 욕심 때문에 당신의 것이 되었지요. 당신은 저를 아내로 맞길 원하셨고, 하느님 앞에 저에 대한 사랑과 결혼의 의무를 이행하겠다고 맹세하셨습니다. 그러니 지금 저를 원치 않는다 해도 제 남편이기를 거부할 수는 없습니다. 당신은 제 남편이니 루신다의 남편이 될 수 없으며, 그녀 역시 카르데니오에게 진정한 사랑을 바쳤으니 당신의 아내가 될 수 없지요.

당신은 제가 어떻게 당신의 뜻에 따르게 되었는지 알고 있지 않나요? 훌륭한 기사이며 신실한 기독교인인 당신이 어찌하여 처음에 주신 마음을 끝까지 간직하지 못하고 저를 버리시나요?

저는 당신의 합법적인 아내이니, 불명예스런 이름으로 사람들의 입에 오르내리지 않도록 해 주세요. 제 부모님이 저 때문에 불행한 노후를 보내게 만들지 마세요. 당신이 원하든 원치 않든 저는 당신의 아내입니다."

도로테아가 눈물로 호소하는 동안, 여관 안에 있던 사람들은 진심으로 슬퍼하며 눈물을 흘렸다. 돈 페르난도는 아무 말 없이 가만히 듣고만 있었다. 그러자 돈 페르난도와 함께 온 기사들은 물론 신부와 이발사, 산초까지 나서서 돈 페르난도를 설득하고 나섰다. 그중에서 신부는 이렇게 말했다.

"이곳에 우리 모두가 모이게 된 것은 결코 우연이 아닌 듯합니다. 아마도 하느님의 특별한 뜻이 아닐까요? 오직 신만이, 죽음만이 카르데니오와 루신다를 갈라놓을 수 있습니다. 그 두 사람을 인정하고, 도로테아의 겸손한 마음과 당신을 향한 진실한 사랑에 눈을 돌려야 합니다. 무엇보다도 당신이 진정한 기사이자 기독교인이라면, 자신이 내뱉은 말을 지키는 것이 도리이자 하느님에 대한 의무를 다하는 것입니다."

신부의 말과 여러 사람의 설득에 돈 페르난도의 마음이 조금씩 움직이기 시작했다. 그는 마침내 진실에 승복했다. 그리하여 루신다를 놓아주고, 도로테아를 일으켜 세우며 말했다.

"아름다운 도로테아, 당신이 맞소! 당신이 나의 아내요. 어서 일어나시오. 내 영혼의 반쪽이 내 앞에서 무릎을 꿇는다는 것은 있을 수 없는 일이오. 도로테아, 나를 용서하시오. 이런 일이 일어난 것은, 어쩌면 당신의 사랑과 성실함을 깨닫고 당신을 진심으로 존중하도록 가르치려는 하늘의 뜻이 아니었을까 싶소. 이제 나는 약속을 지킬 당신을 만났고, 루신다도 그토록 갈망하던 이를 찾았으니, 서로서로 평생토록 행복하길 바랄 뿐이오."

그러고는 눈물을 흘리며 도로테아를 품에 안았다. 루신다와 카르데니오 역시 서로를 껴안았다.

돈 페르난도와 도로테아, 루신다와 카르데니오는 이곳까지 오게 된 사연들을 서로에게 들려주었다. 루신다가 갑자기 사라져 버리자, 돈 페르난도는 복수심에 불타 갖은 방법을 동원해 그녀를 찾았다고 했다. 그때 루신다는 외딴 수녀원에 머물고 있었는데, 그 사실을 알아낸 돈 페르난도가 기사 세 명을 데리고 그곳으로 간 것이었다. 그는 무작정 루신다를 납치했고, 그 후 그녀는 눈물과 한숨으로 지냈다고 했다.

이러한 과정을 거쳐 다시 찾은 행복에, 당사자들은 물론 지켜보던 사람들까지 모두 기쁨과 감동의 눈물을 흘렸다. 그러나 산초는 절망과 슬픔을 맛보았다. 그것은 도로테아가 미코미코나 공주가 아니라 그저 평범한 아가씨라는 사실이 밝혀진 탓이었다. 그와 함께 비옥한 영지에 대한 희망도 물거품이 되어 버리고 말았다. 그는 우울한 얼굴로 다락방으로 돌아가 막 잠에서 깨어난 돈 키호테에게 말했다.

"주인님, 놀라지 마세요. 아까 주인님이 사투를 벌인 상대는 거인이 아니라 포도주 부대였답니다. 철철 흐르던 것은 피가 아니라 포도주였대요. 더 놀라운 사실은 미코미코나 공주가 도로테아라는 평범한 아가씨로 변했다는 사실입니다요."

"무슨 말을 하는 게냐? 네가 제정신이 아니로구나. 설령 네 말이 사실이라 하더라도 전혀 놀랍지 않도다. 지난번 이곳에 묵었을 때 모든 일이 다 마법사의 술수였던 것처럼, 오늘 일어난 일도 역시 마법사가 벌인 일이 분명할 테니까."

"아이고, 주인님, 그게 아니라니까요. 모두 다 실제로 일어난 일이에요."

산초가 무슨 말을 해도 돈 키호테는 모두 마법사의 악행이라고 단언할 뿐이었다. 돈 키호테와 산초가 결말이 없는 논쟁을 하는 동안, 신부는 돈 페르난도를 비롯한 여러 사람들에게 돈 키호테의 광기와 그를 구출하기 위해 도로테아와 어떤 연극을 꾸몄는지 이야기했다. 모두들 그 터무니없는 사연에 놀라움을 감추지 못하고 웃어 댔다. 그러면서도 진심으로 돈 키호테를 걱정하며, 그가 고향으로 돌아갈 수 있을 때까지 그 계획을 성공적으로 진행할 수 있도록 돕겠다고 나섰다.

제 10 장
귀향

 밤이 깊어지자, 사람들은 하나 둘 각자의 방으로 돌아갔다. 그러나 돈 키호테는 갑옷을 갖춰 입고 여관 밖으로 나왔다. 혹시라도 다른 거인이나 마법사가 습격할지도 모르기 때문에 보초를 서며 기사의 의무를 다해야 한다고 생각했던 것이다. 여관은 온통 정적에 휩싸여 있었다. 그런데 여관 주인의 딸과 하녀는 잠들지 않고 있었다. 두 사람은 돈 키호테가 여관 주위를 돌며 보초를 선다는 사실을 알고, 그를 한번 골려 주자고 계획을 세웠다.
 여관의 담장에는 길 쪽으로 나 있는 구멍이 하나 있었는데, 여물이나 밀짚을 쉽게 주고받을 수 있도록 만들어 놓은 것이었다.

여관 주인의 딸과 하녀는 그 구멍으로 우리의 기사를 지켜보다가 작은 목소리로 불렀다.

"기사님, 잠깐만요. 이쪽으로 와 보세요."

돈키호테가 구멍 쪽으로 눈길을 돌렸다. 그의 눈에는 여관이 성으로 보이니, 그 구멍은 금빛 창살이 있는 창문으로 보였으리라. 돈키호테는 성주의 딸이 자신을 사랑하게 되어 그 마음을 고백하려는 것이라고 확신했다. 그는 천천히 로시난테를 몰고 구멍으로 다가갔다.

"아름다운 아가씨, 정말 안타깝습니다. 아가씨의 사랑을 받아들이지 못하는 이 미천한 기사를 용서해 주십시오. 저는 제 마음의 주인인 둘시네아 아가씨 외에는 마음을 바칠 수 없습니다. 하지만 사랑이 아닌 다른 것이라면 무엇이든 해 드릴 수 있으니 주저하지 말고 말씀하십시오."

"그런 건 필요 없어요, 기사님. 그냥 한쪽 손만 이 구멍으로 내밀어 주시면 됩니다. 그뿐이에요."

돈키호테는 기꺼이 손을 내밀었다. 구멍의 위치가 조금 높았기 때문에 로시난테의 등을 밟고 올라서서 팔을 집어넣어야 했다. 하녀는 곧장 밧줄을 가져와 한쪽 끝은 돈키호테의 손목에 묶고, 다른 쪽 끝은 헛간 문의 걸쇠에 꽉 묶었다. 두 아가씨는 조그맣게 킥킥 웃으며 안으로 들어가 버렸다.

돈키호테는 아무것도 모른 채 기사의 도리와 무수한 맹세의 말을 쏟아 내다가, 한참 후에야 자신의 말을 듣고 있는 이가 아무도 없다는 사실을 깨달았다. 그는 이번에도 마법사의 농간에 넘어간 것이라 생각하고는, 신중하지 못한 자신을 탓했다. 조심스레 팔을 당겨 보기도 하고, 이리저리 비틀어 보기도 했지만 아무런 소용이 없었다. 로시난테가 움직이기라도 하면 더 큰 곤경에 처할 상황인지라, 그는 한쪽 팔을 구멍에 넣은 채 앉지도 서지도 못하고 어정쩡하게 있었다.

그렇게 시간이 흐르고 흘러, 어느새 동이 터 오고 있었다. 그러자 여태껏 참을성 있게 한자리에서 주인을 지탱하던 로시난테가 슬금슬금 움직이기 시작했다. 아주 조금 움직였는데도 돈 키호테의 두 발이 순식간에 로시난테의 등에서 미끄러져, 그야말로 한쪽 팔로 대롱대롱 매달려 있게 되었다.

돈 키호테는 아픔을 참지 못하고 고래고래 비명을 질렀다. 깜짝 놀란 여관 주인이 허둥지둥 달려 나와 두리번거리는 사이, 상황을 파악한 하녀가 얼른 헛간으로 달려가 고삐를 풀고는 사라져 버렸다. 그 바람에 돈 키호테는 바닥에 나동그라지고 말았다.

이 소란으로 여관의 손님들이 모두 잠에서 깨어났다. 여관 곳곳이 아침을 맞느라 활기가 돌면서 분주해졌다. 그때 이발사가 당나귀에게 물을 먹이러 여관으로 들어섰다. 그는 돈 키호테의 친구가 아니라, 돈 키호테에게 맘브리노의 황금 투구, 아니 세숫대야를 빼앗긴 바로 그 이발사였다.

이발사는 마구간에 있는 산초를 발견하고는 눈에 불을 켜고 달려들었다.

"이 도둑놈! 내 대야와 안장을 내놓아라."

생각지 못한 일격에 놀란 산초는 상대를 붙잡고 바닥으로 뒹굴었다. 두 사람은 소리를 지르며 서로에게 주먹을 날렸다. 소란스런 싸움에 또다시 사람들이 몰려들었다. 그러자 이발사가 사람들을 둘러보며 큰 소리로 말했다.

"제 말 좀 들어 보십시오! 이 작자와 저기 서 있는 저 기사 양반이 제 세숫대야를 빼앗고 안장도 훔쳐 갔습니다."

산초가 억울하다는 듯 울먹이며 말했다.

"아닙니다, 훔친 게 아니에요! 그건 우리 주인님이 전투를 치르고 얻은 전리품이란 말입니다."

그러자 돈 키호테가 투구를 들고 나섰다.

"종자가 말했듯이, 나는 저자가 대야라 부르는 이 투구를 치열한 전투를 치르고서 정당하게 얻었소이다. 안장은 종자가 바꾸고 싶어 하기에 그렇게 하라고 허락한 것이오. 안장을 바꾸는 것이 기사도에 어긋나는 일인지는 잘 모르겠소. 그렇지만 이걸 보시오. 이게 어찌 대야가 될 수 있겠소?"

돈 키호테의 광기를 잘 알고 있던 사람들은 터져 나오는 웃음을 가까스로 참으며 우리의 기사를 거들고 나섰다. 신부는 물론 카르데니오와 돈 페르난도, 심지어 같은 일을 하는 돈 키호테의 친구 이발사까지 대야가 아니라 투구라고 말했다. 그러자 이발사는 황당한 표정으로 말했다.

"맙소사! 내가 귀신에 홀린 건가? 이 많은 사람들이 세숫대야를 보고 투구라고 하다니!"

마침 여관에는 성스러운 형제단 소속의 경찰 세 명이 도착해 있었다. 그들은 여관에 들어서자마자 세상에서 가장 어처구니없는 광경을 목격했다. 오직 한 사람을 제외하고는 모든 사람이 세숫대야를 투구라고 말하는 것이었다. 경찰 중 한 사람이 발끈하고 나섰다.

"이게 어찌 투구란 말이오? 누가 봐도 세숫대야인 것을 두고 투구라고 우기는 사람이 어디 제정신이오?"

그러자 돈 키호테가 창을 들어 경찰의 머리를 세차게 내리치며 고함쳤다.

"네 이놈! 어디서 거짓말을 하려는 게냐! 마법사의 사주를 받은 것이 분명하구나."

이 일격으로 여관은 순식간에 난장판이 되었다. 경찰 세 명이 모두 돈 키호테에게 달려들었고, 이 기회를 이용해 여관 주인도 몽둥이를 들고 나와 경찰 편을 들었다. 그러자 돈 페르난도와 카르데니오가 경찰들을 붙잡고 주먹을 날렸다. 그 와중에 산초와 이발사는 서로에게 몽둥이질을 해 대고 있었다. 그야말로 혼란의 도가니였다. 문득 돈 키호테가 정신을 차리고 버럭 소리를 질렸다.

"모두들 멈추시오! 이게 무슨 짓들이오? 내가 분명히 말하지 않았소? 이 성은 마법에 걸려 있다고 말이오. 우리는 모두 마법사의 계략에 휘말려 싸움만 할 뿐 서로를 이해하지 못하고 있소. 여보게, 자네가 전지전능하신 하느님의 말씀으로 우리의 마음을 평화로 인도해 주게나."

돈 키호테가 신부에게 부탁했다. 신부가 나서서 설득하자 사람들이 모두 잠잠해졌다. 경찰들은 분이 풀리지 않았지만, 자신들이 싸운 상대 중 한 사람이 아주 높은 귀족 가문의 자제라는 사실을 알고는 조용히 물러났다. 그런데 경찰 한 명이 돈 키호테의 얼굴과 갑옷을 보고는, 자신이 갖고 있던 체포 영장 중에서 그와 비슷한 인상착의의 범죄자를 본 기억이 났다.

그는 당장 영장을 꺼내서 영장의 인상착의와 기사의 모습을 하나하나 대조해 보았다. 그러고는 이 기사라는 작자가 열두 명의 죄수를 풀어 준 정신 나간 친구와 동일 인물이라는 사실을 확신했다. 그는 당장 한 손으로 돈 키호테의 멱살을 잡고, 다른 한 손으로는 영장을 흔들어 보이며 큰 소리로 외쳤다.

"나는 법을 집행하는 경찰로서 당신을 체포하겠소!"

흥분한 돈 키호테는 순간적으로 경찰의 멱살을 잡았다. 돈 페르난도가 끼어들어 두 사람을 떼어 놓았다. 돈 키호테는 경찰들을 보며 당당하게 말했다.

"어릿광대 양반들, 그대들은 절대로 기사를 체포할 수 없도다. 기사는 선행을 몸소 실천하는 사람이므로 법을 초월하기 때문이지. 편력 기사는 억압당하는 사람들을 자유롭게 해 주고, 불쌍한 사람들을 도와주며, 가난한 자들에게 힘이 되는 사람이다. 기사를 체포해도 좋다고 한 사람이 대체 누구더냐? 편력 기사에게는 모든 법이 면제될 뿐만 아니라, 그들의 칼이 곧 법이고, 그 정신이 특권이며, 그 의지가 곧 하늘의 뜻임을 어찌 모른단 말이냐? 국왕께서 그대들의 무례한 행동을 아시면 용서치 않을 것이다."

돈 키호테의 말이 장황하게 이어지는 동안, 신부는 경찰들에게 속삭이듯 말했다.

"보시다시피 저 사람은 제정신이 아닙니다. 제정신이 아니니, 잡아간다고 해도 곧 풀려날 것이 분명하지요. 보십시오, 저런 사람이 얌전히 끌려가겠습니까? 저 기사 양반은 제가 책임질 테니 아무 걱정 마시고 그냥 두시지요."

신부가 설득하지 않더라도, 경찰들이 보기에 돈 키호테는 매우 위험한 미치광이로 보였다. 아무래도 조용히 있는 편이 좋을 것 같았다. 더구나 신부는 물론 공작의 아들까지 나서서 그를 두둔하니 괜히 나섰다가는 더 난처한 상황에 처할지도 모를 일이었다.

신부는 경찰들을 설득한 다음, 조용히 이발사의 대야와 안장 문제도 해결했다. 그는 이발사에게 보상금을 두둑히 주면서, 다시는 이 문제를 입에 담지 말아 달라고 부탁했다. 이 모습을 본 여관 주인은 자신도 보상을 받아야 한다고 주장했다. 그러자 돈 페르난도가 나서서 돈 키호테가 엉망으로 만든 것을 모두 배상하고도 남을 만큼 넉넉하게 돈을 주었다.

이렇게 돈 키호테가 알지 못하는 상황에서 그와 관련된 모든 문제가 해결되었다. 아무것도 모르는 우리의 기사는 이 지긋지긋한 성에서 벗어나 다시 자유로운 편력의 길을 떠나고 싶어 안달이 났다. 그는 당장 도로테아 앞으로 달려가 말했다.

"고귀하신 공주님, 제가 거인을 물리치기는 하였으나 썩 만족스럽지 않습니다. 거인을 물리친 이후 일어난 사건들을 보건대, 저 사악한 마법사가 계속해서 술수를 부리며 호시탐탐 기회를 노리는 것이 분명합니다. 그자가 더욱 간교한 꾀를 내기 전에, 어서 공주님의 왕국으로 가서 그 위협에 대비해야 합니다."

도로테아는 따뜻한 미소를 보이며 답했다.

"용감한 기사님, 기사님의 용맹함 덕분에 이제 더 이상 거인이나 마법사는 우리 왕국에 위협이 되지 못할 것입니다. 제가 부탁드린 소임을 훌륭하게 이루어 내셨으니, 이제 마음의 부담을 털어 내시고 어디든 자유롭게 떠나셔도 된답니다."

"부담이라니, 그 무슨 말씀이십니까? 공주님을 받드는 일은 오히려 저에게 커다란 기쁨이었습니다."

말을 마치기가 무섭게, 세월의 풍상에 시달린 기사의 뺨을 타고 한 줄기 눈물이 흘러내렸다. 도로테아가 그의 손을 잡으며 말했다.

"기사님의 정의로운 행동은 영원히 잊지 못할 겁니다. 오늘만큼은 아무 걱정 없이 푹 쉬시고, 내일 아침 날이 밝으면 저 용맹무쌍한 말을 타고 모험을 계속하세요."

그날 저녁 돈 키호테와 산초가 잠이 들자, 사람들은 한자리에 모여 돈 키호테를 고향으로 데려갈 계획을 짰다. 그들은 우선 사람이 여유 있게 들어갈 만한 커다란 나무 우리를 만들었다. 그런 다음 머리끝까지 검은 망토를 뒤집어 쓰고, 얼굴에는 하얗게 분을 발라 유령처럼 보이도록 변장했다. 그들은 돈 키호테가 잠들어 있는 방으로 조심스레 들어가, 아주 재빠르게 기사의 손과 발을 꽁꽁 묶었다.

돈 키호테는 깜짝 놀라 잠에서 깼지만, 아무것도 할 수 없는 상태였다. 그의 상상력은 날개를 달고 하늘로 날아올라, 자신이 마법에 걸려 꼼짝할 수 없게 된 상황에서 혼령들을 만난 것이라고 믿었다. 그는 곧 혼령들에 의해 나무 우리에 갇히고 말았다. 한편, 산초는 혼령들의 정체를 알 것 같았지만, 왜 이런 일들이 벌어지는지는 알 수 없었기에 어리둥절한 표정만 짓고 있었다.

혼령들이 나무 우리를 번쩍 들고 밖으로 나갈 때, 혼령 중 하나가 낮고 굵은 목소리로 말했다.

"슬픈 얼굴의 기사여! 우리에 갇히게 된 것을 슬퍼하지 마라. 이것은 모두 그대의 위대한 모험을 더욱 빨리 끝내기 위하여 현자께서 계획하신 일이로다. 그 모험은 라 만차의 사자와 엘 토보소의 비둘기가 하나로 결합하여 가정이라는 부드러운 굴레에 안착한 뒤에 끝날 것이다. 그리고 그대, 충실한 종자여! 그대의 눈앞에서 일어난 일에 놀라지 마라. 그대의 훌륭한 주인이 했던 약속들은 곧 현실이 될 것이니, 그대는 지금까지 그래 왔던 것처럼 슬픈 얼굴의 기사가 가는 길을 따르도록 하라."

그 목소리의 주인공은 돈 키호테의 친구인 이발사였다. 어찌나 근사하게 목소리를 꾸며 냈던지 함께 연극을 하는 다른 이들도 한순간 그가 진짜 혼령이 아닐까, 하는 착각에 빠질 지경이었다. 돈 키호테는 현자의 예언을 믿고, 그 예언이 현실로 나타날 때까지 죽지 않게 해 달라고 기도했다.

혼령들은 마당으로 나와, 미리 준비해 놓았던 달구지에 나무 우리를 올려놓았다. 산초가 보따리를 챙겨 따라 나왔다. 여관 주인은 로시난테의 등에 안장을 얹으며 기사를 떠나 보낼 준비를 했고, 마당에 있던 안주인과 딸, 하녀도 돈 키호테와 산초에게 작별 인사를 했다.

신부와 이발사도 돈 페르난도와 도로테아, 카르데니오, 루신다에게 작별 인사를 했다. 모두들 진심으로 아쉬워하며 앞으로 계속 서로에게 소식을 알리자고 약속했다. 특히 돈 페르난도는 신부에게 돈 키호테에 관한 소식을 꼭 전해 달라고 부탁했다.

이윽고 신부와 이발사가 길 떠날 준비를 마쳤다. 나무 우리를 실은 달구지가 맨 앞에 서고, 그 양 옆에서 다른 모습으로 변장을 한 경찰들이 총을 들고 호위했다. 신부는 경찰들에게 고향까지 동행해 달라고 미리 부탁해 놓고, 보수까지 두둑하게 챙겨 준 터였다. 그 뒤를 당나귀를 탄 산초가 로시난테의 고삐를 잡아 끌고 갔다. 맨 뒤에는 신부와 이발사가 얼굴을 가린 채 당나귀를 타고 따라갔다.

그들은 천천히 나아갔다. 가는 도중에 풀이 많은 초원이 나오면 쉬기도 하고, 양 떼와 양치기를 만나 이야기를 나누기도 했다. 그 와중에 산초는 돈 키호테에게 그들을 이끄는 자가 혼령이 아니라 신부와 이발사라고 누차 말했다. 그러나 돈 키호테는 그렇게 보이는 것도 모두 마법 때문이라며 믿으려 하지 않았다. 그는 산초를 달래듯 말했다.

"종자여, 우리는 이런저런 모험을 함께 겪었도다. 평범한 사람 같으면 꿈도 못 꿀 그런 경험이리라. 어쩌면 우린 행운아인지도 모르겠구나……. 무엇보다도 우리의 모험은 영광스러운 노정(路程)이었으니까. 난 단 한 번도 앞으로 무슨 일이 일어날지 고민하거나 두려워하지 않았지……."

우리의 기사는 어느새 눈을 감고 깊은 잠 속으로 빠져 들었다. 우리의 기사를 실은 달구지는 연신 삐거덕거리면서, 쉬지 않고 고향으로 고향으로 길을 재촉하고 있었다.

 엿새가 지난 어느 화창한 오후, 돈 키호테를 태운 달구지와 일행이 마침내 고향 마을에 도착했다. 마침 일요일이라 광장에는 많은 사람들이 모여 있었는데, 돈 키호테의 모습을 보기 위해 하나 둘 모여들기 시작했다. 그중 돈 키호테의 이웃에 사는 소년이 돈 키호테를 알아보고는 재빨리 그의 집으로 달려가 가정부와 조카딸에게 소식을 전했다.

 이윽고 비쩍 마르고 얼굴이 누렇게 뜬 늙은 기사가 달구지에 실린 채 마당으로 들어섰다. 가정부와 조카딸은 눈물을 흘리며 그를 맞았다. 돈 키호테의 눈은 그녀들을 향하고 있었으나, 자신이 어디에 있는지, 그녀들이 누구인지는 알지 못했다.

제 11 장
다시 편력의 길로

우리의 기사는 낡디낡은 사주식 침대(침대 모서리에 네 개의 기둥이 있고, 그 기둥을 지지대 삼아 커튼을 달아 놓은 침대―옮긴이)에 파묻힌 채 밤낮없이 잠을 자다가, 간혹 깨어나면 알 수 없는 소리를 중얼거리기도 하면서 거의 이 주일을 보냈다. 삼 주가 지나자 자리에서 일어나 베개를 허리에 괴고 앉아, 고깃국이나 죽을 받아먹을 수 있게 되었다.

한 달 정도 지났을 때, 마침내 눈이 맑아지고 어느 정도 지각을 보이면서 나이 든 값을 보여 주기 시작했다. 이때부터는 비교적 또렷하고 침착하게 정치와 예술과 문학에 대해 이야기하기 시작했다. 돈 키호테가 어느 정도 건강을 회복하자 가정부와 조카딸은 몹시 기뻐하며, 신부와 이발사에게 이 소식을 전했다.

기사의 오랜 친구인 신부와 이발사는 여행에서 돌아온 후 한 번도 돈 키호테를 찾아가지 않았다. 그것은 친구가 자신들을 보고 행여나 지난 일들을 떠올리지나 않을까, 하는 걱정에서 비롯된 세심한 배려였다. 그러다 친구의 건강이 좋아졌다는 소식을 듣고 기쁜 마음에 방문을 해 보기로 했다. 그들이 찾아갔을 때 돈 키호테는 침대에 앉아 있었다. 신부가 침대 옆에 있던 의자에 앉으며 말했다.

"어이, 친구! 좋아 보이는군그래!"

"이제 충분히 회복이 되었네그려. 정말이야. 힘이 넘쳐서 어디에다 쓸지 고민될 정도라네."

세 사람은 이런저런 잡담을 나누면서 유쾌한 시간을 보냈다. 그러다 대화 중에 스페인의 정치 상황에 대한 이야기가 나왔다. 돈 키호테는 이런 법은 수정해야 하고, 저런 잘못에는 벌을 주어야 하며, 잘못된 풍습은 과감하게 개혁해야 한다면서 정부를 신랄하게 비판하였다. 신부는 돈 키호테의 빛나는 지혜와 통찰력에 깊은 인상을 받았다. 그래서 그의 정신이 정말로 온전해진 것인지 알아보기 위해 은근슬쩍 새로운 소식을 들려주었다.

"풍문에 들자 하니, 터키의 술탄(이슬람교 국가의 군주—옮긴이)이 막강한 군대를 조직해서 스페인으로 쳐들어올 거라던데 말이야."

우리의 기사가 대답했다.

"국왕 폐하께 꼭 필요한 충고를 하나 해 드리고 싶군."

이발사가 신부와 눈빛을 주고받았다. 그는 짐짓 웃음을 지으며 끼어들었다.

"자네가 무슨 자격으로 국왕 폐하께 의견을 말할 수 있겠나?"

"백성들은 자기 의견을 말할 권리가 있다네. 그 의견이 심사숙고 끝에 나온 것이고 그만큼의 가치가 있다면, 국왕 폐하께서도 충분히 귀를 기울여 들을 만하다 생각하시겠지. 의견을 말하는 사람의 계급이 미천하다고 해서 그 사람의 의견까지 가치 없는 것으로 치부해 버린다면, 그야말로 세상에서 둘도 없는 어리석은 행동이라 해야 하지 않겠나?"

신부가 말했다.

"아주 훌륭한 생각일세. 우리 마을 신도들에게도 들려주고 싶구먼."

이발사가 물었다.

"그렇다면 자네가 보기에 이 상황에서 국왕 폐하는 어떻게 하셔야 하는가?"

"우선 국왕 폐하께서는 스페인 전역에 있는 편력 기사들을 모두 마드리드로 불러들여야 하네. 기사들이 모두 모이면, 말을 타고 겨루는 마상 시합을 개최해서 가장 용감한 기사를 뽑는 거지. 그 기사를 무어 인(8세기경에 이베리아 반도를 정복한 아랍계 이슬람교도의 총칭—옮긴이)이 주둔하고 있는 벌판으로 보내, 얼마나 용감하게 싸우는지 지켜보기만 하면 되는 거라네. 용감무쌍한 기사라면 평범한 군사 이십만 명쯤은 쉽게 가지고 놀 수 있을 테니까 말일세.

지금은 지난날의 편력 기사만큼 용감한 기사를 찾기 어렵지만, 나라를 구하겠다는 용기만큼은 그에 못지않을 걸세. 만약 국왕 폐하가 이 의견에 찬성하신다면, 사라센(중세 이후 유럽 인이 이슬람교도를 일컬어 부르던 이름—옮긴이)의 위협과 관련된 모든 문제는 완벽하게 해결될 수 있겠지."

신부는 한숨을 내쉬며 돈 키호테를 바라보았다.

"이보게, 자넨 아직도 기사들이 벌이는 온갖 미망(迷妄)에서 헤어나지 못하고 있어."

돈 키호테는 신부의 말에 아랑곳하지 않은 채 침대에 앉아 칼을 이리저리 휘두르며 보이지 않는 상대와 결투를 벌였다.

이발사가 신부에게 작은 목소리로 말했다.

"휴식을 취하고 건강을 회복하면 제정신을 찾을 줄 알았는데……, 적당한 치료 방법이 아니었던 모양이군."

신부도 동의했다.

"그러게 말일세. 우리의 친구가 온전한 정신 상태를 되찾기 위해서는 아무래도 좀 더 충격적인 방책이 필요할 것 같군."

그때 갑자기 밖에서 고함 소리가 들려왔다. 가정부가 누군가에게 욕설을 퍼붓는 듯했다. 마당으로 나가 보니 가정부와 산초가 한창 싸움에 열을 올리고 있었다. 가정부는 펑퍼짐한 산초의 배에 주먹을 날리며 소리쳤다.

"어서 썩 꺼져요! 어떻게 감히 우리 주인 나리를 만나겠다는 말을 해요? 바로 당신이 우리 주인님을 부추겨서 기사가 되도록 만들어 놓고, 온갖 데를 다 돌아다니며 고생하게 만든 장본인이 잖수?"

산초가 배를 움켜잡고 울먹였다.

"그건 오해요, 오해! 온갖 데를 돌아다니며 고생한 건 바로 나라고요. 주인님이 나를 속여 집에서 끌어낸 거라니까요. 그리고 나한테 섬 하나를 주겠다고 약속하셨는데, 아직 구경도 못해 봤소. 그건 그렇고, 지금 당장 주인님한테 아주 중요한 소식을 전해야 한다고요."

가정부가 대꾸했다.

"아무리 그래도 여긴 못 들어와요. 어서 돌아가 당신 집안이나 잘 챙겨요. 섬이고 뭐고 헛된 꿈은 꾸지도 말고."

돈 키호테는 산초가 계속 쓸데없는 소리를 떠벌릴까 봐 염려되어 그를 방으로 들이도록 했다. 산초는 싱긋 웃으며 가정부를 밀치고 안으로 들어갔다. 산초가 들어가자 신부와 이발사는 돈 키호테에게 작별 인사를 하고 방을 나갔다.

산초와 이야기를 나누던 돈 키호테는 놀란 목소리로 되물었다.
"책? 책이라고 했느냐?"
산초가 대답했다.
"그렇게 들었습지요."
"무슨 책인데?"
"자세한 내용까지는 모릅니다. 어젯밤에 카라스코의 아들인 산손 카라스코의 귀향을 환영하는 자리에 갔습지요. 그 청년은 살라망카 대학을 다니다가, 이제 막 학사가 되어 돌아온 것입니다. 그런데 그 청년이 제가 미처 인사를 건네기도 전에 저한테 다가와서는, 주인님의 모험 이야기가 책으로 만들어져 세상에 나돌고 있다고 하지 뭡니까요. 그 책에는 주인님 이름은 물론, 산초 판사라는 제 이름도 나오고, 둘시네아 아가씨도 등장한다고 했습니다. 그 책을 쓴 사람이 우리 둘이 경험한 일들을 어떻게 그렇게 잘 아는지 정말 놀랄 일이지 않습니까요?"
"산초야, 그 책을 쓴 사람은 현명한 마법사가 분명하구나. 그렇지 않다면 우리의 모험 이야기를 어찌 알겠느냐?"
"카라스코 학사의 얘기로는, 그 책을 쓴 작가의 이름이 시데, 뭐라던데……. 시데 아메테 베넹헬리라고 했습니다요."
"음, 아무래도 무어 인의 이름 같구나."
"그 작가는 주인님이 죄수들을 풀어 준 실수에 대해서도 알고 있다고 했습니다요. 또……."

우리의 기사가 중간에서 말을 잘랐다.

"그건 절대 실수가 아니었도다. 고귀한 행동이었느니라."

"아무튼 시데 뭐라는 그 작가는 우리가 겪은 모험을 전부 알고 있는 모양입니다. 카라스코 학사의 말로는, 그 책의 제목이 《돈 키호테》라고 하는데, 책방에 가면 아무나 살 수 있다고 했습니다요."

"신손 카라스코라는 청년이 우리 마을에 사는가?"

"그렇습니다. 카라스코 학사를 데려올까요?"

"그래, 당장 데려오너라. 그 수상한 책에 대해 청년이 알고 있는 내용을 모두 듣고 싶구나."

산초는 즉시 밖으로 나갔다. 돈 키호테는 카라스코 학사를 기다리면서, 자신의 이야기가 어떻게 씌어졌을지 기대감으로 부풀었다. 모험을 끝낸 지 얼마 되지도 않았는데, 벌써 자신의 행적이 책으로 만들어져 사람들의 입에 오르내린다는 사실이 믿기지 않았다. 그러다 문득, 그 책의 작가가 무어 인이라는 사실이 떠올라 불안해졌다. 무어 인들은 모두 사기꾼에 거짓말쟁이라고 하지 않던가?

이런저런 생각에 잠겨 있을 때, 산초가 카라스코 학사를 데리고 돌아왔다. 그는 둥글넓적한 얼굴에 장난꾸러기처럼 짓궂어 보이기도 하고 조금은 사악해 보이기도 하는 표정을 짓고 있었다. 청년은 돈 키호테를 보자마자 무릎을 꿇고 말했다.

"위대한 기사님이시여! 황공하옵게도 이 몸이 기사 중의 기사이며, 세상의 모든 편력 기사 중 가장 유명한 라 만차의 돈 키호테 님을 직접 뵙게 되었군요. 기사님의 위대한 업적을 기록한 시데 아메테 베넹헬리는 축복을 받을 것입니다. 그리고 누구나 즐겨 읽을 수 있도록 아라비아 말을 우리말로 옮긴 번역가 역시 축복받을 것입니다."

돈 키호테는 그를 일으켜 세우며 말했다.

"그러니까 나의 모험을 기록한 책이 세상에 나왔다는 소문이 사실이오? 그것이 사실이라면, 그 책은 틀림없이 아첨으로 범벅이 돼 있겠지?"

"아닙니다. 책에 담긴 이야기는 모두 진실합니다. 이 세상에 알려진 기사들의 역사를 모두 다 뒤져 본다고 해도, 돈 키호테 님만큼 용감하고 비범한 기사를 발견할 수는 없을 것입니다."

"사람들의 반응은 어떻소?"

"그 책은 모든 계층의 사람들에게 열렬히 칭송받고 있습니다. 교수와 학생, 부자와 빈자, 여자와 남자를 가릴 것 없이 한번 손에 잡으면 책이 닳도록 읽고 또 읽지요. 어느 정도인지 예를 하나 들어 보겠습니다. 길을 걷다가 늙고 삐쩍 마른 말이 달리는 광경을 보면 사람들이 뭐라고 농담을 하는지 아십니까? '아, 저기 로시난테가 가네.' 이렇게 말한다 이겁니다. 여행 중에 들른 어느 여관에서는, 손님들이 모두 모여서 기사님의 모험 가운데 어떤 것이 가장 흥미진진한가를 두고 열띤 토론을 벌이기도 했습니다. 어떤 이는 거인들로 착각한 풍차와 대결한 장면이 재미있었다 하고, 또 어떤 이는 양쪽에서 몰려온 군대, 아니 양 떼와 벌인 전투 장면이 좋았다 하며, 또 다른 이는 맘브리노 투구를 얻은 일이 가장 흥미롭다고 하는 등 저마다 자기 의견을 말하느라 정신이 없었습니다."

돈 키호테는 턱을 긁적이며 중얼거렸다.

"꽤 까다로운 선택이겠군. 내가 겪은 모험들은 모두가 위험천만하고 흥미진진하지."

카라스코 학사가 머뭇머뭇 덧붙였다.

"물론…… 비판하는 목소리도 있어요. 기사님이 아무런 목적도 없이 유랑하면서 이곳저곳에서 사건을 만들고 다닌다고 생각하는 사람들도 더러 있으니까요."

우리의 기사는 목소리를 높였다.

"기사들은 유랑하는 게 아니라 편력을 하는 것이오. 편력이야말로 기사들이 꼭 한 번 경험해야 할 중요한 행동 양식이외다."

"일부 누락된 부분도 있습니다. 이를테면 산초 판사가 슬쩍한 금화라든가……."

종자가 소리를 버럭 지르며 끼어들었다.

"누가 훌쩍했든 그게 책하고 무슨 상관이 있습니까?"

"훌쩍한 게 아니라 슬쩍한 금화 말이오. 당신이 카르데니오의 자루에서 훔친 돈은 어떻게 되었습니까? 그 돈을 당신이 챙긴 이후에 어떻게 되었는지 책에는 아무런 언급이 없으니까요."

산초가 울부짖듯이 대꾸했다.

"그건 댁이 상관할 문제가 아니오! 그 전리품마저 없었다면, 아마 마누라가 나를 잡아먹었을 거라고. 마누라는 내가 여기저기 유랑하는 걸 좋아하지 않았지만, 그나마 그거라도 가져왔으니 조용히 넘어간 거란 말이오."

돈 키호테가 표현을 바로잡았다.

"산초야, 유랑이 아니라 편력이다, 편력!"

"유랑이든 편력이든 저한테는 별다를 게 없습니다요."

"알았으니 이제 그만 입 좀 다물고 있거라. 카라스코 학사, 그 책이 그렇게 인기가 있다면 혹시 그 작가가 2편을 낸다고 하지는 않았소이까?"

"네, 2편을 쓸 거라는 약속을 하기는 했습니다. 그렇지만 아직까지 2편을 읽어 본 사람은 아무도 없는 것 같아요. 모두들 그 책이 나올지 안 나올지 반신반의하고 있습니다. 어설픈 2편이라면 차라리 없는 편이 낫다고 말하는 사람들도 있고요."

산초가 목소리를 높였다.

"이런 뻔뻔스러운 작자를 봤나! 주인님, 그 작가라는 사람은 그냥 박차고 달려 나가기만 하면 새로운 모험이 펼쳐진다고 생각하는 모양입니다요. 어림도 없지 않습니까? 우리가 모험을 떠나 보여 주지 않으면 무슨 수로 2편을 쏜답니까? 주인님께서 제 충고를 받아들이실지는 모르겠지만, 제 생각은 이렇습니다. 지금 당장 길을 떠나서, 그 무어 인 작가가 어디서부터 어떻게 펜을 놀려야 할지 감을 잡을 수 없을 정도로 수많은 모험과 새로운 도전을 보여 줘야 한다는 거지요."

산초가 말을 마치자마자 마구간에서 로시난테가 울부짖는 소리가 들려왔다. 돈 키호테는 그것을 어떤 징조라고 여겼다.

"말 한번 잘했다, 산초야. 다시 떠날 때가 되었구나. 로시난테도 나를 부르지 않느냐?"

우리의 기사는 자랑스러운 표정으로 카라스코 학사를 돌아보며 말했다.

"카라스코 학사, 우리는 일주일 내로 준비를 마치고 다시 떠날 거요. 그대에게 정중하게 청하니, 우리가 떠나는 자리에 함께 있어 주시오."

카라스코 학사는 터져 나오려는 웃음을 가까스로 참으며 대답했다.

"기사님, 그런 기회를 주신다니 더할 나위 없이 큰 영광입니다. 한 가지 당부드리고 싶은 것은, 앞으로 펼쳐질 모험에서는 더욱더 조심하셔야 한다는 겁니다. 기사님의 생명은 기사님 자신뿐만 아니라 구원을 기다리는 모든 이들에게도 아주 소중하기 때문이지요."

산초가 조금 당혹스러운 표정으로 조그맣게 중얼거렸다.

"제가 다시 떠나겠다고 말하면 마누라가 뭐라고 할지 모르겠습니다요. 마누라는 제가 바보 같아서, 섬을 주겠다는 허황된 약속만 철석같이 믿고 고생을 사서 한다고 말한다니까요. 사실 모험이 끝난 다음에 얻게 될지 어떨지 확실하지도 않은 섬을 무작정 기다리는 것도 이제 지쳤습니다.

그래서 드리는 말씀인데, 앞으로 제가 주인님을 모시고 편력 여행을 하는 동안은 다달이 급료를 주시면 안 될까요? 많든 적든 간에 매달 수입이 생긴다면 마누라한테도 당당해질 수 있을 겁니다요."

"산초여, 너에게 급료를 주는 것은 어렵지 않은 일이다. 그렇지만 지금껏 내가 본 수많은 역사책이나 기사도 소설 어디에도 기사의 종자가 일정한 급료를 받았다는 내용을 본 적이 없느니라. 내가 아는 바로는 모두가 순수하게 마음에서 우러나 주인에게 헌신하고, 어쩌다 운이 좋아 영지나 전리품을 얻게 되면 그것의 일부를 보상으로 받고 감사하게 여겼을 뿐이다.

산초야, 나는 오래전부터 내려온 기사들의 관습과 규범에서 벗어날 생각이 없느니라. 그러니 네가 나에게 마음으로 봉사할 생각이 있다면 함께하는 것이고, 그렇지 않다면 전처럼 좋은 친구로만 남을 수밖에."

돈 키호테의 대답에 산초의 얼굴이 굳어졌다. 그도 그럴 것이,

산초는 주인이 자기 없이는 세상을 향해 나아가지 않으리라고 굳게 믿고 있었던 것이다. 그가 아무 말도 하지 못한 채 멍하니 있자, 카라스코 학사가 한 마디 거들었다.

"돈 키호테 기사님을 믿지 못하시오? 기사님께서는 댁한테 섬이 아니라 왕국이라도 주실 분 아닙니까? 돈 키호테 님, 기사님의 위대한 모험에 부족한 것이 있다면 제가 최선을 다해 돕겠습니다. 혹여 종자가 필요하시다면 말씀하십시오. 기사님을 모시는 것이야말로 세상에 다시없는 행복일 겁니다."

산초가 발끈했다.

"누가 주인님을 따르지 않겠다고 했습니까? 저는 당연히 주인님과 함께 갈 겁니다. 제가 그렇게 배은망덕한 인물로 보이십니까요?"

우리의 기사가 부드러운 목소리로 산초를 달랬다.

"종자여, 아무 걱정 마라. 너에게 영지로 섬을 주겠다는 약속은 절대로 잊지 않을 것이다. 그건 그렇고 카라스코 학사, 우리 집 사람들에게, 그리고 특히 신부와 이발사에게 우리의 계획을 비밀로 해 주면 좋겠소."

"물론입니다. 절대로 발설하지 않겠습니다."

카라스코 학사는 우리의 기사와 산초에게 작별 인사를 한 후 돈 키호테의 집에서 나왔다. 그러고는 곧장 신부를 만나러 달려갔다.

제 12 장
숲의 기사

산초가 돈 키호테를 만나러 뻔질나게 드나들자, 가정부와 조카딸은 그들이 또다시 길을 떠날 꿍꿍이를 꾸미고 있다는 것을 눈치 챘다. 가정부는 어떻게 하면 주인의 광기를 막을 수 있을지 고민하다가, 주인이 새로 사귄 산손 카라스코 학사에게 도움을 청하기로 했다.

가정부는 즉시 카라스코 학사를 찾아가 주인을 설득해 달라고 부탁했다. 그러나 카라스코 학사는 그냥 돌아가 있으라는 말만 할 뿐이었다. 가정부가 물었다.

"안심하라고요? 나리, 어떻게 안심할 수가 있겠어요?"

"글쎄, 아무 걱정하지 말고 돌아가서 주인께 따뜻한 음식이나 마련해 주세요. 신부님과 함께 나름의 방도를 마련해 두었으니까요."

　세 번째 편력 여행을 떠나겠다고 선언한 지 일주일째 되는 날 밤, 돈 키호테와 산초는 각자의 말과 당나귀에 안장을 얹고 새로운 모험을 맞이할 만반의 준비를 갖추었다. 카라스코 학사가 두 사람을 배웅하며 행운을 기원했다. 그는 돈 키호테에게 어떤 모험을 하게 될지 너무나 궁금하니, 좋은 소식이든 나쁜 소식이든 꼭 전해 달라고 부탁했다. 카라스코 학사가 작별의 손을 흔드는 가운데, 우리의 기사와 산초는 불타오르는 사명감을 안고 길을 떠났다.
　한 시간쯤 지났을까? 산초가 물었다.
"그런데 지금 어디로 가시는 건가요?"
"먼저 엘 토보소로 갈 것이다. 지금까지 기사의 책무를 다하면서도, 정작 내가 사랑하고 또 영광을 바치는 둘시네아 아가씨의 모습은 한 번도 제대로 뵌 적이 없구나. 게다가 또 다른 모험에 뛰어들기 전에 둘시네아 아가씨의 축복과 허락을 받아야 앞으로 닥칠 수많은 도전에서 승리할 수 있을 것이니라. 산초야, 엘 토보소에 도착하면 나의 아가씨가 계시는 성으로 안내하도록 해라."
　산초가 머뭇거리며 대답했다.

"저, 그게…… 저는 둘시네아 아가씨가 사시는 곳을 잘 모르는 뎁쇼."

"모른다니? 네가 나의 편지를 아가씨한테 전하지 않았느냐?"

"당연히 전했습지요."

"그럼 뭐가 문제더냐? 네가 간 길 그대로만 안내하면 될 것을. 구름이 달을 가리고 있구나. 길이 어두우니 서둘러야겠다."

다음 날 어둑어둑한 초저녁 무렵, 두 사람은 엘 토보소에 들어섰다. 돈 키호테는 기쁨으로 가슴이 벅차올랐지만, 산초는 두려움이 가슴속을 채웠다. 그는 목적지도 모른 채 주인을 이끌고 하염없이 나아갔다.

시간이 흘러 자정이 되었다. 마을은 온통 무거운 침묵 속에 잠겨 있었다. 돈 키호테와 산초는 여전히 엘 토보소의 어두컴컴한 거리를 헤매고 있었다. 돈 키호테가 더 이상 참지 못하고 한 마디 던졌다.

"산초여, 어서 둘시네아 아가씨가 계시는 성으로 안내하여라. 계속해서 이상한 길로만 가고 있지 않느냐?"

산초는 손가락으로 음습한 골목의 입구를 가리키며 말했다.

"이쪽으로 조금만 내려가면 됩니다요."

그러다 당황했는지 얼른 다른 쪽 골목을 가리켰다.

"아, 아니, 저 너머군요."

돈 키호테가 차갑게 대꾸했다.

"종자여, 나의 아가씨가 이런 불결한 골목에서 살고 있다는 사실이 믿기지 않는구나. 우리가 찾고 있는 곳은 웅장한 성이지, 이렇게 허름한 오두막집이 아니니라. 도대체 어디에 있는 것이냐?"

산초가 힘없이 대답했다.

"하도 오래전에 와 봐서요. 조금만 더 참으세요. 그리고 하늘에 맹세하는데, 제가 아가씨를 뵌 곳은 성이 아니라 아주 작은 집이었습니다요."

"여태껏 헤맸지만 헛수고가 아니냐? 게다가 지금은 사방이 칠흑같이 어둡기만 하니 도통 앞이 제대로 보이지 않는구나."

"죄송합니다, 주인님. 우선은 저 밤나무 숲으로 들어가 밤을 보내는 게 어떻겠습니까? 날이 밝으면 일단 저 혼자 마을로 내려가서 아가씨의 집이 어딘지 정확히 알아 놓고 주인님을 모시러 오겠습니다요."

"그렇게 하자꾸나. 하지만 내일 아침에는 실수가 없어야 할 것이다. 만일 또 길을 잃으면, 네놈의 엉덩이가 따끔한 맛을 보게 될 테다. 알겠느냐?"

아침이 되자 산초는 돈 키호테를 숲에서 기다리게 한 뒤, 마을을 향해 느릿느릿 발걸음을 옮겼다. 그는 눈물을 흘리며 혼잣말로 중얼거렸다.

"이번에는 정말 제대로 걸렸구나. 내가 편지를 전하지 않았다는 사실이 밝혀지면, 섬은커녕 길에서 주운 금화 한 닢도 얻지 못할 거야. 주인님이 얼마나 실망하실까? 젠장, 이게 다 입으로만 선행을 외치는 신부님 탓이야. 그때 신부님만 만나지 않았더라면 무슨 수를 써서라도 둘시네아 아가씨를 찾아갔을 것 아니냔 말이지."

이 난국을 어떻게 헤쳐 나가야 할지 몰라 고민에 빠져 있을 때, 아가씨 세 명이 당나귀를 타고 목장을 가로지르는 광경이 눈에 들어왔다. 그 모습을 보자 갑자기 기막힌 생각이 뇌리를 스쳤다.

"가만, 둘시네아 아가씨도 사실 농사꾼의 딸일 뿐이잖아? 나도 그렇지만 주인님도 아가씨를 만난 적이 단 한 번도 없고 말이야. 아무 여자나 데려다 놓고 내가 둘시네아 아가씨라고 우긴다 한들 주인님이 어찌 알겠어? 그렇다면…… 저 시골 아가씨 셋 중 하나가 필경 둘시네아렷다!"

산초는 당장 당나귀를 돌려 밤나무 숲 속으로 달려갔다.

"주인님, 주인님! 굉장한 소식이 있습니다."

둘시네아를 만나기에 앞서 수염을 곧게 펴며 매무새를 가다듬던 우리의 기사가 놀란 얼굴로 물었다.

"찾았느냐? 아니면 집을 찾은 것보다 더 굉장한 소식이냐?"

"어서 옷이나 갖춰 입으시지요. 둘시네아 아가씨를 만나 뵈었는데, 그냥 앉아서 주인님이 오시기만을 기다릴 수는 없으시답니다. 그래서 지금 하녀들을 데리고 이쪽으로 달려오고 계십니다요."

돈 키호테는 당황한 나머지 어쩔 줄 모르고 이리 뛰었다가 저리 뛰었다가 한바탕 법석을 떨었다. 잠시 후 돈 키호테와 산초는 숲 속에서 나와 탁 트인 벌판을 바라보며 섰다. 돈 키호테가 어리둥절한 표정으로 말했다.

"산초야! 아가씨가 분명히 나를 보러 오신다고 하였느냐? 한데 아무도 없지 않느냐?"

산초는 당나귀를 타고 오는 아가씨들을 가리키며 말했다.

"저기, 말을 타고 이쪽으로 오시는 여자 세 분이 안 보이십니까요? 어찌나 아름다운지 태양처럼 빛나고 있지 않습니까요?"

"내 눈에는 둘시네아 아가씨의 모습은 보이지 않는구나. 그저 당나귀를 타고 오는 못생긴 시골 아가씨 셋만 보일 뿐이다."

"못생겼다고요? 그럴 리가요! 저분은 제가 지금까지 본 여인들 중에서 가장 아름답습니다. 꽃 같은 외모에 화려한 황금색 비단 옷을 입어 더욱더 빛이 나는 것 같습니다요. 게다가 아가씨가 타고 있는 말은 아라비아 혈통을 자랑하는 훌륭한 종마로 보이는데요."

"종자야! 아무리 눈을 씻고 봐도 내 눈에는 전혀 다르게 보이는구나."

잠시 후 산초는 재빨리 앞으로 나아가 여자들의 앞을 가로막

왔다. 그러고는 당나귀에서 내려 맨 앞에 있던 아가씨 앞에 무릎을 꿇고 정중하게 말했다.

"아름답고 고귀하신 둘시네아 아가씨, 아가씨의 우아하고 고운 손길로 당신에게 사랑을 바친 기사님을 반겨 주십시오. 이분은 세상에서 가장 유명한 편력 기사, 라 만차의 돈 키호테 님이시고, 저는 이분을 모시는 산초 판사입니다."

아가씨가 웃으며 말했다.

"저리 비키세요. 우린 지금 바쁘거든요. 장난할 시간이 없다고요."

돈 키호테는 어느 틈엔가 말에서 내려 산초 옆에 무릎을 꿇고 앉아 있었다. 그는 눈을 크게 뜨고 산초가 둘시네아 아가씨라 부르는 여자를 바라보았다. 둥글넓적한 얼굴에 납작한 코, 수세미처럼 거친 머릿결……. 그 어느 곳을 보아도 그저 시골에서 농사나 짓는 평범한 아가씨로만 보일 뿐이었다. 그러나 돈 키호테는 정중하고 부드러운 목소리로 물었다.

"당신이 스페인에서 가장 달콤한 장미이자 사랑스런 여인 둘시네아 아가씨가 맞습니까?"

아가씨가 갑자기 요란한 웃음을 터뜨렸다. 그러자 그녀의 입에서 마늘 냄새가 훅 풍겨 와 코를 찔렀다.

"이봐요, 우리가 정신병자하고 농담 따먹기나 할 만큼 한가로워 보여요?"

그렇게 말하고는 산초를 있는 힘껏 걷어찼다. 그 바람에 산초는 뒤로 벌러덩 나자빠지고 말았다. 아가씨들은 세차게 박차를 가해 두 사람 옆을 휙 지나쳐 갔다. 돈 키호테는 먼지바람 속에서 무릎을 꿇은 채 아가씨들의 뒷모습을 지켜보았다. 그녀들의 모습이 사라지자, 그는 풀을 쥐어뜯으며 신음하듯 내뱉었다.

"비열한 마법사 같으니라고! 이놈이 내 진실한 사랑을 조잡하고 볼품없는 촌닭으로 만들어 버렸구나."

산초는 일이 자기 계획대로 잘 풀려 가자 너무 기뻤다. 그러나 그 기쁨을 함부로 내색할 수는 없기에 짐짓 맥이 풀린 목소리로 대꾸했다.

"허, 그것 참 낭패로군요."

"마법사 녀석이 내가 목숨을 바쳐 모시기로 한 여인을 망쳐 놓았구나. 슬픈 얼굴의 기사로서 맹세하건대, 그놈의 저주를 풀고 둘시네아 아가씨의 아름다운 모습을 되찾고야 말리라."

"그야말로 흥미진진한 모험이 되겠네요."

다음 날 밤, 돈 키호테와 산초는 잠자리를 찾기 위해 울창한 숲 속으로 들어갔다. 그들은 그늘이 가장 넓은 나무를 골라 그 밑에서 하룻밤을 보내기로 했다. 돈 키호테는 나무에 기대앉아 잃어버린 사랑을 한탄하고 상처받은 마음을 위로하는 시구를 읊어 댔다. 그러는 동안 산초는 안장 자루에서 소시지 두 개를 꺼내 순식간에 먹어 치웠다.

밤이 점점 깊어지면서 달이 나무 꼭대기를 걸렸다. 어느새 잠이 든 산초는 드르렁드르렁 코를 골았다. 돈 키호테도 설핏 잠이 들었다가, 어디선가 들리는 인기척에 깜짝 놀라 깨어났다. 그는 산초를 흔들며 말했다.

"산초야! 누가 이쪽으로 오고 있구나."

산초가 천천히 눈을 깜박이며 잠에서 덜 깬 목소리로 물었다.

"정말입니까?"

우리의 기사가 다시 말을 하려는 순간, 근엄한 목소리가 숲 속을 울렸다.

"종자여, 내 류트(기타와 비슷하게 생긴 중세 유럽의 현악기—옮긴이)를 다오. 나의 아가씨를 위해 연가를 작곡하련다."

돈 키호테가 속삭였다.

"저자도 편력 기사인 모양이구나. 잘 들어 보아라. 갑옷이 철거덕거리는 소리가 들리지 않느냐?"

근엄한 목소리는 계속 들려왔다.

"물론 슬픈 노래가 되리라. 나의 여인 카실다 아가씨는 이 땅에서 가장 아름답지만 가슴은 돌처럼 단단하니 말이다."

낯선 기사의 말에 돈 키호테가 중얼거렸다.

"저자가 말도 안 되는 소리를 늘어놓고 있구나. 그 어떤 여인의 아름다움도 둘시네아 아가씨하고는 비교조차 할 수 없느니

라. 물론 마법에 걸리기 전의 아가씨를 말하는 것이다."

산초는 어떻게든 충돌을 피해 볼 심산으로 이렇게 속삭였다.

"저자는 둘시네아 아가씨를 잘 모르고 있는 것 같은데요?"

또다시 낯선 기사의 목소리가 나무와 나무 사이를 돌고 돌아 울려 퍼졌다.

"카실다 아가씨가 나, 숲의 기사를 보냈노라. 나의 임무는 카실다 아가씨의 비할 데 없는 아름다움을 만천하에 알리고, 나의 선언을 부정하는 모든 기사를 무찌르는 것이로다. 그 일을 하려 하니 마음이 몹시 괴롭다만, 카실다 아가씨의 잔인한 성품이 나를 자꾸만 결투의 길로 이끄는구나."

그러자 쇳소리가 나는 다른 목소리가 대꾸했다.

"그렇습니다, 주인님! 정말이지 그것만 생각하면 가슴이 찢어지도록 아픕니다."

"저 목소리의 주인공은 기사의 종자인가 봅니다요."

산초가 자기도 모르게 큰 소리로 말했다. 돈 키호테가 즉시 '쉿!' 하고 산초의 입을 막았다. 그러나 이미 숲의 기사는 숲 속에 다른 이가 있음을 알아챘다. 그는 온 숲이 울리도록 크게 외쳤다.

"거기 누구요? 이 숲에 우리 말고 누가 있소?"

돈 키호테와 산초가 부스럭거리며 모습을 나타냈다. 그러자 숲의 기사가 반색하며 다가왔다.

"이런 곳에 계시는 것을 보니 편력을 행하는 기사님이 분명한 듯합니다. 편력 기사들은 이렇게 호젓하고 고요한 곳에서 자연을 침대 삼아, 하늘을 이불 삼아 밤을 보내곤 하니 말입니다."

그 말에 돈 키호테가 답했다.

"말씀하신 대로, 나 역시 기사입니다. 조금 전 우연히 기사님의 탄식 어린 이야기를 들었는데, 사랑하는 여인 때문에 괴로우신 모양입니다그려. 저 역시 사랑 때문에 마음이 쓰리니, 그대의 아픔을 헤아리고도 남습니다."

"그것은 제 운명입니다. 세상에 오직 한 사람 카실다 아가씨를 사랑하게 된 탓이니 받아들일 수밖에요. 저는 그녀가 원하는 대로 스페인의 곳곳을 돌아다니며, 세상의 여인 중에서 가장 아름다운 여인은 오직 그녀, 카실다라는 사실을 천명해야 했습니다. 그 바람에 제 말이 거짓이라고 우기는 자들을 단칼에 무찔렀지요. 수많은 모험 중에서 제가 가장 자랑스럽게 말하고 싶은 결전은, 저 유명한 라 만차의 기사 돈 키호테를 이긴 것입니다. 저는 그의 목에 칼을 겨누고, 둘시네아도 나의 아가씨 카실다의 상대가 되지 못한다는 사실을 천명하게 만들었지요. 이 승리로 저는 이 세상에 존재하는 기사는 모두 이긴 것이나 다름없다고 생각합니다. 그야말로 가장 용감한 기사 중의 기사 돈 키호테를 이겼으니, 이제 저에게 함부로 대적할 기사는 없을 테지요."

돈 키호테는 그의 대담한 말에 너무나 놀라, 당장 그 말이 거짓이라고 말하고 싶었다. 그러나 그 기사가 스스로 거짓임을 자백하길 바라며 조용히 말했다.

"그것은 그대의 엄청난 오해인 듯하오. 라 만차의 돈 키호테가 확실합니까? 그 기사와 비슷하게 생긴 다른 이였겠지요."

"오해라니요? 저 하늘에 대고 맹세하는데, 저는 분명 돈 키호테와 싸워서 이겼습니다. 그는 슬픈 얼굴의 기사라고도 불리는데, 산초 판사라는 종자를 데리고 다니지요. 그리고 엘 토보소의 둘시네아를 마음의 여인으로 섬기고 있습니다. 그 돈 키호테를 제가 이긴 겁니다."

"그럴 리가 없소이다. 왜냐하면 내가 바로 라 만차의 기사 돈 키호테인데, 나는 당신과 싸운 일이 없기 때문이오."

"말도 안 되는 소리! 돈 키호테는 불과 이틀 전에 나에게 호되게 당했으니, 지금은 운신조차 못하고 있을 거요."

돈 키호테가 자랑하듯 말했다.

"그대가 어떤 적과 상대했는지 모르겠지만, 그 사람은 분명히 내 이름을 사칭한 사기꾼이었을 거요. 이 나라를 돌아다니려면 조심해야 하오. 조심성 없는 기사에게 장난을 치는 마법사가 있더이다. 그대도 그 마법사한테 속은 것 같소. 맹세컨대, 내가 진짜 돈 키호테요. 라 만차의 기사 돈 키호테가 말하노니, 엘 토보소의 둘시네아 아가씨야말로 이 세상에서 가장 아름다운 숙녀이외다."

숲의 기사가 차갑게 대꾸했다.

"정 그렇게 주장한다면 사랑하는 카실다 아가씨의 이름을 걸고 결투를 신청하겠소."

돈 키호테가 되받았다.

"좋소이다! 하지만 우리가 이렇게 어두운 데서 싸움을 벌이면 노상강도나 깡패와 다를 바가 없으니, 동이 틀 때까지 기다립시다."

숲의 기사가 덧붙였다.

"조건이 하나 있소이다. 우리의 싸움에 승패가 갈리면, 진 자는 이긴 자가 무엇을 원하든 그가 시키는 대로 해야만 하오. 받아들이겠소?"

"좋소, 기꺼이 받아들이겠소. 둘시네아 아가씨의 이름을 지킬 수 없다면 이 칼에 심히 부끄러울 것이니, 반드시 이기고 말 것이오!"

그때 숲의 기사의 종자가 산초에게 조심스레 말을 걸었다.

"기사님을 모시는 일은 정말로 힘들지요. 안 그렇습니까?"

산초가 고개를 끄덕이며 대답했다.

"그건 그렇지요."

"주인님들이 정식으로 결투를 벌이기로 했으니, 관습에 따라 우리도 승부를 가려야만 합니다."

그 말에 산초는 몹시 당황하였다.

"그런 관습은 꿈에서도 들어 본 적이 없는데요. 우리 주인님도 그런 관습이 있다는 말은 한 적이 없습니다. 게다가 난 싸우는 데는 영 젬병이란 말이오."

"그렇다면 싸우는 흉내라도 내시구려. 결투가 끝나면, 집에서 가족들과 복닥거리며 지내는 게 훨씬 행복하다는 사실을 깨닫게 될 거요."

동이 틀 때까지는 그렇게 오래 기다리지 않아도 되었다. 싱그러운 아침 햇살이 숲 속 곳곳으로 스며들자, 돈 키호테는 칼을 들고 약속한 장소로 가 결전의 상대를 기다렸다. 잠시 후, 숲의 기사가 로시난테만큼 늙은 말을 타고 반대쪽에서 모습을 나타냈다. 얼굴 가리개를 내려 버린 탓에 얼굴은 볼 수 없었지만, 건장한 체격 덕분에 어딘지 모르게 위엄이 풍겼다. 갑옷 위에는 금실로 짠 망토를 걸치고 있었는데, 그 망토에 작은 달 모양의 거울이 수없이 달려 있어 몹시 화려해 보였다.

그러나 산초에게 화려한 기사의 모습은 조금도 눈에 들어오지 않았다. 그를 압도한 것은 어둠이 걷히면서 서서히 드러난 상대편 종자의 공포스런 모습이었다. 그는 얼굴을 제외한 온몸을 검은색 천으로 감고 있었는데, 등이 꼽추처럼 툭 튀어나와 있었다. 기괴한 형체는 약과였다. 얼굴보다 더 커 보이는 코에 시선이 머무르는 순간 오금이 얼어붙는 듯했다. 그 코는 족히 15센티미터는 되어 보이는 데다 터질 듯이 부풀어 올라 있었고,

지저분한 사마귀와 검은 반점으로 뒤덮여 있었다.

산초가 신음을 토하듯 말했다.

"저, 저런, 저 코 좀 보세요. 저게 사람 코 맞습니까?"

돈 키호테도 산초의 말에 공감했다.

"정말 특이하고 불쾌한 코로구나."

산초는 그 주먹코에서 눈을 뗄 수가 없었다. 그 코가 자기 몸을 스치고 지나간다는 생각만으로도 등줄기에 식은땀이 주르르 흘렀다. 그때 돈 키호테가 말을 몰아 앞서 나아갔다. 산초도 할 수 없이 따라가기는 했지만, 어떻게든 싸움을 피하고 싶었다. 그래서 주인에게 부탁했다.

"주인님, 결투를 시작하시기 전에 저를 저 떡갈나무 위로 좀 올려 주세요. 이 멋진 대결을 땅에서는 제대로 볼 수 없을 테니, 높은 곳에서 보고 싶습니다요."

돈 키호테는 산초의 속마음을 눈치 챘지만, 짐짓 모르는 척하며 나무 위로 올려 주었다. 그런데 갑자기 숲의 기사가 아무런 경고도 없이 자기 말에 세차게 박차를 가하며 앞으로 달려 나왔다. 그것을 본 돈 키호테도 상대를 향해 돌진했다.

그러나 숲의 기사는 갑자기 말을 멈추고 그 자리에 우뚝 서 버렸다. 주인이 내지르는 발길질이 마음에 안 드는 모양인지, 그의 말이 앞으로 나아가기를 거부하고 있었다. 숲의 기사가 어떻게든 말을 움직이려고 애를 쓰는 사이, 돈 키호테가 쏜살같이 달려가 그를 말에서 떨어뜨렸다. 보기 좋게 땅바닥에 처박힌 숲의 기사는 고통스런 비명을 질렀다. 돈 키호테는 말에서 내린 후 잔뜩 상기된 얼굴로 숲의 기사에게 다가가, 목에다 칼을 겨누었다.

"항복하겠소?"

숲의 기사가 씩씩거리며 말했다.

"항복하오."

산초가 나무에서 내려와 승리의 현장으로 달려오자, 돈 키호테가 명령했다.

"산초야, 이자의 투구를 벗겨라."

산초가 재빨리 투구의 끈을 풀고 얼굴 가리개를 벗겨 내다가, 깜짝 놀라 크게 소리쳤다.

"맙소사! 주인님, 이 기사는 아무래도 우리 마을의 카라스코 학사처럼 보이는뎁쇼?"

돈 키호테는 패배자의 얼굴을 자세히 들여다보며 말했다.

"정말로 그렇구나! 정말 놀랄 일이로다. 사람의 형상을 바꾸는 데는 이 마법사 놈을 따라갈 자가 없는 것 같구나."

그러자 숲의 기사가 흐느끼며 말했다.

"아닙니다. 저는 진짜 카라스코라고요."

산초가 말했다.

"주인님, 이놈을 해치워 버리는 게 안전할 것 같습니다. 마법사의 작품이 하나라도 더 줄면 그만큼 걱정거리도 줄어드는 셈이 아니겠습니까?"

돈 키호테가 칼을 번쩍 치켜들자, 카라스코 학사는 겁에 질린 얼굴로 침을 꿀꺽 삼켰다. 칼날이 막 떨어지려는 찰나, 주먹코 종자가 달려와서 학사를 감싸며 소리쳤다.

"잠깐만요! 돈 키호테 나리, 지금 무슨 짓을 하시는 겁니까? 이 사람은 산손 카라스코 학사가 맞습니다! 맞다고요!"

그러더니 앞으로 나서서 허리를 바짝 세우고 코를 떼어 냈다. 산초는 그를 알아보고 깜짝 놀라 소리쳤다.

"이럴 수가! 자네는 세시알 아닌가?"

"그래, 자네의 친구이자 이웃인 세시알이네. 자세한 이야기는 나중에 할 테니, 자네 주인 나리께 저 기사를 죽이지 마시라고 간청 좀 해 주게."

돈 키호테가 혼잣말처럼 중얼거렸다.

"이 마법사의 농간은 도대체 멈출 줄을 모르는구나."

산초가 물었다.

"그건 그렇고, 코는 어찌 된 건가?"

"혼응지(펄프에 아교를 섞어 만든 종이 재질로 습기에 잘 녹고 마르면 아주 단단해진다.—옮긴이)로 만든 거라네."

바닥에 널브러져 있던 카라스코 학사가 간신히 입을 열었다.

"저를 의사한테 데려다 주세요. 아무래도 갈비뼈가 부러진 것 같아요."

산초의 이웃인 세시알이 재빨리 다가가 그를 일으킨 후 말에 태웠다. 그는 말을 끌고 가면서 아주 작은 목소리로 속삭였다.

"이제 어쩝니까? 우리가 죄를 뒤집어쓰게 생겼네요. 이렇게 실패로 끝난 데다 나리마저 만신창이가 되었으니, 돌아가면 신부님이 펄쩍펄쩍 뛰실 겁니다."

두 사람의 모습이 점점 작아지다가 완전히 사라지자, 돈 키호테는 한숨을 내쉬며 말했다.

"어쨌든 승리는 승리지. 하지만 산초야, 이 마법사는 언제 만나도 이전보다 더 강해지는 것 같구나. 얼굴을 바꿔 놓는 마법사의 기묘한 재주 앞에서 안전한 사람은 아무도 없도다. 우리는 그 마법을 깨뜨릴 방책을 꼭 찾아야 하느니라. 자, 어서 짐을 꾸려라. 우리도 이제 다시 길을 떠나자꾸나."

그러나 산초는 제자리에 선 채 머리를 긁적이면서, 자신이 목격한 사건의 의미를 이해하려고 노력했다.

제 13 장
사자의 기사 돈 키호테

 돈 키호테와 산초는 밀이 무성하게 자라 끝도 보이지 않는 들판을 지나, 쉬지 않고 계속 길을 갔다. 태양이 두 사람의 등을 따뜻하게 비추고, 야생화의 향기가 대기를 가득 채웠다. 돈 키호테가 말했다.
 "산초야, 이런 것이 인생이니라. 세상 그 어떤 호사가 편력의 여정보다 낫겠느냐? 마치 전능한 독수리처럼 자유롭게 구름 너머로 솟아오르는 기분이니 말이다."
 돈 키호테는 숲의 기사와 벌인 결투에서 얻은 승리로 한껏 우쭐해 있었다. 그 사건이 자신을 고향으로 데려가기 위해 카라스코 학사와 신부가 꾸민 계획이라고는 꿈에도 생각지 않았다.

애초부터 카라스코 학사가 돈 키호테에게 책 이야기를 하며 다시 모험을 떠나라고 부추겼던 것도 신부와 이발사와 미리 짜 둔 계획의 일부였다. 이발사와 카라스코 학사는 기사도만이 우리의 친구를 제정신으로 돌아오게 할 수 있다는 신부의 말에 공감했다. 그리하여 비교적 건장한 체격의 카라스코 학사가 기사로 변장하여 돈 키호테를 이긴 다음, 승리의 조건으로 고향으로 돌아가라고 요구할 작정이었다.

그런데 카라스코 학사의 서투른 솜씨 탓에 돈 키호테가 졸지에 승리의 영광을 얻게 되었던 것이다. 안 그래도 기사의 광기에 휩싸여 있던 돈 키호테는 자신의 편력이 세상을 구원할 수 있다는 생각에 더욱더 확신을 갖게 되었다.

산초가 머리를 긁적이며 말했다.

"아직도 혼란스럽습니다. 아까 그 기사가 진짜 카라스코 학사라면 어쩌지요? 그리고 그 주먹코 괴물도 진짜 세시알처럼 보였습니다요. 정말로……."

돈 키호테가 산초의 말을 단박에 잘랐다.

"말도 안 되는 생각이니라! 우리의 친구들이 어찌하여 그처럼 우스운 복장을 하고 저 숲에서 어슬렁거린단 말이냐? 마법사의 속임수에 넘어가지 않도록 조심하여라. 간악한 마법사의 농간 때문에 불쌍한 둘시네아 아가씨가 입 냄새가 진동하는 시골 아가씨로 변한 것을 벌써 잊었더냐?"

"하느님께서는 진실을 알고 계시겠지요."

돈 키호테는 이 대답을 산초의 생각도 자신과 같다는 뜻으로 받아들였다. 산초는 자신이야말로 얼굴 바꿔치기의 주범이었으므로, 더 이상 아무 말도 하지 않았다. 그러나 머릿속은 여전히 혼란스러웠다.

작은 언덕의 꼭대기에 올랐을 때, 돈 키호테는 멀리서 다가오는 수레를 발견했다. 수레는 화려한 리본으로 장식되어 있고, 깃대에 국왕의 재산임을 알리는 깃발이 달려 있었다. 돈 키호테가 눈을 반짝 빛내며 말했다.

"종자야, 새로운 모험이 우리를 기다리는구나."

산초가 고개를 들어 수레를 바라보다가 화들짝 놀라 침을 튀기며 말했다.

"주인님, 깃발을 보니 분명 국왕 폐하의 재산입니다. 저 수레에는 절대로 참견하면 안 됩니다요. 갤리선으로 가는 죄수들을 풀어 줬다가 무슨 일을 겪었는지 기억나지 않으십니까?"

돈 키호테가 버럭 소리를 질렀다.

"참견이라니! 네놈이 감히 기사가 하는 일을 참견이라고 말하는 것이냐? 잘 들어 두어라. 모든 이방인과 마차를 조사하는 일도 기사의 중요한 의무 중 하나니라."

돈 키호테는 곧바로 자세를 잡더니 로시난테에게 박차를 가

하며 달려 나가 길을 가로막고 섰다. 잠시 후, 수레가 가까이 다가왔다. 수레를 이끄는 두 사람이 손을 흔들면서 소리를 질렀다.

"어서 길을 비키시오. 우리는 국왕 폐하의 재산을 싣고 가는 중이오."

우리의 기사가 창을 치켜들며 대답했다.

"당장 멈추어라. 그대들은 누구이며, 수레 안에 뭐가 실려 있는지 밝혀야만 할 것이다. 그렇지 않으면 이 창이 대답하게 만들리라."

그러자 고삐를 쥐고 있던 사람이 수레를 세우면서 대답했다.

"우리는 오란 장군께서 국왕 폐하께 보내는 선물을 전달하기 위해 궁으로 가고 있는 겁니다. 이 수레에 실린 우리에는 사나운 사자 한 쌍이 실려 있습지요."

돈 키호테가 물었다.

"사자가 몸집이 큰가?"

다른 사람이 대답했다.

"어마어마합니다. 게다가 엄청 위험하지요. 저는 사자 사육사라 여러 해 동안 수많은 사자를 다루어 봤습니다. 하지만 이 녀석들처럼 사나운 놈은 본 적이 없어요. 특히 오늘은 먹이를 전혀 주지 않았기 때문에 엄청 굶주려 있습니다. 이놈들은 배가 고프면 보통 때보다 훨씬 더 포악해지지요. 그러니 큰일 당하기 전에 어서 비키시는 게 좋을 겁니다."

그 말에 돈 키호테는 의기양양하게 말했다.

"라 만차의 기사 돈 키호테가 그깟 덩치 큰 고양이 따위를 겁낼 줄 아는가? 오호라, 이것도 마법사의 장난이렷다? 어서 우리의 문을 열게. 이 칼로 저 굶주린 괴물들을 맞이할 테니."

그러자 두 사람 모두 코웃음을 쳤다.

"괜히 일을 벌여 다치지 말고 가던 길이나 가시지요."

"어서 우리의 문을 열게."

돈 키호테가 똑같은 말을 반복했다.

그때 산초가 호기심을 참지 못하고 우리 안을 살짝 들여다보더니 비명을 질렀다.

"하느님 맙소사! 안 돼요, 주인님! 방금 전에 밖으로 삐져나온 발톱을 봤는데, 엄청나게 길고 날카롭습니다. 이건 마법사의 장난이 아닌 것 같아요. 진짜 야수라니까요."

돈 키호테는 산초의 말을 듣고도 꼼짝하지 않았다. 오히려 수레꾼의 코앞에서 창을 휘두르며 말했다.

"지금 당장 우리의 문이 열리지 않으면, 내 종자가 당근을 써는 것보다도 더 빠르게 이 칼이 그대의 목을 칠 것이다."

사육사가 수레꾼의 귀에 대고 소곤거렸다.

"저 사람, 진짜 그렇게 할 모양인데?"

그러더니 돈 키호테에게 말했다.

"나리, 그렇다면 우리의 문을 열기 전에 제 동료가 이 노새들을 데리고 안전하게 대피하도록 해 주십시오. 이 친구한테는 노새들이 전 재산이나 다름없습니다요."

"그대의 요청을 허락하겠네."

산초가 우는 소리로 말했다.

"주인님, 제발 그만두세요. 정말로 무시무시한 사자라니까요. 이번 일에 비하면 지금껏 겪었던 다른 모험들은 일도 아닙니다요."

"아무나 감당할 수 있는 공포는 아니지. 산초여, 그렇게 무섭다면 너도 피해 있어라. 그리고 행여 내가 목숨을 잃게 된다면, 내 유해를 잘 수습해서 마법에 걸린 둘시네아 아가씨에게 가져가 나의 죽음을 고해야 하느니라. 자, 로시난테를 데리고 저기 저 언덕 꼭대기로 가서 나를 기다려라."

산초는 더 이상 말릴 수 없다는 것을 깨닫고는 당나귀와 로시난테를 몰고 언덕 위로 올라갔다. 수레꾼도 노새들을 끌고 따라갔다. 돈 키호테는 수레의 뒤쪽으로 서서히 다가갔다. 손에 든 것은 오로지 칼과 방패뿐이었다. 첫 번째 우리에서 깊고 무거운 포효가 울려 나왔다. 그 소리에 수레가 뒤뚱거리며 흔들렸다. 사육사가 우리 뒤쪽으로 몸을 숨기며 물었다.

"정말 괜찮겠습니까? 제가 이 밧줄을 놓아 버리면 우리의 문이 활짝 열릴 것이고, 그다음부터 나리의 목숨은 책임지지 못합니다요."

"돈 키호테는 절대 위험 앞에서 물러서지 않는다네. 어서 문을 열게나."

사육사가 밧줄을 놓았다. 우리의 문이 열리자 엄청나게 거대한 사자 한 마리가 몸을 뒤척이며 기지개를 켜는 모습이 보였다. 사자는 천천히 하품을 하더니, 우리 밖으로 머리를 내놓고 이리저리 사방을 둘러보았다. 검은빛을 띠는 강인한 턱을 타고 진득한 침이 흘러내렸다. 누런색의 커다란 어금니는 몹시 날카로워 보였다. 사자는 불꽃처럼 이글거리는 눈을 천천히 깜빡거렸다.

돈 키호테가 용감하게 소리쳤다.

"정글의 왕이여, 내가 그대를 기다리고 있노라. 겁이 나서 나오지 않는 것이냐?"

여기저기 찌그러진 갑옷을 입은 늙은 기사가 우뚝 버티고 서서 호통을 치는 모습은 어쩐지 안쓰러워 보였다. 하지만 다른 이의 눈에 어떻게 보이든 간에, 우리의 기사는 곧 닥칠지도 모르는 죽음을 당당하게 마주하고 있었다. 사육사는 두려움을 모르는 기사의 모습에 놀라움을 금치 못했다.

돈 키호테가 다시 소리쳤다.

"이 늙은 고깃덩어리야!"

사자가 돈 키호테를 노려보았다. 돈 키호테와 사자의 검은색 코 사이는 불과 1미터도 되지 않았다. 그런데 사자가 천천히 몸을 돌리더니, 다시 우리 안으로 들어가 누웠다. 돈 키호테는 사육사에게 말했다.

"이 사자는 겁쟁이 야수로구먼. 몽둥이로 때려서라도 밖으로 내몰아 보게나. 아니면 우리를 흔들기라도 하든지."

사육사는 고개를 절레절레 저으며 말했다.

"그만두십시오. 그렇게 하면 제가 더 위험해집니다요."

그는 얼른 우리의 문을 닫고 단단히 고정시킨 후, 돈 키호테에게 넙죽 절을 하며 정중하게 말했다.

"기사님은 진정으로 스페인에서 가장 용감하신 분입니다. 기사님의 용맹과 담력은 증명이 되고도 남습니다요. 그 누구도 감히 이렇게 무서운 야수와 정면 대결을 펼칠 수는 없을 거예요. 앞으로 그 어떤 적과 싸우든 간에, 기사님은 반드시 승리하실 겁니다."

"그렇다면 지금 자네가 본 것을 사람들 앞에서 증언할 수 있겠는가?"

"물론이지요."

돈 키호테는 창끝에 헝겊을 달아 흔들어 산초에게 신호를 보냈다. 그 표시를 본 산초는 이제 안전하다고 생각하고 돌아왔다. 산초가 돌아오자마자, 돈 키호테는 수레꾼과 사육사에게 금화 두 닢을 주라고 명령했다. 그네들의 여정을 지연시킨 데 대한 보상이었다.

그러자 사육사가 사자와 기사의 대결을 아주 자세하게, 최대한 과장하여 이야기해 주었다. 산초와 수레꾼은 용맹스러운 우리의 기사를 진심으로 칭송했다. 사육사는 궁에 도착하면 돈 키호테의 용맹한 도전을 국왕 폐하께 하나도 빠짐없이 고하겠다고 약속했다. 그러자 돈 키호테가 말했다.

"폐하께서 누가 그런 일을 해냈냐고 물으시거든 '사자의 기사'가 한 일이라고 전해 주게. 나는 지금까지는 '슬픈 얼굴의 기사'였으나, 이제부터는 '사자의 기사'로 알려지기를 바라노라. 앞으로 수백 년 동안, 오늘의 모험은 사람들의 입에 두고두고 오르내리겠지."

수레가 덜커덩거리며 궁을 향해 떠났다. 돈 키호테와 산초도 다시 여정을 시작했다. 벌써 사방에 어둠이 깔려 있었다.

며칠 후, 사자의 기사와 종자는 에브로 강에 당도했다. 강둑에서 내려다보는 전망이 일품이었다. 돈 키호테는 고요하게 빛나는 강을 바라보며 한숨을 쉬었다.

"이 강물이 흘러 흘러 결국에는 바다로 가겠지. 두둥실두둥실 강물을 타고 파도가 넘실거리는 바다까지 간다면 그 얼마나 멋진 모험이 되겠는가!"

산초가 투덜거렸다.

"글쎄요……. 항해를 하면서 먹을 수 있는 거라곤 딱딱한 비스

킷이나 짭짤한 육포가 전부일 텐데요? 전혀 멋질 것 같지 않습니다요."

"종자여, 그대는 먹는 일에 집착하지만 않으면 지금보다 훨씬 더 나은 사람이 될 것이니라."

"하지만 전 무엇보다도 먹는 일이 좋습니다."

그때 돈 키호테가 강가의 얕은 여울에서 나무들 사이로 움직이고 있는 뭔가를 발견했다. 그쪽으로 가 보니, 강둑의 나무에 작은 배가 매여 있었다. 그는 혼잣말로 중얼거렸다.

"이건 마법의 배가 분명하도다."

돈 키호테는 말에서 내려 나무에 묶어 놓은 밧줄을 풀었다. 당황한 종자가 물었다.

"주인님, 지금 뭐 하시는 거예요? 그러다가 배 주인이라도 나타나면 어쩌려고 그러십니까?"

돈 키호테가 껄껄 웃으며 말했다.

"너도 나처럼 기사도 소설을 읽었더라면, 기사가 모험 중에 배를 만나거나 다른 신비한 운송 수단을 발견한다는 것이 어떤 의미인지 알았을 것이다. 그것은 또 다른 왕국으로 안내하는 초대의 신호인데, 그 또한 모험의 일부라 할 수 있느니라."

"신비하다고요? 저 배는 하나도 신비하지 않습니다요. 제 눈에는 그저 작고 평범한 낚싯배로만 보이는데요."

돈 키호테가 명령했다.

"로시난테와 당나귀의 고삐를 저 나무에다 잘 매어 놓고, 어서 배에 올라타라."

"저기다 묶어 놓고 가도 괜찮을까요?"

"괜찮고말고. 나와 함께 있는 한 아무것도 두려워할 필요가 없도다."

돈 키호테가 팔짝 뛰어 배에 올라탔다. 산초는 로시난테와 당나귀의 고삐를 나무에 묶어 놓고 와서, 곧 부스러질 듯 낡은 배의 밑바닥을 발로 툭툭 건드려 보았다. 그러더니 조심스레 배에 올라탔다. 돈 키호테가 창으로 강둑을 밀자 그 힘으로 배가 천천히 움직였다. 처음에는 멈춰 있는 듯 아주 천천히 움직였는데, 어느 순간 갑자기 속도가 빨라지더니 물살에 휘감기며 순식간에 강 한복판으로 떠내려가고 말았다. 산초가 떨리는 목소리로 외쳤다.

"배가 급류 한가운데로 끌려 들어가는 것 같아요!"

돈 키호테가 차분하게 사태를 설명했다.

"마법의 배는 믿을 수 없을 만큼 빠른 속도로 항해를 하느니라. 그렇기에 기사는 불과 몇 초 사이에 왕국과 왕국 사이를 오가곤 하는 것이지. 배 옆을 보아라. 저 물결이 만들어 내는 하얀 거품이야말로 우리가 목적지에 빠르게 접근하고 있다는 증거가 아니고 무엇이겠느냐?"

그 순간 돈 키호테는 강 한가운데에 있는 커다란 물레방아 몇

개를 발견했다.

"산초여, 저걸 보아라! 보이느냐? 성이로구나. 저 성에는 분명 왕이나 공주가 납치를 당해 갇혀 있을 것이니, 그들을 구하라고 마법의 배가 나를 이곳으로 이끈 것이로구나."

그는 감격에 겨워 벌떡 일어섰다. 그 바람에 하마터면 배가 균형을 잃고 뒤집힐 뻔했다. 산초는 중심을 잡으며 겁에 질린 목소리로 외쳤다.

"대체 무슨 성이 있다고 그러세요? 저건 물레방아가 아닙니까요? 우리는 지금 물레방아 바퀴의 물살에 휘말린 거라고요! 이대로 있다가는 물살에 빨려 들어가 산산조각이 나고 말 겁니다!"

산초가 죽을힘을 다해 손으로 노를 젓는 동안, 돈 키호테는 솟구치는 흥분을 감추지 못하고 고래고래 소리를 질렀다.

"종자여, 저기를 보아라! 하얀 얼굴의 악마들이 우리를 공격하려 하는구나!"

물레방앗간에서 일을 하던 일꾼들이 작은 배가 물레방아 쪽으로 빠르게 돌진해 오는 광경을 보고 깜짝 놀라 우르르 달려나온 참이었다. 한창 일을 하던 중이라 모두들 밀가루 먼지를 허옇게 뒤집어쓴 채였다. 일꾼 한 명이 큰 소리로 외쳤다.

"이 사람들이 정신이 나갔나? 빨리 배를 돌려요! 그 배가 지금 물레방아 수로 안으로 빨려 들어가고 있단 말이오! 바퀴에 부딪히면 끝장이라고!"

돈 키호테는 칼을 휘두르며 되받았다.

"이 흉악무도한 악당들아! 네놈들이 가둬 놓고 있는 사람들을 어서 풀어 주지 못하겠느냐? 나는 라 만차의 돈 키호테, 사자의 기사이니, 네놈들쯤은 단칼에 처단할 수 있도다. 마법사의 힘을 빌려 물레방아로 둔갑시킨다고 내가 못 알아볼 줄 알았느냐? 이까짓 신기루 같은 바퀴쯤이야 하나도 겁나지 않도다!"

배는 물레방아의 바퀴가 철퍼덕거리며 만들어 내는 거대한 급류 속으로 시시각각 다가가고 있었다. 물레방앗간 일꾼 두 명이 안으로 들어가더니 아주 기다란 장대를 가지고 밖으로 나왔다. 그들은 어떻게든 배가 수로에서 멀어지게 하려고 안간힘을 다해 장대로 배를 밀어냈다.

산초는 두툼한 손바닥으로 아예 눈을 가려 버렸다. 눈을 감고 있어도 물레방아 바퀴가 배를 깔아뭉개는 광경이 눈앞에 아른거렸다. 마침내 일꾼들이 온 힘을 다해 배를 뒤집어엎고 돈 키호테와 산초를 수로에서 멀리 떨어뜨렸다. 돈 키호테는 무거운 갑옷 때문에 곧장 강바닥에 처박혔지만, 뱀장어처럼 유연하게 헤엄을 쳐서 물 위로 금세 솟아올랐다. 그러나 갑옷의 무게를 이기지 못하고 이내 다시 물속으로 사라져 버렸다.

물속에서 허우적대던 돈 키호테와 산초는 화가 잔뜩 난 남자들의 손에 이끌려 간신히 물 밖으로 나왔다. 두 사람이 물을 토하며 헐떡이는 사이, 배의 주인인 어부 두 명이 달려와 주먹을 움켜쥔 채 이들을 노려보았다. 그중 한 사람이 별로 공손하지 않은 말투로 물었다.

"우리 배를 대체 어떻게 한 거요? 당장 배상하는 게 신상에 좋을걸."

돈 키호테는 아주 침착하고 조용하게, 마치 아무 일도 없었던 것처럼 대답했다.

"이번 일은 두 마법사의 짓이로다. 한 마법사는 자네들의 누추한 배를 마법의 배로 탈바꿈시켰고, 다른 마법사는 마법의 배를 원래대로 돌려놓았구나."

한 어부가 다른 어부를 보며 속삭였다.

"이거 완전히 미친놈이구먼."

다른 어부가 맞장구를 쳤다.

"맞아야 정신을 차릴 모양이야."

돈 키호테가 산초를 가리키며 말했다.

"배값은 내 종자가 셈해 줄 것이다."

어부들은 산초에게 다가가서 간단히 뭐라고 몇 마디를 했다. 그러자 산초가 몹시 기분 나쁜 얼굴로 금화 네 닢을 건네주었다. 어부들이 사라지자, 산초는 돈 키호테에게 다가갔다. 한바탕 물난리를 겪은 탓에 온몸에 으스스하게 한기가 돌고 뼈마디가 욱신거렸다. 산초가 주인을 일으키며 불퉁하게 말했다.

"말을 가져오라고 시키실 거지요?"

"좋은 생각이구나. 빨리 출발할수록 다음 모험의 시작도 더 빠를 테니 말이다."

산초는 이 정신 빠진 기사 양반을 따라 나서기로 한 그날의 약속을 저주하며, 로시난테와 당나귀가 풀을 뜯고 있는 곳으로 지친 발걸음을 옮겼다. 별을 보며 한뎃잠을 자고, 먹는 것이라고는 겨우 허기를 달랠 정도가 전부인 고된 나날들뿐만 아니라, 도저히 이해할 수 없는 무모한 모험에 목숨을 거는 일이라면 이제 아주 진절머리가 났다. 게다가 주머니도 점점 가벼워지고 있으니, 과연 모험을 제대로 끝내고 약속한 섬을 받을 수나 있을지 걱정이 태산이었다.

제 14 장
둘시네아를 위하여

돈 키호테와 산초는 사흘 동안 깊은 산속을 헤맸다. 산초는 내내 투덜거렸는데, 식량이 완전히 바닥나는 바람에 주린 배를 움켜잡고 잠을 자야 했기 때문이다. 그런 데다 늑대 같은 산짐승과 산적들을 경계하느라 두 눈을 감고 잘 수도 없었다.

우리의 기사는 묵을 곳과 양식을 찾으려는 노력은 고사하고, 오히려 이로 인한 고통을 자랑스럽게 여겼다. 그는 항상 산초에게 "고단한 삶이 진정한 기사를 만든다."고 말해 왔다. 물론 우리의 종자는 진정한 기사가 되는 것보다는 푹신푹신한 베개와 잘 저민 고기가 훨씬 낫다고 생각했다.

나흘째 되던 날 황혼 무렵, 두 사람은 빽빽한 숲 속에서 빠져 나왔다. 눈앞에 푸르른 초원이 펼쳐졌다. 초원의 저편 끝 쪽에 말을 탄 사람들이 여러 명 모여 있었는데, 그 일행 가운데 귀부인 한 명이 유독 눈에 띄었다. 파란색 비단 옷을 차려입은 그녀는 타고 있는 백마까지 파란색 천과 리본으로 치장해서 화려함을 더했다. 기다란 황금빛 머리카락이 휘날리는 가운데, 왼쪽 팔에 앉아 있는 매 한 마리가 무척 인상적이었다.

돈 키호테가 나직한 음성으로 말했다.

"산초야, 저기 보이는 저 귀부인은 마치 사냥의 여신처럼 보이는구나. 저 부인께 가서, 아름다운 부인께서 허락하신다면 사자의 기사인 내가 직접 뵙고 정성껏 모시고 싶다고 전하여라."

산초는 주인의 명령을 받들기 위해 당나귀에 박차를 가하며 앞으로 나아갔다. 잠시 후 그녀 앞에 이르자 얼른 당나귀에서 내려 무릎을 꿇고 말했다.

"아름다운 부인께 전합니다. 저기 계시는 기사님은 사자의 기사라고 하는 분으로, 예전에는 슬픈 얼굴의 기사로 불렸습지요. 저는 기사님의 종자 산초 판사라 하옵니다. 저의 주인께서 청하시길, 아름다운 부인께서 허락해 주신다면 직접 만나 뵙고 부인을 위해 봉사하고 싶다고 하십니다요."

여인은 환한 미소를 지으며 물었다.

"슬픈 얼굴의 기사라고 했느냐? 그대는 산초 판사이고? 그렇다면 혹시 그대의 주인이 라 만차의 돈 키호테라는 분인가?"

산초가 놀란 얼굴로 대답했다.

"그렇습니다! 어찌 아십니까요?"

"그분 소식이라면 이미《돈 키호테》라는 책으로 널리 알려져 있으니 잘 알 수밖에. 그렇게 위대한 기사님을 뵙게 되다니 더할 수 없는 영광이구먼. 그대의 주인께 전하게. 나와 내 남편인 공작님이 기사님을 우리의 성으로 초대한다고 말이야."

산초는 깜짝 놀란 나머지 자기도 모르게 더듬거렸다.

"서…… 성이라고요? 마법에 걸린 여관이 아니라 진짜 성을 말씀하시는 겁니까요?"

공작 부인이 웃으며 대답했다.

"그렇다네. 나와 우리 공작님 역시 다른 이들처럼 그대와 용감한 돈 키호테 님의 모험담이 담긴 이야기를 무척 좋아한다네. 게다가 우리 서재에는 기사들의 모험을 다룬 책이 한가득 꽂혀 있지. 돈 키호테 님이 우리 서재를 보면 틀림없이 더할 수 없는 즐거움을 느끼실 걸세. 자, 어서 가서 내 초대를 전하게나."

산초는 대단히 기뻐하며 주인에게 돌아가 공작 부인의 말을 전했다. 돈 키호테를 기다리는 동안, 공작 부인은 공작에게 산초에게 들은 이야기를 전하고 앞으로 벌어질 재미있는 사건들을 예측해 보았다.

공작 부부는《돈 키호테》라는 책이야말로 세상에서 가장 훌륭한 코미디라고 생각하고 있었기에, 진짜 돈 키호테를 만난다는 생각에 몹시 들떴다. 그들은 괴짜 기사와 종자가 성에 머무는 동안 극진히 대접하면서, 원하는 것을 모두 받아 주고 기분을 맞춰 줄 생각이었다. 공작 부인은 당장 하인을 성으로 보내서 환영식을 준비하라고 일렀다.

마침내 돈 키호테가 다가왔다. 우리의 기사는 말에서 곧바로 내려 자신을 환대하는 공작 부부 앞에 무릎을 꿇으려 했다. 그러나 공작이 다가와 그것을 만류하며 따뜻하게 안아 주었다. 돈 키호테는 감격에 겨워 말했다.

"고귀하신 공작님, 이렇듯 환대를 해 주시니 몸 둘 바를 모르겠습니다. 사자의 기사로서, 제 명예를 걸고 공작님과 세상 모든 아름다움의 여왕인 공작 부인을 잘 모시도록 하겠습니다."

공작이 답했다.

"사자의 기사시여, 엘 토보소의 둘시네아 아가씨가 계시는 이 땅에서 다른 여인의 아름다움을 칭송하는 것은 옳지 않습니다. 아무튼 지금 당장 성으로 가시지요. 기사님을 위한 성대한 환영식이 기다리고 있습니다."

돈 키호테가 다시 말에 오르자 공작은 손님들을 데리고 성으로 향했다. 공작 부인은 책에서 산초의 말이나 행동을 무척이나 재미있게 보았기에, 그와 직접 이야기를 나누고 싶어 했다. 그러나 돈 키호테는 수다스런 종자가 쓸데없는 말을 늘어놓을까 봐 몹시 걱정이 되어 두 사람이 대화하는 모습을 연방 흘끔거렸다.

잠시 후, 일행은 성문 앞에 도착했다. 융단으로 만든 옷을 입은 하인 두 명이 마중을 나와 우리의 기사를 정중하게 맞이했다. 넓디넓은 정원으로 들어서자 하녀 두 명이 다가와 돈 키호테의 어깨에 고운 비단 망토를 둘러 주었다. 나팔수들이 기사의 도착을 알리자, 정원에 나와 있던 하인들과 하녀들이 꽃잎과 향수를 허공에 뿌리며 환호성을 올렸다.

"위대한 기사 돈 키호테 님, 어서 오십시오!"

돈 키호테와 산초는 감격에 겨워 어쩔 줄 몰라 했다. 특히 돈 키호테는 깊은 감동을 받았는데, 자신의 눈앞에 펼쳐지는 광경이 기사도 소설에서 영주들이 훌륭한 기사를 대접할 때의 모습 그대로였기 때문이다. 그는 처음으로 진정한 편력 기사가 된 기분을 맛보았다.

돈 키호테와 산초는 곧 휘황찬란한 방으로 안내되었다. 하녀 여섯 명이 따라와 갈아입을 옷을 주고 아주 공손하게 시중을 들었다. 단둘이 있게 되자, 돈 키호테는 산초에게 아무 말이나 함부로 지껄이지 말고 말조심을 하라고 신신당부했다.

잠시 후, 두 사람은 아주 웅장하고 화려한 홀로 들어갔다. 거기에는 네 사람을 위한 풍성한 식탁이 차려져 있었다. 덕분에 우리의 기사와 종자는 생애에서 가장 멋진 만찬을 즐길 수 있었다. 돈 키호테는 공작 부부에게 진심 어린 감사의 인사를 전했다. 세 사람 사이에 화기애애한 담소가 오가는 동안, 산초는 생전 처음 맛본 음식들을 입 안에 밀어 넣느라 정신이 없었다. 더 이상의 행복은 바라지도 않는다는 얼굴이었다.

공작 부부의 최대 관심사는 뭐니 뭐니 해도 둘시네아였다. 이들 부부는 책에 '둘시네아'라는 이름이 나올 때마다 기운이 다 빠질 정도로 배꼽을 잡고 웃곤 했다. 얼굴도 모르는 촌스런 농부의 딸이 세상에서 가장 아름다운 여인으로 추앙받게 된 상황이 너무나 우스워 견딜 수가 없었던 것이다.

공작은 짐짓 근엄한 표정을 지으며 말했다.

"사자의 기사님, 결례가 되지 않는다면 기사님이 모시는 둘시네아 아가씨에 관해 이야기를 듣고 싶습니다. 아가씨의 명성이 자자한 것으로 보아, 세상 어느 누구와도 비교할 수 없이 아름다운 분일 것이라 생각됩니다만."

돈 키호테는 갑자기 슬픈 얼굴로 한숨을 내쉬고는 천천히 입을 열었다.

"얼마 전 나의 아가씨에게 일어난 불행한 일만 제 머릿속에서 지울 수 있다면, 그 아름다움을 얼마든지 묘사할 수 있을 텐데요. 이곳으로 오기 전에 저는 아가씨를 만나러 엘 토보소로 갔습니다. 그런데 제가 만난 사람은 그녀가 아닌 다른 사람이었습니다. 그 비열한 마법사 녀석의 술수에 휘말려, 나의 둘시네아 아가씨는 입 냄새가 진동하는 못생긴 여인으로, 그것도 모자라 교양이라곤 눈곱만큼도 찾아볼 수 없는 천한 여인으로 변하고 말았지 뭡니까?"

공작 부인은 웃음을 가까스로 참으며 안타까움을 토해 냈다.

"세상에 맙소사! 그렇게 불행한 일이!"

우리의 기사가 말을 이었다.

"그래서 이번 여정을 통해 아가씨를 구해 낼 방도를 찾으려 합니다. 마법사의 저주를 반드시 풀어서, 둘시네아 아가씨의 고귀함과 아름다움을 되찾아 주고야 말 것입니다."

산초가 끼어들었다.

"암요, 그래야 하고말고요!"

그러자 공작 부인이 산초에게 물었다.

"산초, 자네는 돈 키호테 님께 섬 하나를 약속받지 않았는가?"

"그랬습지요. 아직은 제가 다스릴 만한 섬을 발견하지 못했습니다만, 좋은 나무에 붙어살면 좋은 그늘 덕을 보게 된다는 말처럼, 좋은 사람 곁에 있으면 좋은 일이 생길 거라고 믿습니다요. 이렇게 좋은 주인을 모시고 다니니, 언젠가는 저한테도 좋은 일이, 그러니까 섬을 다스릴 날이 오겠지요."

공작이 나섰다.

"물론 그래야지. 산초, 주인을 생각하는 자네의 마음이 참으로 가상하네그려. 그러니 내가 돈 키호테 님의 이름으로 그대에게 내가 가지고 있는 외딴 섬 하나를 주겠네."

산초는 넋이 나간 표정으로 공작을 바라보았다. 그러자 돈 키호테가 말했다.

"산초야, 예의를 잊은 게냐? 어서 무릎을 꿇고 공작님이 베푸신 은혜에 감사를 드리도록 하여라."

그 말에 정신을 차린 산초는 넙죽 절을 하며 감사의 인사를 올렸다.

식사를 마치자, 돈 키호테는 낮잠을 자겠다며 방으로 갔다. 공작 부인은 산초에게 괜찮다면 자기와 이야기를 나누며 오후 시간을 보내자고 청했다. 산초 역시 낮잠을 자고 싶었지만, 친절한 공작 부인의 청을 거절할 수 없어서 기쁜 마음으로 그러겠다고 말했다.

공작 부인과 산초는 창문이 크고 바람이 잘 드는 시원한 방으로 자리를 옮겼다. 하녀들이 두 사람 주위로 조용히 둘러앉아 있었다. 공작 부인이 산초의 얼굴을 살피다가 입을 열었다.

"산초, 우리끼리 있으니 내가 정말로 궁금해 하던 일을 묻고 싶네. 책으로 나온 《돈 키호테》를 보면, 그대는 둘시네아 아가씨를 한 번도 만난 적이 없고, 그녀에게 돈 키호테 님의 편지를 전한 적도 없지. 그런데 어떻게 그녀를 만난 것처럼 거짓말을 할 수 있는가? 착하고 충성스런 그대가 말이야."

산초는 눈을 동그랗게 뜬 채 아무 말도 하지 못했다. 그러더니 자리에서 일어나 커튼을 들춰 보고, 방 안 곳곳을 돌아다니며 샅샅이 살펴본 다음 다시 자리에 앉아 이렇게 말했다.

"이건 비밀로 해야 하는 이야기인데……, 마님께서 물으시니 대답을 해 드려야겠지요. 사실 제 생각에는 우리 주인님이 제정신이 아닌 것 같습니다. 물론 어떤 때는 누구나 감탄할 정도로 사려 깊은 말씀을 하시기도 하지만, 지금껏 주인님을 모시면서 얻은 결론은 완전히 정신이 나갔다는 겁니다요. 그래서 제가 감히 둘시네아 아가씨를 만났다고 거짓말을 해도 믿으셨던 거고요. 얼마 전에 마법에 걸린 둘시네아 아가씨를 만났다고 한 것도, 실은 제가 그렇게 둘러댔기 때문입니다."

공작 부인이 물었다.

"그대의 주인이 그러하다는 것을 알고 있다면서, 왜 계속 모시고 다니면서 헛된 약속을 믿는 것인가?"

"그야 이게 제 운명이니 그런 것이지요. 제가 똑똑하고 약삭빠른 사람이라면 벌써 주인님 곁을 떠났겠지만, 만약 그렇게 했다 하더라도 그게 잘하는 짓인지는 모르겠습니다. 주인님은 저를 참으로 아껴 주시고, 비록 제가 종자일망정 고마운 일이 있으면 서슴없이 고맙다고 하시지요. 주인님이 저에게 약속하신 섬을 주지 못하신대도, 하느님도 제가 태어날 때 주신 것이 별로 없으니 아쉬울 것도 없습니다요."

"그대의 주인은 참으로 현명한 종자를 두었구먼. 하지만 자네가 알아 두어야 할 진실이 있네. 마법사는 여러 모습이라는 거야. 돈 키호테 님을 따라다니며 궁지에 몰아넣는 마법사도 있지만, 도움을 주는 마법사도 있지. 우리한테도 그런 마법사가 한 분 있는데, 그분이 진실을 알려 주었다네. 자네가 주인을 속이기 위해 둘시네아 아가씨라고 말했던 그 시골 아가씨가 실제로 엘 토보소의 둘시네아였다는군. 정말로 마법에 걸려 본래의 모습을 잃고 만 것이지. 그러니 착한 그대는 주인을 속인 것이 아니라네."

산초는 공작 부인의 말을 곧이곧대로 믿고 이렇게 말했다.

"맙소사, 그게 그렇게 된 거였군요. 마님, 제가 비록 주인님을 속이기는 했지만, 악한 마음으로 그런 것은 아닙니다. 게다가 저 같은 바보가 마법사의 사악한 마음 따위를 파고들 재주가 어디에 있겠습니까요? 그저 호된 꾸지람이나 피해 볼 요량으로 지어냈을 뿐입니다."

공작 부인이 온화한 얼굴로 말했다.

"나도 그렇게 생각한다네. 자, 이제 그만 가서 좀 쉬게나. 그리고 공작님께 하루라도 빨리 그대를 섬의 통치자로 임명하라고 말씀드리겠네."

산초가 싱글벙글한 얼굴로 물러간 후, 공작 부인은 남편에게 산초와 나눈 이야기를 들려주었다. 두 사람은 기사도에 어긋나지 않게 점잖은 방법으로 돈 키호테를 놀려 줄 방법을 궁리하느라 즐거운 이야기꽃을 피웠다.

엿새 뒤, 공작 부부는 돈 키호테와 산초를 멧돼지 사냥에 초대했다. 공작의 영지는 끝이 어딘지 알 수 없을 만큼 드넓었다. 영지 안에는 목장이 여러 곳 있었고, 상당히 높은 산과 사냥감이 풍부한 울창한 숲도 있었다. 동이 틀 무렵, 공작 부부는 하인과 기수(騎手), 몰이꾼 등 수많은 사람들을 이끌고 성을 출발했다. 굽이굽이 이어진 길을 따라 나무와 숲이 우거진 깊은 삼림의 심장부로 들어가다가, 정오쯤 되었을 때 두 개의 산 사이에 있는 숲에 이르렀다.

마침내 사냥이 시작되자, 공작이 창을 집어 들며 돈 키호테에게 말했다.

"몰이꾼들이 우리 쪽으로 사냥감을 몰아올 겁니다. 이제 조심하셔야 합니다."

공작과 공작 부인은 멧돼지들이 자주 나타난다는 길목에 숨었다. 돈 키호테도 말에서 내려 그 옆에 섰다. 그러나 잔뜩 겁을 집어먹은 산초는 안절부절못하며 당나귀에서 내려올 생각을 하지 않았다. 그때 돌연 뿔피리 소리가 들려오고, 사냥개들이 컹컹 짖어 대기 시작했다. 공작이 힘차게 말했다.

"한 놈 발견했군. 끌처럼 생긴 엄니를 조심해요!"

멀리서 들리던 쿵쾅거리는 소리가 점점 가까워지더니, 잠시 후 잔뜩 성이 난 멧돼지 한 마리가 입에 거품을 물고 달려왔다. 엄청나게 큰 녀석이었다. 사람들이 멧돼지를 한쪽으로 몰기 위해 일사불란하게 움직였다.

그러나 산초만은 예외였다. 그는 비명을 지르며 당나귀에서 뛰어내려 가장 가까이에 있는 떡갈나무 쪽으로 달려갔다. 나무 위로 올라갈 생각이었으나, 운 나쁘게도 매달린 가지가 산초의 무게를 이기지 못하고 와지끈 부러졌다. 땅에 떨어지려는 순간, 다른 나뭇가지에 옷이 걸리는 바람에 공중에 대롱대롱 매달리고 말았다. 그는 살려 달라고 고래고래 소리를 질렀다.

그사이 멧돼지는 수많은 창을 맞고서 뻗어 버렸다. 돈 키호테는 멧돼지의 숨이 끊어진 것을 두 눈으로 확인한 다음, 울부짖고 있는 산초에게 다가가 그를 내려 주었다.

사냥이 끝나자 사람들은 멧돼지를 노새 위에 싣고 숲 속 빈터에 마련해 둔 야영지로 갔다. 거기에는 이미 많은 음식이 준비되어 있었다. 모두들 즐거운 대화를 나누고, 흥겹게 노래를 부르며 한바탕 잔치를 벌였다.

어느덧 땅거미가 지기 시작하면서 숲이 온통 빨갛게 물들어 갔다. 갑자기 어딘가에서 나팔 소리가 들리더니, 숲 가장자리 쪽의 나무들이 요란하게 흔들리면서 불빛이 번쩍이고 함성이 들려왔다. 군악대의 악기 소리와 함께, 말발굽 소리가 숲 전체를 뒤흔들었다.

빈터의 구석 쪽 덤불이 한 번 출렁이더니, 가운데가 쫙 갈라지면서 새까만 종마 한 마리가 튀어나왔다. 종마의 등에 타고 있는 형체를 발견한 순간, 산초는 피가 얼어붙는 듯 섬뜩한 기분이 들렸다. 그 형체는 기괴하기 짝이 없었다. 초록색 얼굴을 한 데다 머리에는 작은 초록색 뿔이 달려 있었으며, 오른손에는 커다란 삼지창을 들고 있었다. 그 형체가 겁에 질린 사람들을 향해 크게 소리를 질렀다.

"나는 숲의 악마다. 마법사 멀린 님의 말씀을 전하러 라 만차의 기사 돈 키호테를 찾아왔노라."

우리의 기사가 당당하게 나섰다.

"내가 돈 키호테다."

악마의 거친 음성이 다시 울렸다.

"위대한 마법사 멀린 님께서 사자의 기사에게 전하노니, 엘 토보소의 둘시네아를 마법에서 풀려나게 할 방법을 알려 줄 테니 이 자리에서 기다리라 하신다. 명령을 따르라."

악마는 대답을 기다리지도 않고 뿔피리를 한 번 길게 분 뒤 사라져 버렸다. 사람들은 모두 멍한 얼굴로 악마가 사라진 곳을 바라보았다. 공작이 돈 키호테를 돌아보며 입을 열었다.

"기다리실 겁니까?"

돈 키호테가 단호하게 대답했다.

"그럼요, 기다려야지요."

해가 완전히 기울고, 어둠이 빛의 자리를 대신했다. 어느 순간 정체를 알 수 없는 불빛들이 하나 둘 숲 속을 채우기 시작했다. 그러더니 아주 무거운 바퀴들이 돌아가는 소리와 함께 뿔나팔,

북 같은 요란한 악기 소리와 총소리 같은 것들이 한데 뒤섞이면서 무시무시한 공포를 자아냈다.

삐걱거리는 소리가 점점 가까워지다가 이내 커다란 황소 네 마리가 이끄는 마차가 나타났다. 황소들은 검은색 천으로 치장을 하고 뿔마다 불꽃이 활활 타오르는 횃불을 달고 있었다. 눈처럼 새하얀 옷을 입은 열 명 남짓한 장정들이 횃불을 든 채 마차를 호위하고 있었고, 검은색 천으로 만든 긴 옷을 입은 대여섯 명의 사람들이 악기를 연주하며 마차 뒤를 따랐다. 처음에 들렸던 기괴한 소음들은 어느새 부드러운 음악 소리로 변해 있었다.

마차 위에는 높은 의자가 하나 있었는데, 그 의자에 발까지 내려오는 긴 망토를 입은 채 검은 베일로 얼굴을 가린 사람이 앉아 있었다. 마차가 돈 키호테 앞에서 멈추자, 음악 소리가 뚝 그쳤다. 그러자 마차 위에 있던 사람이 벌떡 일어나 거칠게 베일을 벗었다. 그 순간 유령처럼 흉측하고 핏기 없는 노인의 모습이 드러났다. 그가 천천히 입을 열었다.

"나는 역사 속의 그 인물 멀린이로다. 얼마 전, 나는 엘 토보소의 둘시네아가 고통에 찬 음성으로 기도하는 것을 들었노라. 그 아름다운 아가씨가 불행히도 마법에 걸려 누구도 알아볼 수 없는 평범한 여인으로 변해 버린 것에 내 마음 또한 아팠도다. 나는 그 고통을 치료하기 위한 방법을 알고 있으니, 기사 중의 기사 라 만차의 돈 키호테에게 알려 주러 왔노라. 사자의 기사 돈 키호테여, 엘 토보소의 둘시네아가 원래의 모습을 찾기 위해서는 그대의 종자 산초 판사가 스스로 3300대의 매를 맞아야 하느니라."

산초가 하얗게 질린 얼굴로 소리쳤다.

"맙소사! 얼마나 맞아야 한다고요? 30대만 맞아도 꼼짝 못할 텐데, 3300대를 어찌 맞습니까? 게다가 제가 둘시네아 아가씨와 무슨 관계가 있다고 그래야 합니까요? 우리 주인님이라면 기꺼이 맞겠다고 하시겠지만요. 아마도 제가 매를 다 맞을 때까지 기다린다면, 둘시네아 아가씨는 평생을 못생긴 시골 여자의 모습으로 살아야 할 겁니다."

돈 키호테가 얼굴을 붉히며 소리쳤다.

"네 이놈, 산초야! 둘시네아 아가씨를 두고 감히 그런 말을! 내 너에게 명하노니……."

그러자 마법사 멀린이 끼어들었다.

"잠깐! 명령으로 매를 맞는 것은 아무런 소용이 없도다. 산초가 마음으로 원해서 자발적으로 맞아야 하느니라. 산초 자신이 원하는 때에 원하는 방식으로 매를 맞아, 3300대를 다 채우면 엘 토보소의 둘시네아는 저절로 그 아름다움을 되찾으리라."

산초는 단호하게 고개를 가로젓고는 울먹이며 말했다.

"다른 사람이 때리는 것도, 제 손으로 때리는 것도 다 싫습니다. 절대 사절이라고요! 제 몸에 제가 채찍질을 하는 일 따위는 계약에 없었잖아요."

돈 키호테가 언성을 높였다.

"이 배은망덕한 불한당 같으니라고! 정 그러면 네놈을 나무에 묶어 놓고 내가 채찍질을 해 주마."

"그건 안 됩니다요! 제가 직접 하지 않으면 그 채찍질은 무효라고 하지 않습니까요."

"그럼 나의 아가씨를 위해 이렇게 부탁한다. 산초여, 제발."

"석 대는 맞을 수 있어요. 석 대 정도라면 기꺼이 주인님을 위해 채찍질을 할 수 있지만, 3300번은 절대 불가능합니다요. 저는 50이 넘으면 숫자도 셀 줄 모른다고요."

공작이 말했다.

"자네가 아니면 안 된다고 하지 않는가? 자네에게 섬을 주어 다스리게 하려고 했는데, 이렇게 냉정한 모습을 보이면 나도 자네를 다시 볼 수밖에 없네그려. 비탄에 빠진 아가씨의 탄식을 모른 체하고, 위대한 마법사가 간청을 해도 아랑곳하지 않으며, 주인의 안타까운 사정을 나 몰라라 하는 자네 같은 사람한테 어찌 섬사람들을 맡길 수 있단 말인가?"

그러자 산초의 머릿속이 복잡해졌다. 둘시네아 아가씨의 구원은 자신한테 별 의미가 없는 문제였지만, 섬을 다스리는 일이라면 문제가 달랐다. 그가 애원했다.

"마법사님, 이틀만 생각할 시간을 주시면 안 될까요?"

"안 되느니라. 지금 당장 결정을 해야 하노라."

공작 부인이 산초를 달랬다.

"이보게, 산초. 용기를 내게. 그대가 그토록 존경하는 주인이 아닌가? 이제 그 보답을 할 때라고 생각하게나. 뭐 그리 어렵게 생각하는가? 분명 그에 따르는 보상을 받게 될 거야."

산초는 눈물을 글썽이며 공작 부인을 바라보다가 힘겹게 입을 열었다.

"좋습니다, 좋아요. 모든 분들이 원하시는 일이니 기꺼이 이 한 몸 희생합지요. 다만 한 가지 조건이 있습니다. 어쩌다 매질을 잘못해 헛손질을 하거나 강도가 약하더라도 모두 맞은 횟수에 포함시켜야 한다는 겁니다요. 마법사님, 제가 맞는 횟수를 정확히 헤아려 주시고, 혹시 남거나 모자라는 횟수를 알려 주십시오."

"아무 걱정 마라. 매질이 다 끝나면 둘시네아 아가씨의 마법은 저절로 풀릴 것이니."

"알겠습니다. 그렇게 할게요."

산초가 이렇게 말하자, 다시 음악 소리가 울려 퍼지면서 마차가 움직이기 시작했다. 돈 키호테는 산초를 껴안고 진심으로 고마워했으며, 사람들 모두가 아주 만족스러운 표정을 지었다. 공작 부부는 일이 자신들의 뜻대로 잘 풀리자 몹시 기쁜 얼굴로 서로를 바라보며 활짝 웃었다. 마법사 멀린이 공작의 집사라는 사실을 모르는 사람은 돈 키호테와 산초뿐이었다.

제 15 장
고통에 찬 여인의 부탁

다음 날, 공작 부인이 산초에게 둘시네아를 위한 고행을 시작했느냐고 물었다. 산초는 자신의 손으로 다섯 대를 맞았다고 대답했다. 그러자 공작 부인은 그런 매질은 맞는 축에도 들지 않을 거라면서, 고맙게도 아주 잘 감기는 채찍을 선물했다.

그날 점심을 마친 후, 어디선가 구슬픈 피리 소리가 들려왔다. 그 소리는 왠지 모를 불안감을 안겨 주어 모두가 바짝 긴장을 하고 있었다. 잠시 후, 새까만 상복을 입은 남자 두 명이 성 안으로 들어왔다. 얇디얇은 검은색 베일로 얼굴을 가렸는데, 베일 사이로 하얗고 긴 수염이 언뜻언뜻 보였다. 그들 중 한 명이 공작 앞으로 다가와 무릎을 꿇고 말했다.

"공작님, 저는 '고통에 찬 여인'이라 불리는 트리팔디 백작 부인의 하인으로, 부인의 부탁을 전하기 위해 왔습니다. 백작 부인께서는 이곳에 들어와 돈 키호테 기사님을 뵙고 고민을 털어놓을 수 있도록 허락해 달라고 하십니다."

공작은 돈 키호테를 바라보았다. 우리의 기사는 아주 뿌듯한 표정으로 고개를 끄덕이고 있었다. 공작이 흔쾌히 허락하자, 남자들은 공손하게 인사를 한 뒤 밖으로 나갔다.

곧이어 다시 음악 소리가 들리고, 열 명 남짓한 시녀들이 두 줄로 서서 들어오기 시작했다. 모두 수녀복 같은 우중충한 옷을 입고, 하얀색의 챙이 긴 모자를 썼다. 그들이 정원으로 들어서서 열을 맞추어 서자, 트리팔디 백작 부인이 시녀의 부축을 받으며 들어왔다. 그들 역시 모두 검은색 베일로 얼굴을 가리고 있었다. 백작 부인이 사람들 앞에 다가서서 말했다.

"허락해 주셔서 감사합니다. 제가 이렇게 찾아온 사연을 말씀드리기에 앞서, 기사 중의 기사 라 만차의 돈 키호테 님과 그분의 충성스런 종자 산초 판사 님이 어디에 계시는지 알려 주실 수 있나요?"

그러자 돈 키호테가 말했다.

"고통에 찬 여인이라고 하셨습니까? 제가 바로 돈 키호테입니다. 그대의 걱정이 일개 편력 기사의 힘으로 해결할 수 있는 것이라면, 당신을 돕기 위해 저의 모든 힘을 쏟겠소이다."

산초도 나섰다.

"사자의 기사 돈 키호테 님의 종자인 저, 산초 판사 역시 주인님을 도와 최선을 다해 돕겠습니다요. 무슨 걱정이신지 모르겠지만, 여기서 다 털어놓으시고 마음을 편히 가지세요."

공작 부부는 이번 사건 역시 자신들의 계획대로 순조롭게 진행되자 금방이라도 웃음이 터져 나올 것만 같았다. 트리팔디 백작 부인은 바로 공작 부인의 상급 시녀였던 것이다. 그러나 근엄한 표정을 잃지 않고 백작 부인에게 사연을 이야기해 달라고 부탁했다. 그녀가 슬픈 얼굴로 입을 열었다.

"저는 칸다야라는 머나먼 왕국에서 왔습니다. 우리 왕국은 마군시아 여왕님이 다스리고 계시지요. 여왕님께는 꽃보다도 더 아름다운 딸이 하나 있는데, 바로 제가 모시는 안토노마시아 공주님이십니다. 공주님은 아주 어린 시절부터 저의 보호와 교육을 받으며 자라셨지요.

공주님은 정말로 완벽하게 아름다운 분이었습니다. 감히 말씀드리지만, 미의 여신도 공주님의 아름다움을 질투했을 거예요. 공주님이 점점 나이가 차자, 수많은 남자들이 청혼을 했습니다. 하지만 공주님은 어느 누구에게도 눈 하나 깜짝하지 않으셨지요.

그렇게 숱한 남자들의 청혼을 완강하게 물리치던 공주님이 돈 클라비호라는 분을 만나 순식간에 사랑에 빠지게 되었습니다.

돈 클라비호는 젊고, 패기 있고, 점잖으면서도 매력과 재주가 넘치는 분이었지요. 그리고…… 두 분의 사랑에 결정적인 역할을 한 사람이 바로 저입니다. 아아, 그땐 제가 너무 경솔했어요.

두 분의 사랑이 점점 깊어지자, 돈 클라비호는 나쁜 소문이 퍼지기 전에 정식으로 청혼을 하겠다고 마음먹었습니다. 그렇지만 결혼으로 이루어지기에는 신분이 너무나 차이가 났지요. 여왕님이 불같이 화를 내신 건 당연한 결과였어요. 게다가 신부님이 여왕님의 의견을 무시하고 두 분의 결혼을 정식으로 인정하는 바람에 화를 참지 못하고 펄쩍펄쩍 뛰시다가, 사흘 뒤에 그만…… 그만 돌아가시고 말았습니다."

산초가 눈을 동그랗게 뜨고 되물었다.

"돌아가셨다고요?"

"네, 돌아가셨어요. 그런데 장례를 치르던 날, 여왕님의 무덤 위에 무시무시한 거인이 목마를 타고 나타났습니다. 그는 여왕님의 사촌인 말람브루노 마법사로, 여왕님의 죽음에 복수를 하기 위해 나타난 것이었습니다. 그는 마법을 써서 공주님을 청동 원숭이로 둔갑시키고 돈 클라비호는 청동 악어로 만들었지요. 그러고는 그 옆에 비석 같은 것을 세워 놨는데, 이런 내용이었어요.

'이 오만한 연인은 용감한 라 만차의 기사가 나와 한판 승부를 벌이러 올 때까지 원래의 모습으로 돌아갈 수 없으리라.'

그런 다음 엄청나게 커다란 칼을 제 목에 겨누더군요. 전 너무나 두려워 눈앞이 깜깜해지고 온몸이 부들부들 떨렸습니다. 제 입에서는 저도 알 수 없는 말들이 계속해서 쏟아져 나왔지요. 그러자 말람브루노 마법사가 칼을 거두고는, 궁 안에 있는 모든 상급 시녀들을 불러 모으라고 했어요.

마침내 시녀들이 다 모이자, 그는 우리의 죄를 물어 중형을 내리겠다고 했습니다. 그것은 사지를 절단하거나 긴긴 노동을 하는 것이 아니라, 아주 오랫동안 천천히 고통을 느끼게 되는 비참한 형벌이었지요. 그의 말이 끝나자마자 우리는 얼굴의 땀구멍이 벌어지면서 바늘로 찌르는 듯한 극심한 통증을 느꼈습니다. 그리고 결국은 이런 모습으로 남고 말았지요."

고통에 찬 여인과 시녀들이 얼굴을 가리고 있던 베일을 걷었다. 그러자 말로 형용할 수 없는 끔찍한 모습이 나타났다. 그녀들의 얼굴은 온통 길고 얼룩덜룩한 수염으로 뒤덮여 있었다. 그 자리에 있던 사람들은 공포에 떨며 웅성거리기 시작했다.

백작 부인이 다시 말했다.

"용감하신 돈 키호테 님, 저희들의 모습을 보셨으니 저희가 얼마나 절박한 상황에 놓여 있는지 아시겠지요. 이 불쌍한 여인네들을 구해 주십시오. 이렇게 간청합니다."

돈 키호테가 대답했다.

"부인, 편력을 수행하는 기사로서 어찌 그대들의 곤경을 무시할 수 있겠습니까? 게다가 그 마법사란 자가 저를 상대로 지목했으니, 더더욱 가만히 보고 있을 수 없지요. 제가 지금 당장 무엇을 해야 하는지 알려 주십시오. 당장이라도 떠날 수 있습니다."

"말람브루노 마법사가 말하길, 제가 운이 좋아 라 만차의 기사님을 찾게 되면 자신의 목마를 보내 주겠다고 했어요. 그 목마는 아무리 먼 곳이라도 아주 빨리 이동할 수 있고, 날개 없이도 하늘을 날 수 있다는 거예요. 기사님을 만나게 되면, 우리가 연락을 하지 않아도 알아서 목마가 나타날 거라고 했습니다. 이제 밤이 되면 볼 수 있을 겁니다."

어느덧 밤이 다가왔다. 돈 키호테는 초조하게 목마를 기다리고 있었다. 그때 정원의 한쪽에서 왁자지껄한 소리가 들리더니, 누군가가 크게 소리쳤다.

"목마가 나타났다!"

돈 키호테와 산초는 소리가 들리는 쪽으로 재빨리 달려갔다. 그 모습을 바라보는 공작 부부의 얼굴에 미소가 떠올랐다. 그들은 이 한 편의 희극을 순간순간 즐기고 있었다. 한 장면이 끝날 때마다 다음 장면에서 기사와 종자가 어떻게 나오는지 예측해 보는 것이 상당히 흥미진진했다.

목마는 보통 말보다 훨씬 컸는데, 고삐나 안장 같은 마구는 전혀 없었다. 돈 키호테가 목마를 바라보며 중얼거렸다.

"오, 정말로 대단하구나. 그런데 이 말이 대체 어떻게 나타난 거지?"

옆에 있던 공작의 집사가 아주 진지하게 대답했다.

"저 하늘에서 갑자기 나타나더니, 눈 깜짝할 사이에 날아와 내려앉았습니다. 정말 순식간이었지요."

트리팔디 백작 부인이 다가와 눈물을 글썽이며 말했다.

"마침내 목마가 나타났군요. 용맹스런 기사님, 부디 간청하오니 기사님의 종자와 함께 이 목마를 타고 말람브루노 마법사와 대결하시어 우리를 이 불행의 늪에서 벗어나게 해 주세요. 타기만 하면 하늘을 날아 말람브루노 마법사가 있는 곳까지 갈 겁니다. 그런데 하늘 높이 날아가다 보면 현기증이 날 수 있으니 먼저 눈을 가리시는 게 좋겠어요."

"그렇게 하겠습니다. 기꺼이 그렇게 하고말고요."

그때 산초가 덜덜 떨며 말했다.

"저도 타야 한다고요? 제가 왜 타야 합니까요? 저는 둘시네아 아가씨를 위해 채찍도 맞아야 하고, 또 제 섬을 통치할 일만으로도 하루가 바쁩니다요. 우리 주인님이 가시니, 다른 한 사람은 꼭 제가 아니어도 괜찮지 않을까요? 수염 난 여자 분들께는 죄송하지만, 저는 그냥 여기 있겠습니다."

공작이 말했다.

"이보게, 백작 부인이 애초에 돈 키호테 님과 자네가 꼭 이 일을 해야 한다고 하지 않았나? 게다가 섬에 발이 달려서 어디로 도망을 갈 것도 아니니, 다녀와서 통치해도 늦지 않다네. 자네에게 섬을 주는 대가로, 나는 자네가 돈 키호테 님을 모시고 용감하게 다녀오는 모습을 보고 싶네. 빨리 오든 늦게 오든 섬은 언제나 그 자리에 있을 테고, 이 일을 마치고 오면 섬 주민들에게 더 큰 환대를 받을 게야."

산초가 눈물을 흘리며 말했다.

"더 이상 말씀 안 하셔도 알겠습니다. 당연히 제가 주인님을 모시고 가야지요. 목마에 올라타면 하느님의 가호나 빌어 주십시오."

백작 부인이 검은색 손수건을 꺼내 돈 키호테와 산초의 눈을 가려 주었다. 돈 키호테가 먼저 목마의 미끈한 등에 올라앉았다. 곧이어 산초가 온몸을 사시나무 떨듯 하며 조심스레 올라탔다. 정원에 있던 사람들 모두 눈물의 기도를 올리며 두 사람의 무사 귀환을 기원했다. 이윽고 돈 키호테가 발로 목마의 허리를 세게 치자, 사람들이 이렇게 외쳤다.

"조심하세요! 하느님께서 함께하시길!"

그때 목마가 갑자기 요동을 치듯 심하게 들썩거렸다. 그러자 산초는 돈 키호테의 허리를 꽉 부여잡으며 고래고래 소리를 질렀다.

"으아아! 주인님, 떨어질 것 같아요. 이놈이 왜 이리 거칠게 움직일까요?"

"산초야, 걱정하지 마라. 그 마법사가 우리를 만나고 싶다면 함부로 태워 가겠느냐? 바람이 좀 불어서 그런 걸 게다."

사실 목마 안에는 공작의 하인들이 숨어 있었다. 그들이 목마를 살짝 움직이기라도 하면, 산초는 떨어진다고 호들갑을 떨며 비명을 질러 댔다.

공작 부부는 하도 우스워서 눈물이 날 지경이었다. 소리 내어 웃을 수가 없으니 그 또한 괴로운 일이었다. 공작이 손을 들어 집사에게 신호를 보냈다. 그것을 본 집사가 목마의 엉덩이를 탁탁 두드리자, 하인들은 목마를 번쩍 들어 올려 이쪽저쪽으로 크게 움직였다.

돈 키호테가 소리쳤다.

"산초야, 우리가 벌써 구름 속에 들어온 모양이구나. 정말 굉장한 경험이로다."

산초는 신음 소리를 냈다.

"멀미가 날 것 같아요. 바람도 더 세지고 있어요."

공작 부부는 이미 만반의 준비를 다 해 놓은 터였다. 목마 옆에서 하인들이 거대한 풀무(불을 피울 때에 바람을 일으키는 기구―옮긴이)로 바람을 일으키고 있었다. 또 다른 쪽에서는 하녀 네 명이 황소울음 소리를 냈는데, 그 소리가 마치 소나기가 퍼붓는 소리처럼 들렸다.

돈 키호테가 말했다.

"정신 바짝 차려라, 산초야. 우린 지금 소나기구름을 뚫고 지나갈 참이다."

그러자 하녀들이 기사와 종자에게 물을 끼얹기 시작했다. 산초가 또다시 소리쳤다.

"머리가 빙빙 도는 것 같습니다요. 정신이 하나도 없어요."

"점점 더워지는구나. 아마도 불의 대기층에 가까워진 모양이다. 너무 높이 올라가지 않아야 할 텐데……."

조금 멀리 떨어져 있던 하인이 홰에 불을 붙여 뜨겁게 했다. 그리고 다른 하인은 돈 키호테의 수염 아래쪽에 촛불을 갖다 댔다. 우리의 기사는 허공에다 대고 코를 킁킁거리더니 머리를 이리저리 흔들어 보았다.

"내가 그렇게도 우려했건만! 너무 높이 올라온 것 같구나."

산초는 이제 흐느끼기 시작했다.

"맙소사! 타는 냄새가 납니다요. 다시 내려갈 수 없을까요?"

이 두 사람의 대화를 들으며, 정원에 있던 사람들이 배를 잡고 웃어 댔다. 물론 소리를 낼 수는 없었다. 이제 이 모험의 대미를 장식할 시각이었다. 공작이 다시 신호를 보내자, 하인이 목마의 꼬리에 불을 붙였다. 꼬리 안에 숨겨져 있던 수백 개의 폭죽이 꽉꽉, 펑펑 요란한 소리를 내면서 터지기 시작했다. 깜짝 놀란 산초가 돈 키호테의 허리를 꽉 붙잡고 강아지처럼 낑낑거렸다.

돈 키호테는 어떻게 하면 목마를 끌고 내려갈 수 있을까, 생각하다가 주먹으로 목마의 머리를 세게 쳐 보았다. 목마 안에 있던 하인들은 이 주먹질을 더 열심히 움직이라는 신호로 알아듣고 더욱더 세차게 흔들어 댔다. 목마는 이리 비틀 저리 비틀 요동을 치다가, 땅이 꺼지는 듯한 굉음과 함께 털썩 내려앉았다.

산초와 기사는 부드러운 잔디밭으로 풀썩 떨어졌다. 두 사람이 정신을 차리지 못하는 틈을 타서, 목마 안에 있던 하인들이 황급히 밖으로 나왔다. 모두가 분주히 움직이며 증거물들을 없앴고, 트리팔디 백작 부인과 시녀들은 즉시 자취를 감추었다. 공작 부부를 비롯한 다른 사람들은 기절한 것처럼 잔디밭 위에 아무렇게나 드러누웠다.

잠시 후, 정신을 차린 돈 키호테와 산초는 눈을 가렸던 손수건을 풀고 사방을 바라보았다. 마침내 그들은 공작의 성으로 돌아왔다! 그런데 사람들이 모두 정신을 잃고 쓰러져 있는 게 아닌가. 정원 한쪽에는 커다란 창이 땅바닥에 꽂혀 있었는데, 그 창에 테두리를 금실로 장식한 양피지가 매달려 있었다. 거기에 적힌 내용은 다음과 같았다.

라 만차의 기사 돈 키호테의 용맹함과 노력으로 트리팔디 백작 부인의 불행이 막을 내렸도다. 부인과 시녀들은 원래의 모습을 찾았으며, 안토노마시아 공주와 돈 클라비호 역시 본래의 상태로 되돌아갔도다. 이제 종자의 채찍질이 끝나는 날, 엘 토보소의 둘시네아 역시 아름다움을 되찾으리라.

그사이 공작이 먼저 정신을 차리며 일어났고, 차차 다른 사람들도 한 명씩 자리에서 일어났다. 그들은 정말로 아무것도 모르는 듯한 얼굴로, 돈 키호테와 산초의 귀환을 놀라워했다. 공작 부인이 돈 키호테에게 말했다.

"이렇게 금방 다시 뵈니 얼마나 안심이 되는지 모르겠습니다. 무사히 돌아오셔서 다행이에요."

산초가 물었다.

"그런데 백작 부인은 어디 가셨나요? 수염이 없어진 우아한 자태를 보고 싶은데요."

집사가 대답했다.

"갑자기 사라졌습니다. 목마가 땅으로 떨어지는 순간, 여인들의 얼굴에 있던 수염이 감쪽같이 없어졌거든요. 그러고는 순식간에 모두 사라져 버렸습니다."

이렇게 '고통에 찬 여인'을 위한 모험은 끝이 났다. 공작 부부에게는 평생 잊을 수 없는 이야깃거리가 하나 더 생긴 셈이었다. 이 모험이 끝나는 동시에 그들은 새로운 계획을 하나 생각해 냈는데, 바로 우리의 종자에게 진짜로 섬을 통치할 기회를 주는 것이었다.

제 16 장
섬의 총독이 된 산초

 다음 날, 공작은 산초에게 섬으로 떠날 준비를 하라고 말했다. 돈 키호테는 종자가 섬을 통치하기 위해 급히 떠난다는 소식을 듣고 조용히 그를 불렀다. 통치자로서 어떻게 행동해야 하는지 충고해 주기 위해서였다. 돈 키호테는 가라앉은 목소리로 진지하게 말했다.

 "산초여, 내가 복을 받지 않았는데도 네가 섬을 얻게 되어 내 마음이 더할 나위 없이 기쁘구나. 정말 고마운 일이로다. 하지만 명심해야 할 것이 있으니, 누구나 열망하는 그런 자리에 올랐을 때 처신을 잘못하게 되면 반드시 나쁜 일이 생긴다는 것이다. 내가 이런 말을 하는 것은, 네가 능력이 있어서 그 자리에 오른 것이 아니라 하늘의 은혜를 받아 그렇게 되었다는 사실을 늘 잊지 말아야 한다는 뜻이로다. 그런 의미에서 네가 그 임무를 수행하는 데 이정표가 될 만한 이야기를 하려고 하느니라."

산초가 고개를 끄덕이며 말했다.

"주인님의 말씀이 옳습니다요. 이토록 저를 생각해 주시니, 한 마디 한 마디 마음속에 깊이 새기겠습니다."

돈 키호테는 산초를 위해 한참 동안 여러 가지 좋은 말을 해 주었다. 여러분 모두 이미 알고 있듯이, 우리의 기사는 기사도에 관한 이야기만 나오면 말도 안 되는 소리를 지껄이지만, 그밖의 다른 이야기를 할 때에는 아주 명석하고 현명한 모습을 보이곤 했다. 돈 키호테의 가르침은 그 어느 때보다도 지혜롭고 사려 깊은 내용이어서, 산초는 진심으로 감동을 받았다. 그는 그 충고를 거울삼아 섬을 잘 다스리고 싶었지만, 필요한 때에 딱히 기억이 나지 않을까 봐 걱정이 되었다. 그래서 이렇게 부탁했다.

"주인님, 지금 하신 말씀을 글로 써서 주십시오. 그 좋은 말들을 기억하지 못한다면 아무 소용이 없지 않습니까요? 비록 제가 글을 쓸 줄도 모르고 읽을 줄도 모르지만, 필요할 때마다 다른 이들에게 부탁해서 되새기도록 하겠습니다요."

그날 저녁, 돈 키호테는 식사를 마친 후 자신이 말한 것을 종이에다 써서 산초에게 주었다. 돈 키호테가 종자에게 당부한 내용은 다음과 같다.

1. 하느님을 두려워하라. 하느님을 두려워하는 데에 모든 지혜의 뿌리가 있으며, 사람이 지혜로우면 실수가 없는 법이니라.

2. 자신이 누구인지를 마음 깊이 생각하고, 스스로 알려고 노력해야 하느니라. 자신을 제대로 안다면 누구 앞에서든 지나치게 으스대지 않고, 늘 신중하게 행동하기 마련이다.

3. 농부 출신이라는 사실을 부끄러워하지 마라. 자기 자신을 부끄럽게 여기지 않으면 그 누구도 너를 함부로 대하지 않을 것이니라.

4. 덕(德)을 무기로 삼아 덕이 있는 행동을 하면, 그 어떤 왕이나 귀족을 부러워할 필요가 없도다. 덕은 그 자체로 빛나기 때문이니라.

5. 공정한 재판이 이루어지도록 해야 하느니라. 부자의 선물 세례에도, 가난한 자의 호소나 흐느낌에도 휘둘리지 않고 진실을 밝혀내려고 노력해야 한다. 또한 사사로운 감정에 휘말려 눈을 어둡게 해서도 안 되느니라.

6. 몸으로 벌을 받고 있는 사람에게 말로써 학대하지 마라. 그 불행한 자에게는 형벌의 고통만으로도 충분하다. 그리고 가능한 한 사람들을 자비롭고 관대한 마음으로 대해야 하느니라.

"이상이 네 영혼을 고양시키는 교훈이라면, 이제부터 하는 말들은 네 몸을 정결하게 가꾸는 데 필요한 교훈이로다."

1. 손톱과 발톱을 항상 깔끔하게 자르고 깨끗이 하여라. 무식한

사람들이나 손톱을 길게 길러 놓고 손이 아름다워 보인다고 생각하는 것이니라.

  2. 옷을 풀어 헤치고 다니거나, 헐겁게 입고 다니지 마라. 옷매무새가 흐트러져 있다는 것은 정신이 흐트러져 있다는 증거이니라.

  3. 양파나 마늘을 너무 많이 먹지 마라. 그 냄새로 네가 비천한 출신이라는 것을 자랑할 필요가 없다는 뜻이로다.

  4. 길을 걸을 때는 천천히 걷고, 말을 할 때는 침착하게 하라.

  5. 음식은 조금 먹고, 술은 적당히 마시도록 하라. 무엇이든 마구 퍼먹고 씹어 대지 않도록 해야 하느니라.

  6. 아무 때나 속담을 끌어다 쓰지 말도록 하여라. 함부로 쓰면 가르침이 있는 격언이라기보다는 엉터리 말장난처럼 보이기 마련이다.

  7. 아침에는 일찍 일어나도록 하라.

  8. 마지막으로 하고 싶은 말은, 다른 사람들과 가문에 대해 논쟁하는 일이 없도록 하라는 것이다.

돈 키호테는 끝으로 이렇게 덧붙여 말했다.
"지금으로서는 이 정도밖에 떠오르지 않는구나. 그러나 이것만으로도 상당한 도움이 될 것이니라. 혹시 예상치 못한 일이 생겨 곤경에 처하게 되면, 나에게 소식을 전하도록 하라. 내가 도움이 되는 말들을 적어 보낼 테니."

그날 오후, 성 안의 사람들은 모두 산초를 배웅하러 나왔다.

산초는 비단 외투를 걸친 뒤, 그와 똑같은 천으로 만든 관모(官帽)를 쓰고 노새 위에 올라탔다. 그가 아끼는 당나귀는 지나치게 화려하다 싶을 정도로 갖가지 장식을 한 채 노새의 뒤를 따랐다. 공작 부부가 산초의 손을 잡으며 작별 인사를 했다. 돈 키호테는 눈물로 종자의 앞날을 축복해 주었고, 산초 역시 울먹이며 작별을 고했다. 그는 곧 무수한 수행원들을 이끌고 자신이 통치할 섬으로 향했다.

산초가 도착한 섬은 바라타리아라는 곳인데, 사실은 섬이 아니라 공작의 영지 안에 있는 인구 천 명 정도의 작은 마을이었다. 마을의 유지들이 입구에서 기다리고 있었다. 산초의 도착을 알리는 종소리가 온 마을에 울려 퍼지자, 사람들이 모두 몰려나와 바라타리아의 새 총독을 열렬히 환영했다. 산초는 곧바로 예배당으로 가서 취임식을 치렀다.

공작의 성에서 따라온 하인이 산초를 재판장으로 데리고 가 재판관의 자리에 앉히고는 이렇게 말했다.

"총독님, 이 섬의 관습에 따르면 새로 부임한 총독은 해결하기 어려운 문제에 답을 해서 현명함을 보여 주어야 한다고 합니다. 그 대답에 따라 주민들은 총독이 새로 온 것을 기뻐하기도 하고 실망하기도 하지요."

"그런가? 그럼 내가 아는 대로 최선을 다해 대답해 보겠네."

잠시 후 재판장 안으로 남자 두 명이 들어왔다. 한 명은 농부

차림이었고, 다른 한 명은 손에 가위를 들고 있는 것으로 보아 재단사 같았다. 재단사가 앞으로 나서서 말했다.

"총독님, 제 이야기를 들어 주십시오. 얼마 전 이 사람이 제 가게로 와서는 옷감을 주면서 그걸로 모자를 하나 만들 수 있냐고 물었습니다. 저는 가능하다고 대답했지요. 그런데 이자는 처음부터 저를 의심하고 있었던 모양입니다. 제가 옷감의 짜투리 천을 훔쳐서 다른 데에 사용한다고 말이지요. 이자는 다시 물었습니다. '그럼 두 개를 만들 수는 있소?'라고요. 저는 그의 속내를 알아차리고는, 그것도 된다고 말했지요. 그래서 결국에는 모자 다섯 개를 만들어 주기로 했습니다. 오늘 모자를 찾으러 왔기에 그것을 주었습니다. 그런데 글쎄, 모자 만든 값을 주지 않겠다면서 오히려 옷감을 되돌려 달라고 하지 뭡니까?"

그러자 농부가 말했다.

"총독님, 저자가 만든 모자를 보여 달라고 해 보십시오."

재단사가 금세 주머니에 손을 넣었다 빼자, 다섯손가락 끝에 아주 작은 모자 다섯 개가 씌워져 있었다.

"이게 바로 이 사람이 주문한 모자입니다. 하늘과 제 양심을 걸고 맹세하는데, 천 쪼가리 하나 남지 않았습니다요."

재판장 안에 있던 사람들이 모두 배를 잡고 웃어 댔다. 그러나 산초는 웃지 않고 곰곰이 생각하더니 이렇게 판결을 내렸다.

"이건 길게 생각할 필요가 없는 문제요. 판결을 내리겠소. 재단사는 모자를 만든 데 들어간 품삯을 손해 보고, 농부는 옷감을 손해 보면 되는 것이오. 이상!"

이번에는 노인 두 명이 앞으로 나섰다. 한 명은 튼튼한 지팡이를 짚고 있었고, 다른 한 명은 지팡이가 아예 없었다. 지팡이가 없는 노인이 먼저 말했다.

"총독님, 제가 얼마 전에 이 사람한테 금화 열 닢을 빌려 주었습니다. 언제까지 갚을지 기한을 정하지 않고 제가 필요할 때 돌려 달라고 했지요. 그런데 며칠 전 돈이 급히 필요해서 달라고 했더니, 이자는 글쎄 그 돈을 벌써 갚았다고 하지 뭡니까요? 그렇지만 저는 돈을 받은 기억이 전혀 없습니다. 그래서 청하옵건대, 총독님께서 이자에게 그 돈을 돌려주었다는 맹세와 선서를 받아 주셨으면 합니다. 그러면 돈을 진짜로 받고 안 받고는 상관없이 모든 것을 받아들이겠습니다."

그러자 지팡이를 짚고 있던 노인이 이렇게 말했다.

"저는 이 사람에게 돈을 돌려주었다고 맹세합니다. 선서를 원한다면 이 자리에서 당장 하겠습니다."

그러고는 상대방 노인에게 지팡이를 들고 있어 달라고 맡긴 뒤, 십자가에 손을 얹고 자신은 분명 그 돈을 돌려주었다고 맹세했다. 돈을 빌려 주었던 노인은 그에게 지팡이를 돌려주며 우울한 얼굴로 말했다.

"이렇게까지 맹세를 하는 걸 보니, 사실인가 봅니다. 제가 받은 사실을 잊어버린 모양이지요. 이제 이 사람에게 아무것도 요구하지 않겠습니다."

그러자 지팡이를 든 노인은 아무렇지도 않은 표정으로 재판장에서 나갔다. 잠시 생각에 잠겨 있던 산초는 그 노인을 다시 불러들이라고 명령했다. 그가 다시 오자 산초가 말했다.

"그 지팡이를 이리 주시오."

노인이 지팡이를 건네자, 산초는 그것을 다른 노인에게 주면서 말했다.

"자, 이 지팡이로 당신은 빚을 받은 거요."

"이 지팡이가요? 총독님, 이건 금화 한 닢도 안 되는 겁니다."

"지팡이를 부러뜨려 보시오."

노인이 지팡이를 반으로 부러뜨리자 그 안에서 금화 열 닢이 쏟아져 나왔다. 산초는 돈을 빌린 노인이 선서를 하는 동안 지팡이를 상대방에게 주고, 선서가 끝나자 되돌려 받는 것을 보고 지팡이에 감추어진 진실을 알아냈던 것이다. 모두가 산초의 현명함에 박수를 보냈다. 이제 섬 주민들은 자신들의 총독이 솔로몬에 버금가는 현자라고 믿게 되었다.

총독의 자질 시험을 무사히 마친 산초는 드디어 화려한 식탁 앞에 앉게 되었다. 식탁 옆에는 웬 남자가 고래 뼈로 만든 기다란 막대를 들고 서 있었다. 산초는 휘황찬란하고 먹음직스런 음식들을 넋 놓고 바라보다가, 가장 먼저 과일 한 알을 맛보았다.

그러자 식탁 옆에 서 있던 남자가 막대로 과일 접시를 가리켰고, 곧바로 하인이 달려와 그 접시를 치워 버렸다. 산초가 다른 음식을 맛보자 이번에도 남자가 막대로 그 접시를 가리켰다. 그 접시는 금세 식탁에서 사라졌다. 두 번째, 세 번째도 계속 그렇게 되었다.

산초가 놀란 얼굴로 물었다.

"대체 왜 이러는 거요? 음식을 먹으려면 내가 무슨 요술이라도 부려야 하나?"

남자가 대답했다.

"총독님의 건강을 생각해서 하는 일입니다. 저는 총독님의 건강을 보살피는 의사입니다. 총독님의 체질과 안색을 살피고, 그것에 근거해서 총독님의 몸에 해롭다고 판단되는 음식들은 못 드시게 하는 것이 제 일이지요."

그리하여 산초는 꿩고기 요리는 물론, 토끼고기 요리도 쇠고기 요리도 먹을 수가 없었다. 의사의 방침대로라면 먹을 수 있는 것이라고는 얇게 구운 과자 몇 조각뿐이었다. 산초는 의자에 몸을 기댄 채 점잖은 목소리로 물었다.

"선생, 이름이 뭐요?"

"제 이름은 페드로 레시오입니다. 오수나 대학교에서 학위를 받았지요."

그러자 산초가 시뻘게진 얼굴로 말했다.

"그렇다면 오수나 대학교에서 학위를 받은 페드로 레시오 선생, 지금 당장 내 앞에서 꺼지시오. 안 그러면 댁의 머리통이 어찌 될지 나도 모르겠소. 건강이고 뭐고, 뭐 하나 입에 제대로 대지 못하게 하는 의사는 필요 없으니까!"

의사는 산초의 서슬에 놀라 당장 식당에서 나갔다. 그가 나가는 동시에 우편배달부가 헐레벌떡 달려 들어와 편지를 전했다. 산초는 하인에게 봉투를 읽어 보라고 했다.

"'바라타리아 섬의 총독 산초 판사에게 직접 전하거나, 그의 비서에게 전달하기 바람.'이라고 씌어 있네요."

산초가 물었다.

"비서라고? 누가 내 비서지?"

그러자 안쪽에서 사람이 나서며 대답했다.

"접니다, 총독님. 저는 글을 읽을 줄도 알고 쓸 줄도 압니다."

"그럼 자네가 이 편지를 좀 읽어 보게나."

비서는 편지의 내용을 눈으로 한번 확인한 뒤, 다른 사람들을 모두 밖으로 내보내야 한다고 말했다. 식당 안에 단둘만 남게 되자 비서가 편지를 읽어 내렸다.

산초 판사 총독, 나에게 은밀히 정보를 전해 주는 이들의 말에 따르면, 조만간 적들이 그 섬을 공격할 것이라 하오. 공격에 대비해 보초를 세우고 비상경계를 갖추어야 할 것입니다. 또 그곳에 첩자가 있어 그대의 생명을 노리고 있다 하니, 접근하는 사람들을 주의하고, 혹시라도 선물로 들어온 음식이 있다면 절대로 먹지 마시오. 그대의 지혜가 뛰어나니, 이번 위기를 잘 넘기리라 믿습니다.

─그대의 친구, 공작

비서가 말했다.

"총독님, 이 식탁에 있는 음식은 절대로 드시면 안 될 것 같습니다. 그리고 앞으로도 가능한 한 음식을 자제하시는 편이 좋을 듯합니다. 무슨 재료가 선물로 들어온 것인지 알 수가 없으니까요."

"그렇게 해야겠지. 그렇지만 나는 안 먹고는 단 하루도 살 수 없는 사람이니, 빵 한 쪽과 포도를 좀 가져다주게나. 포도에는 독을 넣을 수 없을 테니까. 전쟁에 대비해서라도 건강을 유지해야 하지 않겠나? 자네는 공작님께 잘 알겠으니 걱정 마시라고 답장을 써 보내게."

밤이 오자, 산초는 섬을 한번 둘러보겠다고 나섰다. 그는 하인과 비서와 군인들을 대동하고 골목골목을 누볐다. 어느 골목으로 들어섰을 때, 남자 두 명이 멱살을 잡고 싸우는 모습이 보였다. 총독 일행이 다가가자 그들은 금세 조용해졌다. 산초가 말했다.

"나는 새로 부임한 총독이오. 이 깊은 밤중에 싸우는 이유가 뭡니까? 내가 해결해 드리겠소."

한 사람이 말했다.

"총독 나리, 제가 말씀드리겠습니다. 이 앞에 있는 노름집에서 이 사람이 방금 1000레알(스페인의 옛 은화―옮긴이)을 땄습니다. 사실 좀 의심스럽기는 하더라고요. 아무튼 이자는 돈을 따더니 슬쩍 자리를 뜨더구먼요. 저는 다만 얼마라도 개평(노름이나 내기에서 남이 갖게 된 몫에서 조금 얻는 공돈이나 물건―옮긴이)을 주겠거니 생각했는데, 모른 척하고 그냥 나가 버리지 뭡니까? 저는 당장 쫓아 나와서, 아주 예의 바르게 8레알 정도라도 달라고 했지요. 저는 직장도 연금도 없는 사람이고, 부모한테 물려받은 돈도 없으니 말입니다. 그런데 이 양심 없는 사기꾼이 4레알 이상은 못 주겠다고 버티는 게 아니겠습니까?"

그러자 다른 남자가 말했다.

"이 작자 말대로 저는 돈을 땄습니다. 그렇지만 4레알 이상은 주고 싶지 않습니다. 이미 여러 번 돈을 주었으니까요. 개평은 주는 대로 받는 것이지, 요구하는 경우가 어디에 있습니까? 게다가 제가 달라는 대로 돈을 준다면, 그의 의심을 확실하게 증명하는 것이니 더욱더 줄 수가 없습니다."

산초가 잠시 생각하다가 이렇게 말했다.

"음……, 이 일은 이렇게 해결해야겠군. 돈을 딴 자네는 개평을 요구한 자에게 즉시 100레알을 주고, 감옥에서 고생하는 사람들에게 30레알을 기부하도록 하시오. 그리고 직장도 유산도 없는 자네는 그 100레알을 받고 내일 중으로 이 섬에서 떠나시오. 그리고 앞으로 10년 동안 이 섬으로 돌아올 수 없소이다. 이 명령을 따르지 않을 시엔 엄히 다스려 중형에 처할 것이오."

산초가 이렇게 단호히 명령하자, 두 사람 모두 아무 말 못하고 시키는 대로 했다. 그날 밤의 순회는 이렇게 끝이 났다.

다음 날부터 며칠 동안, 산초는 섬을 훌륭하게 통치하기 위한 법령을 제정하는 데 시간과 정성을 쏟았다. 그는 우선 식량을 공급하는 중간 전매 상인들을 없애라고 지시했다. 포도주는 어디서 수입하든 상관없지만 반드시 원산지를 밝히도록 하고, 포도주에 물을 타거나 함부로 이름을 바꾸는 자는 사형에 처하겠다고 선언했다. 주인에 따라 제각각이었던 하인들의 급료를 일정한 금액으로 지급하도록 정하고, 음란하고 난잡한 노래를 부르는 자들에게 엄한 벌을 내리기로 했다.

또한 가짜 장님 때문에 진짜 장님들이 피해를 보는 일이 없도록 장님들은 모두 증명서를 지참하도록 했다. 가난한 사람들 곁에는 감시인을 두어서, 손과 발이 없는 것처럼 위장한 채 구걸하는 사람들을 가려내도록 하였다. 이 밖에 수많은 일들을 법률로 정하였는데, 이 훌륭한 법령들을 모아 놓은 책은《위대한 총독 산초 판사의 법령집》이라는 이름으로 지금까지도 그 마을에 보관되어 있다고 한다.

산초가 바라타리아 섬을 통치한 지 일주일째 되던 날 밤이었다. 계속되는 재판과 법령을 만드는 일에 지쳐 깜박 잠이 들었는데, 갑자기 천둥이 치는 듯한 고함 소리와 요란한 종소리가 들려왔다. 깜짝 놀라 방문을 열어 보니, 복도 끝에서 스무 명쯤 되는 사람들이 횃불과 칼을 들고 고래고래 소리를 지르며 달려왔다.

"비상이다! 비상! 총독님, 적들이 쳐들어왔습니다. 총독님도 즉시 무장을 하십시오."

산초는 어쩔 줄 몰라 허둥거리며 말했다.

"무장이라니? 내가 무기나 전투에 대해 뭘 안다고? 이런 일이라면 우리 돈 키호테 주인님께 맡기는 게 상책이지. 나는 이런 일에는 아는 게 하나도 없단 말이다."

"총독님! 그렇게 태평하게 말씀하시다니요! 그럼 저희가 무장을 해 드리겠습니다. 무장이 끝나면 맨 앞에 서서 저희를 지휘해 주십시오."

그들은 크고 둥근 방패 두 개를 가져와 산초의 가슴 쪽과 등 쪽에 하나씩 붙이고 끈으로 꽁꽁 묶었다. 그러고 나니 산초는 벽과 벽 사이에 끼인 것처럼 꼼짝을 할 수가 없었다. 다행히도 팔이 방패 밖으로 나왔지만, 쭉 뻗은 채 옆으로만 움직일 수 있었다. 사람들이 산초에게 빨리 나가 선두에 서라고 재촉했다.

우리의 불쌍한 산초는 어떻게든 몸을 움직여 보려고 하다가, 쿵 소리를 내며 바닥으로 넘어지고 말았다. 넘어진 채 일어나지도 못하고 버둥거리는 모양새가 꼭 거북이 같았다. 사람들은 그를 일으킬 생각은 하지 않고, 오히려 횃불을 꺼 버린 다음 더 크게 소리를 지르며 우르르 밖으로 몰려 나갔다. 그들이 칼을 휘두르며 마구 달려 나가자, 깜짝 놀란 산초는 머리와 팔다리를 방패 갑옷 속으로 쏙 집어넣었다.

전투가 계속되는 동안, 산초는 하느님께 자신을 위험에서 구해 달라고 온 마음으로 빌고 또 빌었다. 공포에 휩싸여 기절할 것만 같던 순간, 누군가 이렇게 외쳤다.

"이겼다! 우리가 승리했다! 적들이 물러가는구나. 총독님, 일어나세요. 우리가 이겼습니다. 이 승리를 축하하셔야죠."

산초는 고통스러운 목소리로 겨우 입을 열었다.

"나를 일으켜 주게나."

사람들이 모두 다가와 산초를 일으켰다. 하얗게 질린 그의 얼굴을 보고, 사람들은 장난이 너무 지나쳤다는 생각을 했다. 산초는 아무런 말 없이 창밖으로 동이 터 오는 것을 바라보다가, 조용히 자리에서 일어나 옷을 입기 시작했다. 사람들은 감히 입을 열지 못하고 그의 행동을 조심스레 바라보았다.

산초는 지친 몸을 이끌고 느릿느릿 마구간으로 갔다. 그는 눈물을 글썽이며 자신의 당나귀를 끌어안고 이마에 입을 맞추었다. 잠시 그러고 있다가, 손수 당나귀의 등에 안장을 얹고 그 위에 올라탔다. 그런 다음, 비서와 주방장, 의사 페드로 레시오, 하인 등 자신을 바라보고 있는 사람들을 둘러보며 천천히 입을 열었다.

"여러분, 길을 열어 주시오. 나는 예전의 자유로 돌아갈 겁니다. 지난날의 내 인생을 찾아가겠소. 나는 총독이 되려고 태어난 사람이 아니라는 사실을 깨달았습니다. 사람은 각자 타고난 그릇대로 살아야 편한 법이지요. 나한테는 총독의 관모보다는 낫한 자루가 더 잘 어울립니다. 길을 터 주세요. 판사 가문 사람들은 워낙에 옹고집이라 아무리 말려도 소용없습니다."

그 말에 비서가 답했다.

"총독님, 그렇게까지 말씀하시니 보내 드리겠습니다. 총독님을 보내는 우리의 마음은 무척 아프지만, 원하시는 길을 막을 수는 없지요. 그렇지만 잠시 기다리세요. 가시는 동안 불편하지 않게 준비를 해 드리겠습니다."

그러나 산초는 당나귀에게 먹일 보리 조금과 자신이 먹을 빵과 치즈 외에는 아무것도 원하지 않는다고 말했다. 사람들은 그의 뒷모습을 보며 눈물을 흘렸다. 산초의 사려 깊은 말과 겸손함이 모두를 감동시켰던 것이다.

한편, 공작의 성에 머무르던 돈 키호테는 산초가 떠난 그날부터 종자의 빈자리를 느끼고 몹시 쓸쓸해 했다. 그는 공작 부부와 담소를 나누거나 산책을 하고, 또 로시난테를 훈련시키며 시간을 보냈다. 평온하고 안락한 생활을 하는 중에도 자잘한 소동들이 계속해서 일어나 심심할 틈이 별로 없었지만, 정체 모를 허전함을 달랠 수는 없었다.

어느 날 아침, 돈 키호테는 로시난테를 몰고 나가 한창 훈련에 몰두했다. 그런데 갑자기 로시난테가 기우뚱하는 바람에 고삐를 세게 잡아당겼다가, 하마터면 수풀에 가려져 있던 동굴로 떨어질 뻔하였다. 안도의 숨을 내쉬는 찰나, 그 동굴 안쪽에서 목소리가 들려왔다.

"거기, 누구 있어요? 불쌍하고 불쌍한 나를 좀 구해 주세요!"

돈 키호테는 그 목소리가 섬을 통치하러 떠난 종자의 목소리와 너무나 비슷하여 깜짝 놀랐다. 그가 큰 소리로 물었다.

"거기 밑에 누가 있소? 당신은 누구요?"

"저 유명한 라 만차의 기사 돈 키호테의 종자이며, 바라타리아 섬의 총독이 되었다가 이제 다시 자유인이 된 산초 판사라고 합니다. 제발 절 구해 주세요!"

"산초라고? 이 목소리가 연옥(煉獄)에서 들려오는 것이더냐? 나의 종자 산초는 분명 지금 섬을 통치하고 있을 텐데, 어찌하여 스스로를 산초라 하는 것이냐?"

"그렇게 말씀하시는 걸 보니 분명 돈 키호테 님이시군요. 그렇죠? 아이고, 하느님! 감사합니다. 주인님, 저를 구해 주세요. 자세한 사정은 나중에 말씀드리겠지만, 총독 자리를 내놓고 주인님께 돌아가던 중에 그만 이 캄캄절벽 동굴에 빠지고 말았습니다요. 제 당나귀도 여기에 있고요."

그러자 당나귀가 증명이라도 하듯 히이잉 울었다. 그 소리를 듣고 돈 키호테가 말했다.

"당나귀의 울음소리는 물론, 너의 목소리까지도 모두 알아듣겠다. 종자여, 잠시만 기다려라. 당장 사람들을 불러올 테니."

돈 키호테는 성으로 달려가 사람들을 불렀다. 많은 이들이 한참 동안 애를 쓴 덕분에, 산초와 당나귀는 무사히 세상의 빛을 다시 볼 수 있게 되었다. 마침내 성으로 돌아온 산초는 공작 부부에게 총독 자리를 버리고 온 이유를 이야기해 주었다.

공작 부부는 그간 하인을 통해서 산초가 어떻게 통치를 해 왔는지 자세히 보고를 받아 모두 알고 있었다. 그들은 어리숙하게만 보았던 산초가 난해한 문제들에 현명하게 대처하는 모습을 지켜보면서 놀라움과 기쁨을 함께 느꼈다. 앞으로 어떤 활약을 펼칠지 몹시 궁금했는데, 이렇듯 돌아오자 아쉬움이 매우 컸다.

며칠이 흐른 후, 돈 키호테는 다시 길을 떠나야겠다고 마음먹었다. 진작부터 성에 머무르며 한가롭게 지내는 생활은 편력 기사의 삶과는 어울리지 않는다고 생각했던 터였다. 마침 산초도 돌아왔으니 이제 정말 떠나야 할 시간이 된 셈이었다. 그가 떠나겠다는 말을 전하자 공작 부부가 당장 달려왔다. 공작 부인이 물었다.

"어디 불편하신 점이라도 있으신가요? 조금 더 머물다 가시면 좋을 텐데요."

돈 키호테가 진지하게 대답했다.

"이곳에서 지내는 생활은 기사의 칼을 무디게 할 뿐입니다. 아시다시피 저는 편력 기사이고, 세상 곳곳을 찾아다니며 새로운 모험을 하고 정의를 실현해야 하는 사람입니다. 그런 자의 칼이 무뎌지는 것은 있을 수 없는 일이지요."

공작이 공감을 표했다.

"물론 그렇습니다. 기사님을 보내야 한다니 너무나 아쉽지만, 큰 뜻을 품은 분의 앞을 막는 것은 도리가 아니겠지요."

돈 키호테는 무장을 하고 정원으로 나갔다. 성 안의 사람들이 모두 두 사람을 배웅하려고 따라 나왔다. 산초가 마구간에서 로시난테와 당나귀를 몰고 나와 기다리고 있었다. 집사가 미리 음식과 노잣돈을 잔뜩 챙겨 주었기에 아주 기분이 좋은 터였다.

공작 부인이 작별 인사를 했다.

"정의로운 돈 키호테 님, 안녕히 가십시오. 하느님의 가호로 항상 좋은 소식이 있기를 기대하겠습니다."

돈 키호테는 고개를 숙여 공작 부부와 사람들에게 경의를 표한 뒤 로시난테에 올라탔다. 성을 나온 돈 키호테와 산초는 새로운 모험의 길로 향했다.

제 17 장
하얀 달의 기사

숲 속에서 밤을 보내고, 다음 날 아침 돈 키호테는 낙엽들을 모아 만든 잠자리에서 일어나며 말했다.

"종자여! 인생에서 자유보다 더 좋은 보물은 없는 것 같구나. 성에서는 안락하고 풍요롭기는 했지만, 나는 항상 답답하고 불편한 마음을 지울 수 없었도다."

산초가 뻐근한 목을 어루만지며 대답했다.

"푹신한 침대를 두고 덤불숲에서 잠을 자는 것이 자유라고 생각하신다면, 주인님은 정말로 머리가 어떻게 되신 겁니다요."

"네 이놈, 말조심해라! 네놈이 빚을 지는 느낌이 어떤 건지 아느냐? 우리가 과분한 혜택이나 은혜를 받으면 그걸 갚아야 하는 의무감이 들지만, 여기 숲 속에서는 조물주 외에 어느 누구에게도 그런 부담감을 느낄 필요가 없지 않느냐? 이제 우리는 자유인이니라. 어떤 규제나 속박도 우리를 억누를 수 없을 것이로다."

"그건 그렇다 하더라도 공작님께는 감사해야 합니다요. 공작님의 집사가 여비로 쓰라고 금화 200닢을 슬쩍 넣어 주었거든요. 이 배에 찰싹 달라붙어 있습니다. 이런 모험을 하다 보면 비상금을 쓸 일이 워낙 많으니까요."

"종자여, 우리에게 동정 따위는 필요치 않다."

"저는 아닙니다요. 저한테는 이제 섬도 없고, 하다못해 변변찮은 전리품 하나도 없지 않습니까요? 공작님은 재산이 엄청나게 많으니, 자비나 동정을 마음껏 베푸실 수 있지요."

"그런데 둘시네아 아가씨를 위한 매질은 얼마나 했느냐?"

산초가 벌떡 일어나며 소리쳤다.

"자꾸 재촉하지 마세요. 이미 다섯 번이나 맞았다고요."

"다섯 번 가지고는 어림도 없지 않느냐? 나의 아가씨가 완벽한 모습을 되찾으려면 아직도 수천 번을 더 맞아야 하는데, 난 아직 네가 채찍을 든 모습을 한 번도 보지 못했느니라. 네가 말한 다섯 번은 대체 언제 맞은 것이냐?"

산초가 재빨리 대답했다.

"성에 있을 때요! 저 혼자 있을 때 그랬습지요."

"난 그 정도에 만족하지 않는다. 지금 이 자리에서 당장 네가 채찍을 드는 모습을 보고 싶구나."

"우리 판사 집안사람들은 대대로 정직을 빼면 아무것도 남는 게 없는 가문입니다요. 그리고 다른 사람 앞에서보다는 혼자만 있는 장소에서 매질을 하는 게 저한테도 더 좋고요."

"어디서 채찍질을 하든 그건 중요하지 않다. 채찍질을 한다는 사실 자체가 중요하니, 혼자 있고 싶다면 그렇게 하도록 하여라. 하지만 채찍질을 하는 소리만큼은 듣고 싶구나. 그래야 네가 겁쟁이가 아니라는 것을 알 수 있지 않겠느냐?"

"좋습니다. 그럼 지금 당장 시작하지요."

산초는 안장 뒤에 보관해 두었던 채찍을 꺼내 들고, 발을 쿵쿵 구르며 나무들 사이로 들어갔다. 그러고는 커다란 참나무 앞에서 걸음을 멈추더니, 채찍으로 나무 기둥을 철썩 때렸다.

"아이고야!"

산초가 엄청 크게 비명을 지르고는 흐느꼈다.

"한 대밖에 안 때렸는데, 벌써 피가 나려고 합니다요."

"아주 잘하고 있구나. 종자야, 계속하여라."

산초는 계속 비명만 지르며 나무 기둥을 쳐 댔다. 10분쯤 지난 후 크게 소리쳐 물었다.

"주인님, 몇 번째입니까요?"

"마흔일곱."

"그럴 리가요? 팔이 떨어질 정도로 아픈데, 고작 마흔일곱 번

하얀 달의 기사 | 269

이라니요?"

"내가 거짓말을 하겠느냐? 어서 계속해라."

산초가 몸을 돌려 다른 나무에 채찍질을 하려는데, 무언가가 머리 꼭대기를 스치는 듯한 느낌이 들었다. 손을 뻗어 보니 사람의 다리가 만져졌다.

"이거 내가 아직 잠이 덜 깼나?"

그는 혼잣말을 중얼거리며 다른 나무로 발걸음을 옮겼다. 그런데 이번에도 또 다른 발이 산초의 머리를 쳤다. 산초는 창백해진 얼굴로 고래고래 소리를 지르면서 돈 키호테가 있는 곳으로 달려갔다.

"주인님! 맙소사, 저기요! 저 나무에 다리가 달려 있어요!"

돈 키호테가 빈정거리듯 말했다.

"채찍질을 하랬더니 잠을 잔 것이더냐? 나무에 다리가 달렸다니, 그게 말이 되는 소리냐?"

산초는 두려움에 덜덜 떨며 말했다.

"직접 가서 보세요."

돈 키호테는 산초가 있던 자리로 가 나무의 위쪽을 자세히 살펴보았다. 이윽고 조심스럽게 그의 뒤를 따라온 산초가 물었다.

"제 말이 맞지요? 분명 다리입니다."

"산적들이구나."

"산적이라고요? 산적들이 왜 저기에 있지요?"

돈 키호테가 나직하게 대답했다.

"무서워할 것 없도다. 모두 죽은 자들이니. 아마도 경찰이 산적들을 잡아다가 나뭇가지에 매달아 교수형에 처한 것 같구나. 다른 산적들에게 경고를 주기 위해서 말이다. 아무래도 우리가 산적 소굴의 한복판으로 들어온 모양이다."

산초가 웃음을 터뜨리며 말했다.

"말도 안 돼요. 자기 동료들의 시체가 즐비한 숲에서 활개를 칠 산적이 어디 있겠습니까? 이 다리만 보고도 줄행랑을 칠 텐데요."

그러나 그 말과 동시에 어디선가 살아 있는 산적들이 슥슥 나타나 돈 키호테와 산초를 에워쌌다. 어림잡아 마흔 명쯤 되어 보였다. 돈 키호테는 무기도 들고 있지 않은 상태라 가만히 서 있을 수밖에 없었다.

산적 한 명이 쇳소리가 나는 목소리로 두 사람을 위협했다.

"네놈들 머리를 무 썰 듯 토막 내 주겠다."

그러자 다른 산적이 그를 말렸다.

"이봐, 두목이 곧 온다고 했으니 좀 기다려."

산적들은 로시난테와 당나귀의 등에 매달려 있던 자루를 샅샅이 뒤졌다. 그런 다음 산초를 약탈하려 했는데, 그때 마침 산적들의 두목이 백마를 타고 나타났다. 두목은 서른 중반쯤 되어 보이는 아주 건장한 남자로, 얼굴색이 가무잡잡했지만 인상은 좋아 보였다. 그는 '사업에 필요한 도구'를 자랑스럽게 전시하고 있었는데, 등에는 커다란 칼을 메고, 허리 양쪽에는 권총 네 자루를 차고 있었다. 두목의 등장으로 산초가 배에 품고 있던 금화는 무사하였다.

두목은 낡아서 너덜거리는 갑옷을 입은 채 생각에 잠겨 있는 돈 키호테를 보고 너털웃음을 터뜨리며 말했다.

"이 깊은 숲 속에 웬 기사님이 다 계신가? 너무 걱정 마시오. 운 좋게도 댁들은 동정심 많은 로케 기나르트의 수중에 들어온 것이니."

돈 키호테가 강한 목소리로 말했다.

"로케 기나르트? 당신이 그 유명한 산적 로케 기나르트로군. 하지만 내가 말을 타고만 있었더라면, 그리고 내가 창을 저 나무에 기대 놓지만 않았더라면, 네놈의 부하들에게 이리 쉽게 항복하지는 않았을 것이니라. 나는 라 만차의 기사 돈 키호테니까."

두목은 돈 키호테의 이름과 그의 책을 익히 들어 알고 있었지만, 그가 실존하는 인물이라고 생각해 본 적은 한 번도 없었다.

"돈 키호테는 문학적 상상력이 낳은 책 속의 인물일 뿐이오."

우리의 기사가 버럭 소리를 질렀다.

"내가 칼을 들면 돈 키호테가 정말로 존재한다는 사실을 똑똑히 알게 될 것이니라."

이 말에 두목은 그가 진짜 돈 키호테라고 확신하게 되었다. 그러고 나니 돈 키호테를 직접 만났다는 사실이 무척 기쁘게 여겨졌다. 그는 고개를 숙이며 공손하게 말했다.

"돈 키호테 나리, 그렇게 역정 내지 마십시오. 나리의 담대함과 타오르는 눈빛은 그 사실을 믿게 하는 데 모자람이 없습니다. 이렇게 우연히 만나게 된 것이 좋은 인연이 될지도 모르겠습니다. 돈 키호테 나리, 무례를 범한 부하들을 대신해 사죄의 말씀을 올립니다."

그러고는 부하들에게 돈 키호테와 산초에게서 약탈한 것들을 돌려주라고 명령했다. 부하들은 두 사람에게 물건을 돌려준 다음, 어디선가 커다란 탁자와 의자를 들고 와 두목 앞에 펼쳐 놓았다. 그러더니 각자의 보따리에서 옷가지와 갖가지 보석, 돈을 쏟아 냈다. 두목은 이것을 꼼꼼히 분류하여 자기 부하들 모두에게 공평하게 나누어 주었다. 속임수 하나 없는 이 공평한 분배에 돈 키호테와 산초는 무척 놀라고 감동했다.

곧이어 탁자에 음식이 차려지자, 두목은 돈 키호테에게 함께 식사를 하자고 청했다. 그는 식사를 하면서 시중에 돌아다니고 있다는《돈 키호테》2편에 대한 이야기를 꺼냈다.

"기분 나쁘게 여기실지 모르겠습니다만, 제가 본 바로는《돈 키호테》1편에 비해 2편은 무척 형편없습니다. 특히 돈 키호테가 더 이상 엘 토보소의 둘시네아를 사랑하지 않게 되었다고 하던데, 사실인가요?"

돈 키호테는 눈을 동그랗게 뜨고 화가 난 목소리로 말했다.

"누구든지 간에 라 만차의 기사 돈 키호테가 둘시네아 아가씨를 사랑하지 않게 되었다는 말을 한다면, 내가 이 칼을 들어 그것이 사실과 다르다는 것을 분명히 보여 주겠소. 세상에 둘도 없는 둘시네아 아가씨를 잊다니, 그건 있을 수 없는 일이오."

"저도 그러리라 믿었습니다. 2편을 쓴 아베야네다라는 작가는 정말로 이상하군요. 돈 키호테 나리를 용기라고는 찾아볼 수 없는 실망스럽고 무지한 사람으로 만들어 놓았으니까요. 게다가 나리의 종자인 산초 판사도 식충이에 바보 같은 사람으로 나오지요. 저렇게 멀쩡해 보이는데 말입니다."

그러면서 두목은 돈 키호테에게 《돈 키호테》 2편을 건네주었다. 돈 키호테가 책을 한번 훑어보고는 이렇게 말했다.

"이 책의 작가는 심하게 비난받아 마땅하오. 사실과 전혀 다른 이야기를 하고 있구먼."

그러자 두목이 말했다.

"제 생각엔, 가능하면 1편을 쓴 시데 아메테 베넹헬리 말고 다른 사람이 위대한 돈 키호테 나리의 행적에 대해 감히 이러쿵저러쿵 떠들어 대지 않도록 조치를 취해야 할 것 같습니다. 그건 그렇고, 돈 키호테 나리, 그동안 어떤 모험을 하셨는지 이야기해 주실 수 있으십니까? 저는 물론이고, 우리 부하들 모두 기사님의 모험담이 어떻게 전개될지 무척 궁금해 하고 있습니다."

돈 키호테는 흔쾌히 허락했다. 그리하여 밤이 깊어 가는 줄도 모르고 둘시네아 아가씨가 마법에 걸린 이야기며, 공작의 성에서 마법사를 만나고 목마 여행을 한 일 등 그동안 겪은 모험들을 흥미진진하게 이야기해 주었다. 산적들은 대단히 즐거워하면서 귀 기울여 들었다.

다음 날, 두목은 바르셀로나에 있는 자신의 친구에게 편지를 써서, 자신이 그 유명한 라 만차의 기사 돈 키호테와 함께 있다고 전했다. 나흘 뒤 성 요한 축제일에는 바르셀로나에 도착할 것이니, 그를 성대히 맞아 잘 대접해 달라고 덧붙였다. 그러고는 돈 키호테에게 말했다.

"돈 키호테 나리, 성 요한 축제일에 맞춰 우리가 두 분을 바르셀로나 경계까지 호위해 드리겠습니다. 바르셀로나 해변에 도착하면 우리의 친구들이 마중 나와 있을 것입니다. 그곳에 계시는 동안 더할 나위 없이 편안하게 대접해 드릴 테니 아무 걱정 마십시오. 그리고 나리는 금세 바르셀로나의 유명 인사가 될 겁니다. 나리의 모험담을 읽지 않은 사람은 찾아보기 어려울 정도니까요. 모두가 거리로 달려 나와 나리의 이름을 외쳐 대더라도 너무 놀라지 마십시오."

돈 키호테는 사흘 동안 산적 두목과 함께 지냈다. 마침내 성 요한 축제일 전날 밤, 돈 키호테와 산적 일행은 바르셀로나 해변에 다다랐다. 두목은 돈 키호테를 따뜻하게 안으며 행운을 빌었고, 산초에게는 금화 열 닢을 주었다. 돈 키호테 역시 진심으로 아쉬워하며 산적 일행을 보냈다.

돈 키호테와 산초는 그곳에서 날이 밝기를 기다렸다. 이윽고 희미한 여명이 몰려오면서 눈앞에 넓고 푸른 바다가 펼쳐졌다. 이윽고 수평선이 점차 밝아지더니 태양이 모습을 나타냈다. 태어나 처음으로 바다를 본 두 사람은 땅바닥에 그대로 털썩 주저앉아서 한없이 푸르른 바다를 말 없이 응시했다.

한참 후, 산초가 수면에서 올라왔다 내려갔다 하는 형체를 가리키며 물었다.

"주인님, 저게 뭔가요?"

"저건 갤리온선(갑판이 3, 4층으로 된 대형 범선으로, 15~17세기에 스페인에서 군함이나 상선으로 사용되었다.—옮긴이)이다. 언젠가 책에서 본 적이 있느니라. 사람들을 수백 명씩 싣고, 수천 킬로미터가 넘는 망망대해를 항해할 수 있는 배지. 또 갑판 아래에는 40발 이상의 포탄을 적재할 수도 있다고 하더구나."

갑자기 배 한 척에서 대포를 발사하기 시작했다. 뱃전에서 하얀 연기가 구름처럼 피어오르자마자 콰콰쾅, 하고 엄청난 굉음이 들려왔다. 산초는 본능적으로 머리를 수그리며 물었다.

"우리한테 쏘는 건가요?"

"아니다. 성 요한 축제일을 기념해서 국왕의 배가 화포 시범을 보이는 것이니라."

돈 키호테의 시선이 반짝이는 해변과 바르셀로나의 시가지를 훑으며 천천히 움직였다. 그때 밝은 색 제복을 차려입은 군인들이 함성을 지르며 달려오는 것이 눈에 띄었다. 돈 키호테와 산초는 바짝 긴장했다. 이윽고 도착한 군인들은 말에서 내리자마자 돈 키호테의 목에 붉은 장미 화환을 걸어 주며 말했다.

"라 만차의 기사님이시여, 바르셀로나에 오신 것을 환영합니다. 거짓된 책 속의 가짜 돈 키호테가 아닌 진짜 돈 키호테님, 바르셀로나의 사람들 모두 기사님을 뵙기를 고대하고 있습니다."

모두 산적 두목이 말한 대로였다. 돈 키호테와 산초는 두목의 친구이자 귀족인 돈 안토니오의 집에서 머물게 되었다. 두 사람이 바르셀로나에 도착했다는 소식은 이 집에서 저 집으로, 이 학교에서 저 학교로, 이 가게에서 저 가게로 퍼져 나갔다.

삼삼오오 짝을 지은 시민들이 거리 구석구석에 모여, 고상하게 미친 기사와 순진해 빠진 종자를 보려고 무진 애를 썼다. 시민들은 돈 키호테가 머무르는 집 앞에서 진정한 영웅의 이름을 외쳐 댔고, 술집에서는 어떤 모험이 가장 인상적이고 환상적이었는가를 두고 한바탕 논쟁이 벌어지곤 하였다. 그러나 이들의 환영 인파에는 다소 불순한 의도를 가진 이들도 있었으니, 돈 키호테가 기사도의 광기에 얼마나 사로잡혀 있는지를 두 눈으로 확인하려 하는 사람들이었다.

아무튼 이 주일 동안 돈 키호테와 산초는 왕처럼 살았다. 바르셀로나 시장이 이들에게 도시를 상징하는 행운의 열쇠를 증정하는가 하면, 함장의 안내로 군함의 내부를 구경해 보기도 하였다. 두 사람은 도시의 어느 곳을 가든 융숭한 대접을 받았다.

어느 날, 화려한 식탁 앞에서 정신없이 배를 채우던 산초가 불쑥 이렇게 말했다.

"주인님이 저에게 약속하신 섬보다 지금 이곳이 훨씬 더 나은 것 같습니다요."

돈 키호테가 대답했다.

"누구든 자기가 이룩한 업적에 대해 축하를 받는다는 것은 기분 좋은 일이지. 그러나 종자여, 너무 편안하게 사는 건 나에게 맞지 않는 일이니라. 그런 삶은 영혼을 무디게 만들 뿐이니까 말이다."

산초가 웃으며 말했다.

"하지만 이런 한평생도 나쁘지는 않을 것 같습니다요. 이 도시에서 이렇게 보내다가, 다음에는 다른 도시로 떠나는 겁니다. 우리가 할 일은 시민들을 반갑게 만나서, 기사의 의무와 생활 방식에 근거하여 올바른 가르침을 전하는 것이지요."

"지금 의무라는 말을 했겠다? 의무라는 말이 나와서 말인데, 요즘 채찍질하는 모습을 통 볼 수가 없더구나."

산초가 헛기침을 하며 대답했다.

"너무 바빠서 그 생각은 미처 못했습니다요."

돈 키호테는 그저 안타까운 눈으로 산초를 바라볼 뿐, 더 이상 아무 말도 하지 않았다.

바르셀로나에 머무는 동안, 돈 키호테는 매일 아침 동틀 무렵이면 무장을 한 채 로시난테를 타고 해변가를 달렸다. 어느 날 아침, 여느 때처럼 해변가를 산책하고 있을 때였다. 돈 키호테는 모래사장에서 말을 탄 기사가 자신에게 다가오는 것을 보았다. 그 역시 갑옷으로 무장을 하고 손에는 창과 방패를 들고 있었다. 그의 갑옷이 아침 햇살을 받아 반짝거렸다.

우리의 늙은 기사는 새로운 모험이 다가옴을 직감하고, 로시난테에게 박차를 가했다. 이방인과의 거리가 꽤 가까워지자, 그의 방패에 그려진 문장(紋章, 국가나 단체 또는 집안을 나타내기 위해 사용하는 상징적인 그림이나 문자—옮긴이)이 눈에 들어왔다. 그것은 하얀 초승달 모양이었다. 낯선 기사가 크게 소리쳤다.

"멈추시오, 사자의 기사여! 그대에게 볼일이 있으니. 나 '하얀 달의 기사'는 내가 사랑하는 여인이 그대가 사랑하는 엘 토보소의 둘시네아보다 더 아름답다는 것을 인정하게 하기 위해 그대에게 결투를 신청하오."

돈 키호테가 용감하게 대답했다.

"그런 말도 안 되는 이유라면, 난 언제든 주저없이 도전을 받아들일 것이오."

하얀 달의 기사는 눈이 부시게 번쩍이는 창을 들어 올리며 말했다.

"그럼 지금 당장 결투를 시작합시다. 그대가 이기면 내 창과 이 멋진 말은 물론, 내 명성과 목숨도 그대의 몫이 될 것이오. 그러나 내가 이긴다면, 그대는 당장 무기를 내려놓고 고향으로 돌아가 1년 동안 쉬어야 하오."

"물러나라고? 그건 불가능한 일이오."

하얀 달의 기사가 설명을 덧붙였다.

"우리 젊은 기사들은 그대처럼 늙은 기사가 온 스페인 국민의 관심을 얻는 현실에 정말로 신물이 날 지경이오. 우리는 그대가 창을 내려놓고 노후를 편안하게 보내기를 바랄 뿐 다른 뜻은 없소. 그러면 젊은 기사들도 영광스러운 기회를 공평하게 얻을 수 있을 테니 말이오."

"그대의 야심은 존경하오만, 아직 나의 봄날은 가지 않았소이다. 그대의 조건을 받아들이겠소."

돈 키호테를 따라 나왔던 돈 안토니오의 하인이 두 사람의 대화를 듣고는 당장 돈 안토니오에게로 달려가 알렸다. 돈 안토니오와 부하들이 곧 해변으로 달려 나왔다. 마침 두 기사는 결투를 위해 필요한 거리를 확보한 후 무기를 점검하고 있었다.

하얀 달의 기사가 돈 키호테 쪽으로 돌진했다. 동시에 돈 키호테도 박차를 가했다. 그러나 상대방이 어찌나 창을 정확하고 교묘하게 쓰던지, 우리의 기사는 좀처럼 공격할 기회를 잡지 못했다. 하얀 달의 기사가 달려와 몸으로 세게 부딪히는 순간, 돈 키호테가 위로 솟구치는가 싶더니 푸른 파도 속으로 처박히고 말았다. 하얀 달의 기사는 즉시 말에서 내려 돈 키호테의 목에 칼을 겨누고 말했다.

"자, 그대가 졌으니, 아까 약속한 조건을 이행하겠다고 말하시오."

돈 키호테는 다 죽어 가는 목소리로 말했다.

"내가 졌소. 그렇지만 엘 토보소의 둘시네아 아가씨가 이 세상에서 가장 아름다운 여인이라는 사실은 변함이 없소이다. 또한 이것이 내 인생의 끝은 아니오. 기사가 아니라면 나는 아무것도 아니니……."

"아름다운 둘시네아의 명성은 변함없을 것이오. 나는 오직 그대가 고향으로 물러가 조용히 지내는 것으로 만족하겠소. 그대 역시 약속하지 않았소?"

돈 키호테는 쿨럭쿨럭 기침을 하다가 천천히 입을 열었다.

"나는…… 그대와의 약속대로 기사의 직위를 버리고, 1년 동안 고향을 벗어나지 않겠소."

늙은 기사의 눈물이 짜디짠 바닷물과 한데 뒤섞여 얼굴을 적셨다. 그는 신음을 뱉어내듯 중얼거렸다.

"오늘은 내 인생에서 가장 암울한 날이로다……."

그러나 하얀 달의 기사는 눈곱만큼도 동정심을 보이지 않았다. 그는 아무 말 없이 자기 말에 올라타고는, 울고 있는 우리의 기사를 뒤로하고 길을 떠났다.

돈 안토니오는 돈 키호테를 그렇게 처참한 꼴로 만든 기사가 대체 누구인지 몹시 궁금했다. 그래서 결투가 끝나자마자 그 하얀 달의 기사를 쫓아갔다. 하얀 달의 기사는 시내에 있는 어느 허름한 여관으로 들어갔다. 그가 들어가자 하인이 나와 갑옷 벗는 것을 도왔다. 돈 안토니오가 그에게 다가가 물었다.

"이보시오, 기사님. 저와 잠깐만 이야기를 나눌 수 있습니까? 저의 궁금증을 풀어 주십시오."

그러자 하얀 달의 기사가 말했다.

"나리께서 왜 저를 쫓아오셨는지 잘 알고 있습니다. 제가 누구인지 궁금하신 거겠지요? 저는 산손 카라스코라는 사람으로, 돈 키호테 나리와 같은 고향 사람입니다. 그분을 잘 아는 사람들은 기사 노릇에 미친 그분의 광기를 무척이나 애석하게 생각했는데, 저도 그중 한 사람이지요.

석 달 전쯤, 우리 마을의 사람들 몇몇이 모여 계획을 세웠습니다. 우리는 그분이 고향으로 돌아와 긴긴 휴식을 취해야 한다고 생각했지요. 그래서 제가 '숲의 기사'라는 편력 기사가 되어 그분에게 결투를 신청했습니다. 만약 제가 이기면 고향으로 돌아가 1년 동안 쉬어야 한다는 조건을 내걸고 말입니다. 그런데 운이 나빴는지 제가 지고 말았습니다. 그분은 계속 편력의 길을 갔고, 저는 심한 상처를 입은 채 고향으로 돌아가야 했지요.

지기는 했지만, 그 계획을 포기했던 것은 아닙니다. 저는 창술을 익히며 때가 오기를 기다렸지요. 그분은 기사도에 무척 엄격하기 때문에, 결투에서 지면 분명 약속을 지키리라 믿었습니다. 이것이 이 사건의 전모입니다. 더 이상 드릴 말씀이 없네요.

돈 키호테 나리께는 제가 누구인지 밝히지 말아 주십시오. 저는 그저 그분이 기사의 미망에서 벗어나 편안한 여생을 보내시길 바랄 뿐입니다. 기사라는 어릿광대짓만 하지 않으면, 더할 나위 없이 사려 깊은 분이거든요."

돈 안토니오는 몹시 안타까운 듯한 말투로 대답했다.

"부탁하신 대로 돈 키호테 나리께는 아무 말도 하지 않겠습니다. 하지만 그분은 세상에서 가장 훌륭한 미치광이 기사입니다. 그분의 행동으로 우리 모두가 얻은 즐거움에 비하면, 그분이 말짱해진 다음에 보일 사려 깊은 행동은 아무것도 아니라는 사실을 모르시나 보군요. 그렇게 되면 그분의 재치와 매력은 사라지겠지요. 산초 판사의 재치도 덩달아 잃게 되고요. 두 사람의 재치 있는 말과 행동은 어떤 우울한 상황도 즐겁게 만드는 능력이 있거든요. 아무튼 당신은 그분을 몹시 염려하여 행한 일이니, 그만큼의 복을 받으시겠지요. 자, 안녕히 돌아가십시오."

돈 안토니오가 돌아가자, 카라스코 학사도 그곳을 떠났다.

제 18 장
편력, 끝나다

 돈 키호테는 하얀 달의 기사가 카라스코 학사라는 생각은 꿈에도 하지 못했다. 패배의 순간부터 아무것도 생각할 수 없었고, 아무 말도 할 수 없었다. 돈 안토니오의 하인들이 그를 마차에 태워 돌아가는 중에도, 산초가 서러워하며 눈물을 흘리는 모습을 보면서도, 이 모든 일이 꿈속에서 일어난 것만 같았다.

 그는 그 사건을 겪은 날부터 무려 엿새 동안이나 침대에서 일어나지 못했다. 몸도 많이 아팠지만, 좌절과 슬픔이 너무 컸던 탓이다. 산초는 돈 키호테를 위로하려고 애를 썼다.

 "주인님, 그렇게 슬픈 표정만 짓지 마시고 좋은 쪽으로 생각해 보세요. 떨어질 때 갈비뼈라도 부러졌으면 어쩔 뻔했습니까요?

그런 일이 생기지 않은 걸 다행이라 생각하시고 기운을 내셔야지요. 얼른 자리를 털고 일어나셔서 하루라도 빨리 고향으로 돌아가 편안하게 휴식을 취하는 게 좋을 것 같습니다요."

"그런 말 마라, 산초야. 1년, 딱 1년만 쉬면 되느니라. 그러면 다시 영예로운 편력의 길을 떠날 수 있을 것이니라."

"하느님의 가호로 정말 그랬으면 좋겠습니다요."

돈 키호테는 눈시울을 붉히며 말했다.

"짐을 꾸려라. 당장 떠날 것이다."

돈 키호테는 돈 안토니오에게 진심을 담아 감사의 인사를 전했다. 그러고는 갑옷을 벗고 평범한 나그네 차림으로 아주 조용히 길을 떠났다.

바르셀로나를 벗어나 한적한 야산에 이르자, 돈 키호테는 로시난테의 걸음을 잠시 멈추게 하고 반짝이는 지중해 연안을 천천히 둘러보았다. 그러더니 한숨을 내쉬며 말했다.

"역사가들은 이곳을 기억할 것이다. 사자의 기사가 마지막으로 결투를 벌여 처참하게 패한 장소로 말이다. 시인들은 파도 속으로 곤두박질친 나를 두고 소네트(14행의 짧은 시로 이루어진 서양의 시가—옮긴이)를 짓겠지. 어찌 보면 나의 오만과 자만이 이런 결과를 가져온 건지도 모르겠구나. 나는 내가 이길 것이라고 확신했느니라."

"주인님, 어쩐지 좀 우울해 보입니다요."

"여러 가지 생각들이 나를 괴롭히는구나. 이렇게 내 뜻과 상관없이 고향으로 돌아가면 어떻게 살아야 할까? 둘시네아 아가씨는 언제쯤 마법에서 풀려날 수 있을까? 이런 갖가지 생각들이 파리 떼처럼 윙윙거리며 머릿속에 달라붙는구나. 산초여, 지금껏 나는 나의 모든 것을 둘시네아 아가씨에게 바쳤느니라. 더 이상 모험을 할 수 없게 된 지금, 내가 그녀에게 해 줄 수 있는 일은 마법을 풀어 주겠다는 약속뿐이로다. 그런데 네가 채찍질을 계속 미루어, 그 약속마저도 지킬 수 없다면 나는 어쩌란 말이냐?"

산초가 쭈뼛쭈뼛 대답했다.

"주인님, 사실은…… 사실대로 말씀드리자면, 제 엉덩이에 채찍질을 하는 것과 마법이 무슨 상관이 있는지 정말 모르겠습니다요. 혹시 주인님이 읽은 기사도 소설 중에 매를 맞고 마법에서 풀려났다는 이야기가 있었습니까요? 절대 없었을 겁니다. 하지만 어찌 될지는 아무도 모르는 일이니, 제가 제 엉덩이를 채찍질해도 좋겠다는 생각이 들 만큼 편안한 시간이 되면 꼭 하겠습니다."

"제발 그렇게 되기를 바라노라."

이런 대화를 하며 길을 가는데, 돈 키호테가 어떤 광경을 보고 갑자기 걸음을 멈추었다. 그의 눈이 반짝 빛을 발했다.

"종자여, 저기 저 초원의 목동들이 보이느냐? 저들은 목동이

기도 하고 시인이기도 하지."

산초가 머리를 긁적이며 말했다.

"무슨 말씀을 하시는 건지 모르겠습니다."

"편력을 행할 수 없는 동안은 목동이 되어 지내면 좋겠구나. 네가 좋다고 한다면 말이다."

"아무리 그래도 주인님은 라 만차의 기사, 사자의 기사인걸요. 목동의 지팡이가 아닌 창을 잡아야 합니다요."

"딱 1년 동안만이다. 그러고 나면 다시 기사의 직분으로 돌아갈 것이니라. 내가 시에라 모레노 산에서 했던 말을 기억하느냐? 기사는 시심(詩心)이 넘치는 사람이라고 했던 말 말이다."

"기억나고말고요."

"목동도 마찬가지니라. 목동은 순하디순한 동물들을 돌보며 초원을 돌아다니지. 자연이 주는 온갖 혜택을 누리면서 말이다. 시냇물의 노래를 듣고, 맑은 샘물을 마시며, 잘 익은 나무 열매를 따서 먹겠지. 나무는 시원한 그늘을 마련해 주고, 꽃들은 향기로 우리를 맞이하며, 어두운 밤에는 달과 별이 빛을 줄 것이다. 이렇게 아름다운 하루하루를 만끽하고 한가롭게 사색을 하며 보내는 것이니라. 그러니 기사의 책무를 벗어 놓는 1년 동안 이보다 더 적당한 일이 어디 있겠느냐?"

산초가 고개를 끄덕였다.

"와아, 편력보다는 훨씬 평화롭겠네요. 그야말로 최고로 평온

하고 걱정 없는 생활이 될 겁니다요."

돈 키호테는 만족스런 미소를 띠었다.

"평화야말로 진정으로 나에게 필요한 것이니라. 나는 둘시네아 아가씨께 바치는 시를 짓고, 모닥불을 가운데에 놓은 채 목동들과 둘러앉아, 내가 겪은 영광스러운 모험 이야기를 들려주련다. 그나저나 해가 지고 있구먼. 산초야, 오늘 밤을 보낼 만한 곳을 찾아봐야겠구나."

다음 날 오후, 돈 키호테와 산초는 여전히 빠르지도, 느리지도 않은 속도로 고향 마을을 향해 가고 있었다. 지칠 대로 지친 우리의 기사는 패배의 순간이 자꾸 생각나 한없이 슬퍼지고 한숨이 나왔다. 그러자 종자가 말했다.

"주인님, 제가 어떻게 해 드리면 기분이 좀 나아지시겠습니까? 행복하게 해 드릴 수 있다면 밥을 한 끼 굶더라도 참을 수 있습니다요."

"글쎄다……, 나의 아가씨가 마법에서 풀려났다는 소식을 듣게 되면 다시 웃을 수 있을지도 모르겠구나. 하지만 네 몸의 희생을 어찌 내가 함부로 요구할 수 있겠느냐? 산초야, 나는 네가 매를 맞는 대가로 돈을 요구했다면 벌써 주었을 것이니라. 그만큼 힘든 일이니까. 아, 그렇구나! 네가 지금 당장 채찍질을 시작한다면, 공작에게서 받은 그 금화는 모두 네 것이니라."

갑자기 산초의 두 눈이 튀어나올 듯 커졌다. 그는 그 제의를 당장에 받아들였다.

"좋습니다요. 주인님을 기쁘게 해 드릴 수 있고, 저한테도 이득이 된다면 무엇이 두려워 망설이겠습니까요? 그런데 한 대마다 얼마를 주실 건가요?"

"너의 마음에 보답을 한다면, 그 많다는 베네치아의 보물을 전부 주어도, 금광에 가득한 금을 다 주어도 아깝지 않을 것이니라. 네가 보관하고 있는 돈을 모두 갖도록 하여라."

"정말입니까요? 오늘 밤 당장 시작하겠습니다!"

밤은 금세 찾아왔다. 두 사람은 숲에서 약간 떨어진 초원에 모닥불을 피워 놓고 자리를 잡았다. 저녁 식사를 마친 후, 산초는 숲 속으로 들어가 적당히 굵은 나무를 골랐다. 그러고는 나무 기둥을 향해 힘껏 채찍을 때렸다. 한 번 때릴 때마다 산초의 입에서는 처절한 비명이 흘러나왔다. 돈 키호테는 안타까운 마음으로 채찍질의 수를 헤아렸다. 숫자가 500에 이르자, 우리의 기사가 자리에서 벌떡 일어나 소리쳤다.

"오, 종자여! 그대의 가련한 등짝은 가혹한 채찍질에 찢어져 엄청나게 끔찍하리라. 조금 쉬지 않아도 되겠는가?"

산초는 나무 뒤에 몸을 숨기고는 흐느끼며 말했다.

"쉴 틈이 없습니다. 주인님의 아름다운 아가씨가 본래의 모습을 되찾을 수만 있다면, 이깟 고통쯤은 아무것도 아닙지요."

돈 키호테가 혼잣말로 중얼거렸다.

"진정으로 기사다운 행동이로다."

산초는 다시 채찍질에 돌입했는데, 어찌나 열심히 내려쳤는지 여러 그루의 나무껍질이 다 벗겨져 버렸다. 돈 키호테는 소리쳤다.

"산초여, 1000번이 넘었으니 목숨을 부지하려면 그만 멈추도록 하라. 이러다 목숨이라도 위험하게 되면 어쩌려고 그러느냐? 네가 기운을 차릴 때까지 얼마든지 기다릴 수 있으니, 이제 제발 그만 하여라."

"주인님께서 그렇게까지 말씀하신다면 따르겠습니다요."

산초는 아주 지친 모습으로 절뚝거리며 돌아왔다. 그러고는 담요를 뒤집어쓰고 모닥불 앞에 앉아 포도주를 홀짝거렸다.

돈 키호테가 따뜻하게 말했다.

"그대가 자랑스럽도다. 그대가 이렇듯 하룻밤에 1000번의 채찍질을 할 수 있다면, 우리가 마을에 도착할 즈음에는 둘시네아 아가씨도 자유를 얻을 것이니라."

산초가 짐짓 비장한 표정으로 말했다.

"주인님의 미소를 다시 볼 수 있다면, 이건 너무 약소한 희생입지요."

다음 날도 두 사람은 쉬지 않고 길을 갔다. 공작 부부와 사냥을 했던 숲을 지나, 에브로 강둑을 따라 천천히 길을 되짚어 산을 넘고, 드디어 라 만차의 들판으로 접어들었다. 산초는 밤이 되자 잠자리를 마련해 둔 다음, 지난밤처럼 채찍질할 나무를 골라 오랜 시간 동안 고행을 치렀다.

나흘째 되는 날 아침, 산초는 새벽녘에 일어나서 마지막 248번의 채찍질을 마저 마쳤다. 돈 키호테는 종자의 손을 잡고 진심으로 감사해 했다. 그는 떠오르는 태양을 바라보며, 마법에서 풀려난 둘시네아 아가씨를 우연히 만나게 될지도 모른다는 기대감에 들떴다.

햇살을 받으며 언덕을 올라가니, 그리운 고향 마을이 훤히 내려다보였다. 두 사람은 천천히 언덕을 내려갔다. 잠시 후 마을 입구로 들어서자, 아이들이 몰려들어 두 사람을 에워쌌다. 곧이어 소식을 들은 신부와 카라스코 학사가 두 팔을 벌리며 달려왔다. 돈 키호테와 산초도 말에서 내려 그들을 얼싸안았다.

돈 키호테가 자기 집 마당으로 들어섰을 때, 가정부는 빨래를 널고 있었다. 가정부는 돈 키호테를 보자마자 들고 있던 빨래를 내던지고 달려와 두 손을 꼭 잡으며 말했다.

"주인님, 무사히 돌아오셨군요."

집 안에서 조카딸이 뛰어나와 그들을 맞았고, 산초의 아내와 딸도 대문 안으로 헐레벌떡 뛰어 들어왔다. 산초는 눈물을 흘리며 가족과 포옹을 한 후, 한 손에는 딸의 손을 잡고 다른 한 손에는 아내의 손을 잡은 채 집으로 돌아갔다.

돈 키호테는 신부와 카라스코 학사에게 자기가 하얀 달의 기사에게 패해 집으로 돌아오게 되었으며, 앞으로 1년 동안 편력을 떠나지 않겠다는 약속을 했다고 설명했다. 그는 그 약속을 틀림없이 지킬 것이며, 앞으로 목동이 되어 초원을 벗 삼아 지낼 생각이라고 덧붙였다. 그러자 산초와 카라스코 학사는 기꺼이 동료가 되어 주겠다고 약속했다.

친구들이 모두 돌아가자, 우리의 기사는 아주 피곤한 표정으로 조카딸과 가정부에게 말했다.

"기운이 없구나. 나를 방까지 부축해 다오."

운명은 인간의 힘으로 어찌해 볼 수 없는 것이기에, 애써 세워 놓은 계획들도 결국은 알 수 없는 힘에 이끌려 하늘의 구름처럼 덧없이 사라지기 마련이다.

돈 키호테는 침대에 눕자마자 스르르 잠에 빠져 들더니, 내리 엿새 동안 정신을 차리지 못했다. 패배가 가져온 좌절감 때문인지, 아니면 운명이 다한 탓인지는 모르겠으나 열이 심하게 오른 뒤 떨어질 생각을 하지 않았다.

우리의 기사가 악몽에라도 시달리는 것처럼 헛소리를 지르고 신음을 토해 내는 동안, 친구들은 참을성 있게 침대 옆에 앉아 그를 지켜보았다. 의사는 맥을 짚어 보고는 난감한 표정을 지으며, 위태로운 육체의 건강이 영혼의 건강마저 빼앗아 가고 있다고 말했다.

일주일쯤 지난 어느 날, 드디어 돈 키호테가 눈을 떴다. 그는 아주 맑은 눈빛으로 침대의 발치에 앉아 있던 신부와 이발사와 카라스코 학사를 바라보며 작게 말했다.

"내가 돌아왔네."

"돈 키호테!"

모두가 머리맡으로 다가왔다.

"나의 친구들이여, 나는 이제 라 만차의 돈 키호테가 아니라 알론소 키하노라네. 지금까지는 터무니없는 기사 이야기에 빠져 정신을 차리지 못하고 위험을 자초했지만, 하느님의 깊으신 은혜로 이제 그런 책들을 혐오하게 되었네."

신부가 다급하게 물었다.

"정말인가? 거인과 둘시네아 아가씨에 대한 생각이 정말로 몽땅 사라져 버렸다는 건가?"

우리의 기사는 차분한 음성으로 대답했다.

"모두 사라졌네. 지금은 내가 죽어 가고 있다는 걸 알 만큼 정신이 말짱해. 모두 내 말을 들어 주시게. 지금 당장 고해성사를 해야겠네. 내가 신부님께 고해성사를 하는 동안 누가 서기를 불러 주게나."

늙은 기사가 임종 직전이라는 소식은 곧 마을 전체로 퍼졌다. 카라스코 학사가 달려 나가 서기와 산초를 데리고 돌아왔다. 고해성사가 끝난 후, 신부가 방에서 나오면서 말했다.

"우리의 친구가 정말로 죽어 가오. 그렇지만 정신은 너무나도 맑군. 유언을 하겠다고 하니 모두 안으로 들어갑시다."

이 말에 모두들 참았던 눈물을 터뜨리고 말았다. 산초는 방으로 들어가 돈 키호테 옆에 무릎을 꿇고 앉은 뒤 그의 손을 잡았다. 이윽고 서기가 유언장 작성에 필요한 절차들을 준비했다. 돈 키호테가 천천히 입을 열었다.

"먼저, 내가 기사 노릇에 미쳐 있던 동안 종자로 일했던 산초 판사가 가지고 있는 돈은 그가 응당 받아야 할 돈이니, 나중에라도 그에게 그 돈을 요구하거나 책임을 물을 수 없다. 제정신인 지금도 내게 왕국이 있다면 그에게 다 주고 싶은 심정이다. 그만큼 그가 성실하고 훌륭한 사람이기 때문이다."

그러자 산초가 눈물을 쏟으며 말했다.

"주인님, 제발 기운을 차리세요. 주인님이 미쳤었다고요? 그렇지만 슬픔 때문에 죽는 것보다 더 미친 짓은 없습니다요. 지금 주인님을 죽음으로 몰고 가는 것이 슬픔이라는 걸 잘 알고 있습니다. 어서 떨치고 자리에서 일어나세요. 그리고 제게 말씀하신 대로 초원으로 나가 시를 읊는 목동이 되어야지요. 어쩌면 마법에서 풀려난 둘시네아 아가씨를 만날 수 있을지도 모르잖습니까? 주인님은 기사이니, 결코 죽지 않을 겁니다. 그렇지요?"

"나의 친구여! 한때 기사였던 사나이, 그 사나이는 더 이상 존재하지 않는다네. 그러니 그대도 그 사나이를 기억에서 지우도록 하게나."

산초가 흐느끼며 대답했다.

"그럴 순 없습니다."

돈 키호테는 유언을 계속했다.

"나를 위해 봉사한 가정부에게는 밀린 봉급을 모두 지급하고 금화 20닢을 더 주도록 한다. 그런 다음 남은 재산은 모두 조카딸에게 물려줄 것이로다. 그러나 조건이 있으니, 조카딸이 결혼을 하고 싶어 할 경우 그 상대가 기사도 소설을 좋아하는지 면밀히 살펴보아야 한다. 그가 그런 책들을 잘 알고 있다고 판단되면, 조카딸에게 물려주었던 재산은 모두 자선 사업에 기부하도록 한다. 유언의 집행은 신부와 산손 카라스코 학사에게 맡길 것이다."

여기까지 말한 돈 키호테는 가쁜 숨을 몰아쉬다가 정신을 잃고 말았다. 그로부터 사흘 동안 돈 키호테는 정신이 왔다 갔다 했다. 그리고 마지막 순간, 산초가 곁에서 지켜보는 가운데 아주 조용하게 슬며시 이승을 빠져나왔다.

이것이 한때 슬픈 얼굴의 기사이자 사자의 기사였던 라 만차의 용감한 기사 돈 키호테의 마지막 모습이었다. 시데 아메테 베넹헬리는 돈 키호테가 어디에 묻혔는지 정확하게 적지 않았다. 그것은 그리스의 도시들이 호메로스의 고향을 두고 경쟁을 벌였듯이, 라 만차의 모든 마을에서 돈 키호테를 자기 마을 사람으로 만들고 싶어 경쟁하게 하겠다는 이유에서였다. 그리고 이렇게 적었다.

"돈 키호테는 오직 나만을 위해 태어났으며, 나 역시 그를 위해 태어났다. 우리 둘만이 한 몸이라 할 수 있으니, 그 누구도 이 용감한 기사의 행적을 다시 쓸 수 없을 것이다. 혹여 그런 생각을 하는 자를 알게 되면, 이제 무덤 속에서 편히 쉬고 있는 돈 키호테를 불러낼 생각은 아예 하지 말라고 충고하라. 내 소원은 오직 기사도에 관한 엉터리 이야기들을 사람들이 혐오하게 만드는 것이었으니, 나의 돈 키호테 이야기로 이제 그런 책들은 모두 비틀거리며 쓰러지게 되리라. 안녕히."

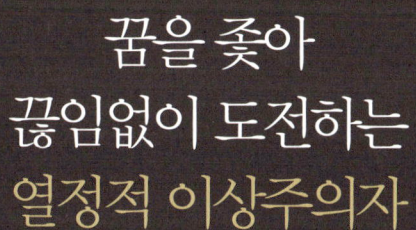

꿈을 좇아
끊임없이 도전하는
열정적 이상주의자

전종옥 _ 현재 서울 양서중학교 교장

도전과 모험의 대명사, 돈 키호테

컴퓨터를 켜고 인터넷에 접속하여 온라인 게임 〈리니지〉 속으로 들어가면, 사람과 동물은 물론 갖가지 괴이한 존재들이 어울려 사는 환상과 모험의 세계가 펼쳐진다. 그 세계로 입장하자마자, 나는 칼 하나만으로도 포악한 거인을 무찌를 수 있는 용감무쌍한 기사 캐릭터를 선택한다. 전투 현장을 자유자재로 누비며 그 어떤 두려움 앞에서도 당당하게 맞서는 멋진 이름, 기사!

기사는 우리의 역사나 전통과는 깊은 관계가 없지만, 수많은 소설과 만화, 영화, TV 드라마 등에서 다양한 모습으로 보여지고 있어서 다소 친숙하게 느껴진다. 특히 온라인 게임의 확산으로 세계 여러 나라 사람들이 같은 게임을 즐기게 되자, 기사는 그 역사적 의미와는 상관없이 세계 공통의 캐릭터로 자리를 잡았다.

우리에게 가장 익숙한 기사 이야기는 뭐니 뭐니 해도 〈아서 왕과 원탁의 기사〉가 아닐까? 오랜 전설로 내려오는 이 이야기는 아서 왕을 비롯해서 기네비어 왕비, 기사 란슬롯, 마법사 멀린 등 다양한 인물들에 초점을 맞추어 각기 다른 풍부한 이야기들을 만들어 냈다.

이 밖에도 스페인의 '엘 시드', 프랑스의 '롤랑' 등이 전설로 전해지는 대표적인 기사들이며, 십자군 전쟁 때 활약했던 기사들의 무용담도 다양한 작품의 소재로 쓰이고 있다.

우리가 상상하는 기사들은 하나같이 건장한 체격에, 화려한 갑옷을 입고 방패와 창, 명검 등으로 무장을 한 채 말 위에 당당하게 앉아 있다. 그들은 군주에게 충

온라인 게임 〈리니지〉에 등장하는 기사 캐릭터

성하고 약자를 위해 싸우며, 기사도와 명예를 지키기 위해 기꺼이 목숨을 바치기도 한다.

여기, 그러한 삶을 꿈꾸었던 사람이 있다. 불의로 가득한 세상에 맞서 약자를 구하고 기사도를 실천하기 위해 편력에 나섰던 기사, 라 만차의 돈 키호테. 기사의 시대는 이미 오래전에 끝났고, 그는 전설 속 늠름한 기사의 모습과는 거리가 멀어도 한참 멀지만, 숱한 고난 속에서도 기사도를 지키며 자신의 꿈을 이루려는 모습은 그 어느 훌륭한 기사보다도 깊은 인상을 심어 준다.

《돈 키호테》로 유명해진 톨레도의 작은 마을 엘 토보소. 그곳 '둘시네아의 집'에, 둘시네아에게 사랑을 고백하는 돈 키호테의 모습을 표현한 기념상이 있다.

돈 키호테는 미겔 데 세르반테스의 소설 《돈 키호테》의 주인공이다. 《돈 키호테》는 1편과 2편으로 이루어져 있다. 1편은 세르반테스가 쉰일곱 살이 되던 해인 1605년에, 2편은 그로부터 10년이 지난 1615년에 출간되었다. (이 책에서는 1장부터 10장까지가 1편에 해당하고, 11장부터 18장까지가 2편에 해당한다.)

세르반테스 서거 300주년을 기념하여 마드리드 광장에 세운 돈 키호테와 산초의 동상

스스로를 편력 기사라 부르며 엉뚱하고 무모한 도전을 감행했던 돈 키호테는, 400년의 시간을 넘고 넘어 꿈을 향해 끊임없이 도전하는 사람을 이르는 대표적인 말로 쓰이고 있다.

한낱 소설의 주인공에서 이제는 '도전'과 '모험'의 대명사가 된 돈 키호테. 그를 만나기 위해 강렬한 태양이 내리쬐는 라 만차의 들판으로 달려가 보자. 내 마음속의 로시난테를 타고!

봉사를 하는 사람, 기사

머리부터 발끝까지 완벽하게 무장하고 마상 시합에 나선 기사의 모습. 중세 말기로 갈수록 갑옷의 기능적인 면보다는 부와 지위를 과시하는 장식적 측면이 강조되었다.

기사는 갑옷과 무기로 온몸을 무장한 채 말을 타고 다니는 무사를 말한다. 기사와 말의 긴밀한 관계는 기사를 뜻하는 단어에서도 뚜렷이 나타난다. 기사는 프랑스 어로 '슈발리에 (chevalier)', 스페인 어로 '까발레로(cabalero)', 영어로 '캐벌리어(cavalier)'라고 하는데, 이 단어들은 모두 '말'을 뜻하는 프랑크 어 '슈발(cheval)'에서 유래한 것이다.

기사가 하나의 계급으로 자리를 잡기 시작한 것은 10세기 무렵부터이다. 그때부터 기사들은 장원을 중심으로 왕이나 자신보다 지위가 높은 영주와 주종 관계를 맺고 그들을 위해 봉사했다. 이와 같은 역할과 관련해서 기사를 뜻하는 또 다른 영어 단어인 '나이트(knight, 봉사를 하는 사람)'가 유래했다. 귀족들은 지위와 상관없이 당연스레 기사가 되었고, 평민들도 전쟁이나 마상 시합에서 자신의 무예와 용맹을 증명하면 기사가 될 수 있었다.

우리의 화랑도에 '세속오계'가 있었던 것처럼 기사들도 지키고 따라야 하는 계율, 즉 '기사도'가 있었다. 기사도의 근간은 경건, 정직, 공정, 명예, 용감, 동정심, 고결, 여성에 대한 친절 등으로 요약할 수 있다. 기사도는 주로 기사 지위에 있는 자들에 대한 예의를 말하는 것일 뿐이어서, 약자에 대한 자비와 자선이라는 종교적인 규정을 제외하고는 낮은 계급에까지 지킬 의무가 없었다.

시합과 전투에 꼭 필요한 투구와 사슬 갑옷

기사는 평상시에는 모임과 연회에 참석하고, 군주들이 여가로 베푸는 마상 시합에 참가하며 시간을 보냈다. 그러나 때로는 모험을 찾아 이곳저곳 떠돌면서 불의를 바로잡거나, 사랑의 서약을 이행하는 데 힘을 쏟기도 하였다. 이처럼 떠도는 기사를 '편력 기사(knight-errant)'라고 불렀다.

기사 시대는 1095년, 교황 우르반 2세가 이슬람 세력에 점령당해 있던 예루살렘을 구하기 위해 십자군 전쟁을 일으키면서 막을 열었다. 기사의 존재는 12~13세기에 최고로 부각되었다가, 15세기 무렵 새로운 무기의 등장과 왕권의 강화로 점차 그 힘을 잃었다. 16세기에 이르러서는 군사적인 의미가 아예 사라지고, 군주가 마음 내킬 때 수여하는 명예 지위로 전락하고 말았다.

라 만차의 기사, 모험을 찾아 떠나다

라 만차의 어느 마을에 살고 있는 알론소 키하노는 변변히 내세울 것 없는 시골 귀족이다. 그는 밤이고 낮이고 기사도 소설 읽기에 몰두하다가, 세상을 떠돌며 악을 바로잡고 불행한 사람들을 구해야 한다는 기사도 정신을 실현하기 위해 편력 기사가 되기로 결심한다. 그리하여 스스로를 '라 만차의 돈 키호테'라 칭하고, 자신의 늙고 야윈 말에게 '로시난테'란 이름을 붙인다. 기사에게는 응당 사랑하는 여인이 있어야 하는 법. 얼굴 한번 보지 못한 이웃 마을의 아가씨에게는 '엘 토보소의 둘시네아'라는 이름을 지어 주고 사랑을 바칠 상대로 삼는다.

낡아 빠진 허술한 무기들로 무장을 하고 길을 떠난 돈 키호테는 우연히 들른 여관을 성이라 믿고, 그곳에서 사람들의 조롱을 받으며 기사 임명식을 치른다. 그리고 여관 주인의 충고대로 종자를 구해야겠다고 마음먹는다.

돈 키호테는 길에서 만난 상인들에게 몰매를 맞고 쓰러져 있던 중, 다행히도 같은 마을에 사는 농부의 도움을 받아 집으로 돌아온다. 기사도 소설이 돈 키호테를 광기로 몰아넣었다고 생각한 가정부와 조카딸, 신부, 이발사는 서재에 빼곡한 기사도 소설들을 모조리 불태워 버린다. 그러나 그런 노력에도 불구하고, 돈 키호테는 순진한 이웃집 농부 산초 판사를 설득하여 종자로 삼은 다음 아무도 모르게 두 번째 모험을 떠난다.

돈 키호테는 풍차를 거인으로, 양 떼를 군대로, 세숫대야를 황금 투구로 착각하며 결투를 벌인다. 그러나 모험은 매번 실패와 좌절로 끝나고 몸은 점점 만신창이가 되어 간다. 어쩌다 갤리선으로 끌려가는 죄수들을 풀어 주는 바람에 경찰에 쫓겨 시에나 모레노 산으로 숨어든 돈 키호테와 산초는, 그곳에 은둔하고 있던 카르데니오를 만난다. 돈 키호테는 카르데니오의 슬픈 사연을 듣고 감동을 받은 후, 자신의 마음에 대한 둘시네아의 대답을 들을 때까지 고행을 하겠다고 결심한다.

한편, 둘시네아를 만나러 가기 위해 산에서 내려온 산초는 우연히 신부와 이발사를 만난다. 신부와 이발사는 돈 키호테를 고향으로 데려가기 위한 계획을 꾸미고, 그 과정에서 카르데니오와 도로테아, 돈 페르난도를 만나 도움을 받는다. 여관에서 한바탕 소동이 벌어지고 난 후, 돈 키호테는 여러 사람들의 노력에 힘입어 고향으로 돌아가게 된다.

돈 키호테는 두 번째 모험에서 돌아와 휴식을 취하고 있지만, 여전히 편력 기사가 되고자 하는 꿈을 버리지 못한다. 어느 날 산손 카라스코 학사가 찾아와 그의 모험 이야기가 책으로 만들어져 나돌고 있다고 말한다. 카라스코 학사는 신부와 미리 짜 둔 계획에 따라 돈 키호테가 다시 모험을 떠나도록 부추긴다.

그리하여 세 번째 모험을 떠난 돈 키호테와 산초는 먼저 둘시네아를 만나기 위해 엘 토보소로 향한다. 그러나 산초의 계략으

폴란드의 화가 알렉산더 보구슬라프스키가 그린 〈돈 키호테의 세상〉(2005). 《돈 키호테》 출간 400주년을 기념하여 그린 작품으로, 돈 키호테와 산초의 모험을 한 폭의 그림(맨 왼쪽에 있는 그림)에 모두 담았다. 그림 곳곳에 인상적인 사건들이 묘사되어 있다. 순서대로 기사 작위를 받는 모습, 산초가 여관에서 곤경을 당하는 모습, 목마 여행을 떠나는 모습이다.

뮤지컬로 만나는 라 만차의 기사

〈로스트 인 라 만차〉의 포스터. 테리 길리엄 감독은 영화 촬영을 시작하자마자 온갖 어려움에 처하다가 결국 일주일 만에 제작을 중단하고 말았다.

역사상 가장 뛰어난 소설이라는 평가를 받는 문학 작품임에도 불구하고 《돈 키호테》를 영화로 만들려는 시도는 실패하기 일쑤거나, 만들어도 크게 성공하지 못한다는 징크스가 있다.

영화 〈시민 케인〉으로 잘 알려진 오손 웰스 감독은 20년 동안이나 《돈 키호테》를 영화로 만들려고 노력했지만 결국 실패하고 말았다. 영국의 테리 길리엄 감독도 영화배우 조니 뎁을 조연으로 등장시켜 영화를 제작하려고 시도했다. 그러나 우여곡절 끝에, 2002년 영화의 실패 과정을 담은 다큐멘터리 〈로스트 인 라 만차〉를 발표하는 데 그치고 말았다.

《돈 키호테》가 한 편의 영화로 만들기에는 너무나 다양한 이야기를 담고 있는 데다가, 소설에서 맛볼 수 있는 특유의 입담과 재치를 온전히 살려 내는 것이 쉽지 않기 때문이다. 하지만 《돈 키호테》를 뮤지컬로 만든 〈맨 오브 라 만차〉는 1965년 초연된 이래 대단한 성공을 거두었다. 이 작품은 감옥에 끌려온 세르반테스가 자신의 희곡 〈돈 키호테〉를 죄수들과 함께 공연한다는 극중극(등장인물에 의하여 극중에서 이루어지는 연극) 형식을 띠고 있다. 원작을 그대로 살리기보다는, 취할 부분만 골라 간결하고 짜임새 있게 구성하였다. 원작보다 더 긍정적인 시선으로 돈 키호테를 바라볼 뿐만 아니라, 더욱 해학적이고 인생에 관한 풍부한 철학이 두드러진다는 점이 특징이다.

뮤지컬 〈맨 오브 라 만차〉는 우리나라에서도 2005년과 2007년에 공연되어 호평을 받았다. 특히 2007년 공연에는 영화배우 조승우가 돈 키호테 역을 맡으면서 전 회 매진을 기록하는 등 화제가 되었다.

2007년 우리나라에서 선보인 뮤지컬 〈맨 오브 라 만차〉

로 못생기고 촌스러운 둘시네아를 만나 모욕을 당한다. 돈 키호테는 그것을 마법사의 탓으로 돌리고 마법에서 그녀를 구해 내겠다고 결심한다.

다음 날, 숲에서 밤을 보내는 두 사람 앞에 '숲의 기사'가 나타나 결투를 청한다. 그는 사실 카라스코 학사였으니, 결투에서 이겨 돈 키호테를 고향으로 돌려보낼 구실을 만들 생각이었다. 예상치 못한 패배로 숲의 기사의 정체가 탄로 날 위기에 처하지만, 돈 키호테는 이 사건 역시 마법사의 흉계라고 믿는다.

기세가 등등해진 돈 키호테는 사자와 맞서고, 물레방아의 물살에 휘말리기도 하면서 모험을 계속해 나간다. 그러다 책 《돈 키호테》를 읽었다는 공작 부부를 만나, 그들의 성에 초대를 받는다. 이곳에서 돈 키호테는 둘시네아를 구하기 위해서는 산초가 자신의 몸에 스스로 채찍질을 해야 한다는 예언을 듣는다. 그리고 산초는 공작으로부터 그토록 소원하던 섬을 하사받아 직접 통치하기에 이른다.

다시 돌아온 산초와 길을 떠난 돈 키호테는 산적들의 도움으로 바르셀로나에 도착하여 곳곳에서 성대한 환영과 후한 대접을 받는다. 돈 키호테의 명성이 스페인 전역에 퍼져 있었던 것이다.

어느 날 아침, 해변을 산책하던 돈 키호테는 '하얀 달의 기사'에게 결투 신청을 받는다. 하얀 달의 기사는 돈 키호테를 보기 좋게 무찌르고는, 그에게 편력 여행을 중단하고 고향으로 돌아갈 것을 요구한다.

마침내 고향으로 돌아온 돈 키호테는 곧 심한 열병으로 자리에 눕게 된다. 그리고 얼마 후 이성을 되찾아, 한때 기사였던 사나이 돈 키호테는 없어졌으니 기억에서 지워 달라는 말을 남기며 생을 마감한다.

돈 키호테와 산초, 개성 만점의 찰떡궁합

자신이 기사라는 착각에 빠진 돈 키호테와 그의 달콤한 꾐에 넘어간 산초 판사는 그 어떤 작품에서도 찾아볼 수 없는 독보적인 캐릭터이다. 그들은 우스꽝스럽고 엉뚱하기 그지없지만, 놀라울 만큼 지혜로운 면모를 보이기도 하고, 하염없이 동정심을 불러일으키기도 한다.

돈 키호테는 모든 사건과 상황, 인물 등을 자신이 읽은 기사도 소설에 대입하여 받아들이고 대응한다. 하지만 돈 키호테의 눈에 비친 세상은 기사도적 낭만이 지배하던 100년 전의 세상이며, 그것도 그가 파고든 기사도 소설을 통해 한껏 미화된 허구의 세상이다.

기사라는 환상에 빠져 살기에, 상식적으로 이해할 수 없는 일이 닥치거나 결투에서 패했을 때는 마법사의 탓으로 돌려 버리면 그만이다. 그렇지만 이것을 현실 도피로 봐야 할까?

돈 키호테는 현실을 직시하지는 않았지만, 자신의 꿈과 이상을 위해 무모하다 싶을 정도로 용감하게 돌진한다. 어찌 보면 그에게는 환상이야말로 꿈을 현실로 만들어 주는 중요한 수단인 것이다.

돈 키호테가 이상을 좇으며 살아가는 인물이라면, 산초는 현실적이고 세속적인 인물이다. 그는 아주 단순하고 솔직해서 배고픔과 추위, 무서움을 숨기지 못하고 여과 없이 드러낸다. 또 언젠가 섬을 얻게 되면 그 섬의 영주로 삼겠노라는 돈 키호테의 약속을 철석같이 믿고 따라

오노레 도미에 작, 〈나무 아래에서 휴식을 취하는 돈 키호테와 산초 판사〉(1855). 사색에 잠긴 돈 키호테와 잠에 취한 산초의 모습이 대조적이다.

나서는 아둔한 면모도 보인다.

사실 큰 키에 비쩍 마른 돈 키호테와 땅딸막하고 뚱뚱한 산초는 생김새만으로도 절묘한 대비를 이루며 눈길을 끈다. 외모부터 성격까지 판이한 두 사람은 툭하면 티격태격한다. 이렇듯 물과 기름처럼 다른 두 사람이 어떻게 세 번의 편력 여행을 함께할 수 있었을까?

단순히 주인과 종자의 관계이기 때문이라는 대답으로는 설명하기 어렵다. 두 사람 사이에 서로를 존중하는 마음이 깔려 있기에 가능한 것이다. 산초의 말에서 서로에 대한 믿음의 마음을 확인할 수 있다.

돈 키호테를 현대적인 관점으로 조명하여 만든 청동상. 살바도르 달리의 작품이다.

제가 똑똑하고 약삭빠른 사람이라면 벌써 주인님 곁을 떠났겠지만, 만약 그렇게 했다 하더라도 그게 잘하는 짓인지는 모르겠습니다. 주인님은 저를 참으로 아껴 주시고, 비록 제가 종자일망정 고마운 일이 있으면 서슴없이 고맙다고 하시지요. 주인님이 저에게 약속하신 섬을 주지 못하신대도, 하느님도 제가 태어날 때 주신 것이 별로 없으니 아쉬울 것도 없습니다요.

돈 키호테와 산초는 쉴 새 없이 대화를 나누며 가끔은 으르렁거릴 때도 있지만, 언제나 서로의 말을 진심으로 귀담아 듣는다. 그 과정에서 두 사람은 신분을 초월한 우정을 나누고, 상대방의 약점을 보완해 주는 동시에 자신의 모습을 더욱 풍요롭게 만들어 간다. 극과 극은 서로 통한다고 했던가. '찰떡궁합'이란 바로 이 두 사람을 두고 하는 말이 아닐까?

영광과 쇠퇴의 시대, 그 한복판에서

돈 키호테의 모험은 당시의 독자들에게 통쾌한 웃음을 주는 한편, 멀쩡한 정신으로 살아가기에는 너무나 힘든 스페인의 현실을 돌아보게 했다. 그렇기에 《돈 키호테》를 제대로 이해하려면 당시의 유럽 사회, 특히 스페인의 상황이 어떻게 급변하고 있었는지를 알아야 한다.

16세기 초까지만 해도 스페인은 '황금시대'라 불릴 만큼 번영을 누렸다. 스페인의 국왕이자 신성 로마 제국의 황제였던 카를 5세는 신대륙 정복에 박차를 가해 막대한 부를 축적하였고, 이를 통해 스페인을 유럽의 중심축으로 만들었다.

카를 5세의 뒤를 이은 펠리페 2세가 스페인 내에서 이슬람교도들이 일으킨 반란을 제압하고, 레판토 해전(1571)에서 승리를 거두면서 그 기세는 점점 높아져 갔다. 그러나 식민지에서 얻은 재화를 모두 전쟁에 쏟아붓는 바람에 국가 재정에 위기가 닥쳐왔다. 1588년에는 스페인의 무적함대가 영국 함대에 무참히 패하면서 점차 쇠퇴의 길로 들어서기 시작했다.

때마침 유럽 전역에 페스트가 창궐하여 인구가 급격히 줄어들었고, 거기에다 경제적으로 중요한 역할을 하던 이슬람 교도들을 모두 국외로 추방시키는 바람에 경제 활동은 더욱 타격을 받았다. 이렇듯 서민들의 삶은 점점 더 비참한 나락으로 떨어지는데도 귀족들은 여전히 사치와 향락을 즐겼다.

스페인의 황금기를 이끈 카를 5세 (1500~1558)

유럽에서 스페인이 맹위를 떨치기 시작하던 16세기 초, 기사도 소설이 큰 인기를 끌었다. 시대적 분위기에 한껏 취한 사람들은 기사도 소설에서 불

지중해를 둘러싼 두 세계의 충돌, 레판토 해전

레판토 해전은 1571년에 오스만 튀르크와 기독교 연합 함대가 코린트 만의 레판토 앞바다에서 충돌한 전투를 말한다. 지중해를 장악하고 있던 오스만 튀르크가 베네치아의 키프로스 섬을 점령하자, 돈 후안 데 아우스트리아가 지휘하는 베네치아·제노바·스페인의 연합 함대는 오스만 튀르크 함대를 공격하여 큰 승리를 거두었다.

이때 연합 함대의 갈레아스선(대형 갤리선) 여섯 척과 약 200여 척의 갤리선이 위력을 발휘하였다. 연합 함대는 오스만 튀르크 해군에서 노를 저으며 노예 생활을 하던 기독교인 1만 5000명을 해방시켰으며, 오스만 튀르크 전사자는 2만 5000명, 연합 함대의 전사자는 7000명에 달했다고 한다.

이 전투의 패배로 오스만 튀르크 세력은 더 이상 서지중해 지역으로 팽창하지 못했다. 그러나 더 이상 팽창하지 못한 것일 뿐, 키프로스 섬은 여전히 오스만 튀르크의 수중에 있었고, 지중해의 주인도 오스만 튀르크였다. 오스만 튀르크는 막강한 국력을 바탕으로, 연합 함대가 승리의 열매를 따기도 전에 해군을 재건하였던 것이다. 그럼에도 불구하고 패배의 충격은 아직도 남아, 오늘날 터키의 교과서에는 레판토 해전의 패배 기록이 실려 있지 않다고 한다.

레판토 해전 이후, 유럽 사회는 중세를 넘어 근대로 전환되었다. 동지중해를 두고 다투던 베네치아와 오스만 튀르크는 서서히 세계사의 주역 자리에서 물러났고, 세계의 무대는 좁은 지중해가 아닌 대양으로 이동하기 시작했다.

평화롭기 그지없는 지금의 레판토 모습. 레판토는 현재 그리스의 영토로, 그리스에서는 '나프팍토스'라는 지명으로 불린다.

〈1571년 레판토 해전〉. 작가 미상

가능이란 없을 것 같은 스페인의 자신감을 확인했다. 그러다 16세기 중반 무렵부터 기사도 소설의 열풍이 사그라지기 시작했는데, 묘하게도 스페인이 유럽의 중심에서 물러나기 시작한 시점과 맞물린다.

　1547년, 카를 5세 치하 말기에 태어난 세르반테스는 펠리페 2세 때 레판토 해전에 참전하고, 펠리페 3세 때에는 몰락해 가는 조국을 지켜보았다. 그의 삶은 조국 스페인의 모습과 많이 닮아 있었다. 레판토 해전에서 한쪽 팔을 잃었어도 조국을 위해 싸웠다는 자부심을 품고 살았건만, 그의 인생은 고난과 좌절의 연속이었다.

　세르반테스는 《돈 키호테》 안에 자기가 겪은 스페인의 영광과 쇠퇴를 모두 담으려 했다. 그 결과 기사도 소설 속에만 존재하는 영광의 세계를 현실에서 찾고 있는 돈 키호테가 탄생한 것이다. 너무나 이질적인 두 세계를 한 몸에 담고 있으니, 어찌 정신 분열이 없었겠는가?

　결국 《돈 키호테》는 인생의 후반에 돌아본 세르반테스 자신의 삶과 세계 정복의 꿈을 잃고 쇠락해 가는 조국의 모습에 대한 애정 어린 풍자이기도 한 셈이다.

돈 키호테, 기사도 소설을 무너뜨리다

　《돈 키호테》는 당시 점차 쇠퇴해 가던 기사도 소설의 양식을 이용해 스페인의 현실을 비판하고 있다. 그렇지만 직접적으로 비판하기보다는 기사도 소설 때문에 광기에 사로잡힌 돈 키호테를 이용하여 교묘하게 드러낸다.

　광인의 입을 빌렸기에 서슬 퍼런 검열관의 눈을 피해 부조리한 사회 구조와 귀족들의 행태를 유머러스하게 묘사하고, 마음껏 풍자하며 조소를 보낼 수 있었다. 돈 키호테가 여관 주인에게 기사 임명을 받는 모습이나, 이발사의 세숫대야를 황금 투구라

기사도 소설, 미지에 대한 환상을 자극하다

《아마디스 데 가울라》의 표지

기사도 소설은 중세 시대 기사들의 무용담과 사랑을 다룬 이야기로, '로맨스(romance)'라고도 부른다. 기독교와 기사도 정신이 두 축을 이루고 있으며, 초기에는 서정성이 강한 서사시의 성격이 강했으나, 점차 공상적이고 사랑과 헌신을 강조하는 사랑 이야기를 지칭하게 되었다.

기사도 소설의 시작은 프랑스 전사 롤랑을 다룬 무훈시 〈롤랑의 노래〉나, 더 오래된 이야기이지만 비슷한 부분이 많은 〈아서 왕과 원탁의 기사〉 이야기에 뿌리를 둔 것으로 알려진다.

16세기 초 스페인에서 널리 유행했던 기사도 소설은 초인적인 무용담, 사모하는 여인에 대한 고결한 사랑, 국왕에 대한 충성 등이 큰 줄기를 이루고 있다. 과도한 이상주의와 기상천외한 상상이 넘치는 모험 이야기는 신대륙을 발견했을 당시, 미지의 세계로 향했던 사람들의 꿈과 모험심을 더욱 자극하여 열광적인 반응을 얻었다.

이렇듯 기사도 소설이 인기를 끌자, 교회에서는 통제가 되지 않을 것을 우려하여 기사도 소설을 금지시키고 격렬한 비난을 퍼부었다. 하지만 아무런 효과가 없었다. 심지어는 황제도 성직자들의 항의를 무릅쓰고 기사도 소설을 꾸준히 읽을 정도였다. 그 흔적은 오늘날까지 남아, 북아메리카의 '캘리포니아'나 남아메리카의 '파타고니아'라는 지명은 당시 삼류 기사도 소설의 여주인공 이름에서 따온 것이라 한다.

본격적인 기사도 소설 중에서 가장 오래되고 유명한 것은 몬탈보의 《아마디스 데 가울라》(1508)인데, 이 작품은 《돈 키호테》에서도 여러 번 언급되었다. 이외에도 같은 작가의 《에스프란디안의 위업》(1510)과 작자 미상의 《팔메린 데 올리바》(1511) 등이 있다.

〈롤랑의 노래〉의 한 장면을 표현한 그림. 〈롤랑의 노래〉는 스페인 원정을 마치고 돌아오던 카롤루스 대제의 조카 롤랑이 양아버지의 배반으로 이슬람교도의 습격을 받아 싸우다가 장렬하게 전사한다는 이야기이다.

고 우기는 장면, 포도주 부대와 혈투를 벌이는 장면 등은 지배 계급에 대한 신랄한 야유인 셈이다.

그와 동시에 신분에 따른 차별이 없고, 남녀가 자유롭게 사랑할 수 있으며, 정의로운 재판이 이루어지는 이상적인 사회를 꿈꾸었다. 세르반테스는 돈 키호테의 모험 속에 남녀의 사랑 이야기를 집어넣는다든지, 강제 노역에 끌려가던 죄수를 풀어 준다든지 하는 형태로 기존 사회 질서에 대한 도전을 감행하였다.

그러한 도전과 환상이 현실이 될 것만 같은 순간, 돈 키호테는 하얀 달의 기사에게 패하여 기사의 길을 접고 고향으로 돌아간다. 곧이어 다가온 죽음 앞에서 그는 자신의 진짜 이름을 밝히며 현실을 인식한다.

이러한 결말을 통해, 세르반테스는 기사도 소설 속에서 과거의 영광을 찾으려 하던 당시 사람들에게 환상에 빠지지 말고 현실을 직시하라는 가르침을 전하려 한 듯하다.

액자 속에 담긴 각기 다른 이야기들

《돈 키호테》는 돈 키호테와 산초가 갖가지 모험을 겪은 후 집으로 돌아오는 과정을 큰 줄기로 하고 있지만, 그 속에는 그 자체로 완성된 짜임을 갖춘 또 다른 이야기들이 담겨 있다. 이러한 소설을 '액자 소설'이라고 한다. 큰 줄기의 바깥 이야기(외화, 外話) 속에 안의 이야기(내화, 內話)가 담겨 있는 구성 방식으로, 바깥 이야기가 액자와 같은 역할을 하기 때문에 붙여진 이름이다.

카르데니오와 루신다, 돈 페르난도와 도로테아는 돈 키호테의 모험에서 중요한 비중을 차지하는 인물들이다. 그러면서도 그들의 사랑 이야기는 그것만을 따로 떼어 놓고 보아도 어색하지 않을 만큼 완벽한 한 편의 이야기가 된다. 산초가 섬을 통치하게 된 이야기 역시 그 나름의 완결성을 보이는 동시에, 《돈 키호테》의 전체 맥락과 긴밀하게 연관이 되어 있다.

이와 같은 구성은 작가가 하고 싶은 이야기를 객관화하여 신뢰감을 주는 한편, 다양한 각도에서 주제 의식을 파악할 수 있게 하는 장점이 있다. 세르반테스는 사회의 부조리를 꼬집고 이상적인 사회에 대한 여러 가지 모습을 제시하고 싶었던 만큼, 이러한 구조야말로 다양한 이야기를 펼치는 데 효과적이었을 것이다.

《돈 키호테》에서만 볼 수 있는 형식상의 중요한 특징은, 바로 1편이 2편의 이야기가 전개되는 데 아주 중요한 역할을 한다는 점이다. 2편에서 카라스코 학사는 돈 키호테의 모험을 다룬 책 《돈 키호테》가 사람들에게 널리 읽히고 있다고 알려 주면서 다시 모험을 떠나라고 부추긴다.

또 책을 통해 돈 키호테를 알게 된 공작 부부는 기사도 소설에 나올 법한 여러 가지 사건들을 꾸며 내어 그의 광기를 부채질한다. 산적 두목은 책 속의 영웅이 실제로 존재한다는 사실에 그를 극진히 대하고, 바르셀로나의 시민들도 돈 키호테의 등장에 열광한다.

이처럼 1편이 2편의 소재가 되는 독특한 짜임새 때문에 독자들은 《돈 키호테》 1편이 실제로 존재하는 책인지, 아니면 책 속에 언급되는 가상의 책인지 헷갈리기도 한다. 또 돈 키호테가 실존하는 인물일지도 모른다는 착각에 빠지게도 만든다. 세르반테스는 왜 이렇게 독특한 형식을 사용했을까? 독자를 혼란에 빠뜨리는 세르반테스의 상상력은 여기서 멈추지 않는다.

진짜 작가는 누구인가?

세르반테스는 돈 키호테의 첫 번째 모험이 끝나자마자 아라비아의 역사가 시데 아메테 베넹헬리를 등장시켜 그가 저자라고 내세우고는 슬그머니 옆으로 비켜선다. 이것을 무어 인이 번역하였고, 자신은 그것을 이용하여 글을 쓴 두 번째 작가일 뿐이라는 것이다.

그러면서도 곳곳에 자신의 자취를 남기는 탓에, 독자들은 원저자가 누구이고 화자는 누구인지 종잡을 수 없게 된다. 작가는 간간이 독자에게 말을 걸거나 객관적으로 사건을 바라보는 듯한 느낌이 드는 말을 던지기도 한다. 또 신부와 이발사가 돈 키호테의 책을 불태우는 장면에서는 세르반테스의 처녀작《라 갈라테아》가 발견된다. 세르반테스의 작품 안에 그의 또 다른 작품이 등장하기 때문에 독자들은 세르반테스가 실제로 이 책의 작가가 아닐지도 모른다는 착각에 빠지게 된다.

이러한 혼란은 2편에서 새로운 방식으로 전개된다. 바로 '가짜 돈 키호테'를 언급하는 것이다. 실제로《돈 키호테》가 사람들 사이에서 대단한 인기를 끌자, 1614년에 아베야네다라는 작가가 가짜《돈 키호테》2편을 세상에 내놓았다. 세르반테스는 진짜《돈 키호테》2편을 출간하면서, 돈 키호테의 입을 빌려 아베야네다가 창조한 돈 키호테는 가짜라고 말한다.

소설의 허구와 역사적 사실이 하나로 맞물려 무엇이 소설이고, 무엇이 현실인지 헷갈리는 상황이 전개되는 것이다. 이쯤 되면 당시의 독자들 중에는 돈 키호테의 모험 이야기를 실제 이야기라고 믿는 이들도 있지 않았을까?

이러한 특징은 무엇보다도 세르반테스의 뛰어난 문학적 상상

목소리로 부활하는 돈 키호테

출간 400주년을 기념하여 미국 프린스턴 대학교에서 진행한 이어 읽기 행사

《돈 키호테》가 출간된 지 400년이 넘었지만, 그 속에 담긴 지혜와 통찰력, 해학, 유머는 아직까지도 우리에게 깊은 의미를 안겨 준다.

책 속에 담긴 의미를 되새기고 《돈 키호테》와 세르반테스를 기리는 뜻에서 스페인과 스페인 어를 사용하는 문화권은 물론이고, 유럽 전역에서는 매년 '《돈 키호테》 이어 읽기' 행사를 개최한다. 굳이 대규모의 행사에 참여하지 않더라도 세르반테스를 좋아하는 이들이 소규모로 모임을 만들어 정기적으로 낭독회를 여는 경우도 많다.

스페인의 수도 마드리드에서는 매년 '48시간 동안 《돈 키호테》 이어 읽기' 행사가 열리는데, 수백 명의 사람들이 이 행사에 참여하기 위해 줄을 선다고 한다. 2004년에는 파나마에서 무려 80시간 동안 이어 읽는 행사가 열려 주목을 받은 바 있다.

이러한 행사는 우리나라에서도 열렸다. 2005년 5월, 주한 스페인 대사관은 《돈 키호테》 출간 400주년을 기념하여 《돈 키호테》 이어 읽기' 행사를 개최하였다. 이 낭독회에서는 연극배우 윤석화와 첼리스트 정명화, 서울문화재단 대표 유인촌 등 우리나라 문화계를 대표하는 아홉 명의 사람들이 문장 속에 숨겨진 세르반테스와 돈 키호테의 혼을 되살려 냈다.

돈 키호테를 제대로 느끼고 싶은가? 그렇다면 마음에 쏙 드는 문장을 소리 내어 읽어 보자. 돈 키호테의 도전 정신이 바로 내 것이 될지도 모른다.

미국 뉴욕의 한 서점에서 열린 '24시간 동안 돈 키호테 이어 읽기' 모임. 탁자에 앉아 낭독하고 있는 사람은 영화배우 에단 호크이다.

력과 모든 문학 형식을 아우르고자 하는 열정이 낳은 결과이겠지만, 그가 안고 있는 현실적인 고민들도 이런 형식을 취하게 만들었을 것이다. 갖가지 일에 얽혀 수차례 감옥살이를 했으니 그런 고민을 할 수밖에. 국왕의 절대 권력과 검열관, 종교 재판소의 서슬이 시퍼런 당시 상황에서,《돈 키호테》같은 문제작을 쓰려면 살아남기 위한 안전 장치를 확실히 마련해 두는 것이 당연한 일이었을지도 모른다.

지금 우리에게 의미 있는 이름

시데 아메테 베넹헬리(실은 세르반테스 자신)는 돈 키호테를 떠나보낸 후, 자신이 아닌 다른 작가가 그를 다시 살려 내는 일이 없도록 하라는 말을 남긴다. 물론 그 이후《돈 키호테》3편을 쓴 이는 없다. 하지만 돈 키호테는 그 스스로 되살아나 세상 곳곳을 활보하고 있다.

《돈 키호테》는 400년 동안 수많은 언어로 번역되었고, 오페라와 뮤지컬, 연극, 영화, 무용 등으로 만들어져 사람들의 눈과 귀를 즐겁게 했다. 돈 키호테가 이토록 오랜 시간 동안 우리와 함께 호흡하며 사랑받을 수 있는 힘은 어디에서 오는 것일까? 아마도 읽는 사람마다, 또 읽을 때마다 다양하게 해석할 수 있는 폭넓은 깊이에서 그 이유를 찾을 수 있을 것이다.

《돈 키호테》에 대한 반응과 평가는 시대에 따라 조금씩 달랐다. 이 책이 출판되었던 당시의 독자들은 시대를 풍자하는《돈 키호테》에 열광하면서도, 그저 시간을 재미있게 보낼 수 있는 책으로만 여겼을 뿐이다. 이성(理性)의 시대라는 18세기, 합리주의자들은 기사가 되려는 돈 키호테를 이성이 결여된 바보쯤으로 생각했다.

그러나 이후 낭만주의자들은 돈 키호테를 불완전한 세계와 싸우는 고귀한 이상주의자로 평가했으며, 19세기 러시아 리얼리즘

최고의 작가들이 사랑한 최고의 작품

미국에서 가장 권위 있는 문학 비평가인 헤럴드 블룸은 "돈 키호테와 산초 판사를 모른 채 인간을 논하지 말라."고 말했다. 그리고 2002년 노벨 연구소가 세계 최고의 작가 100인을 대상으로 실시한 설문 조사에서 '문학 역사상 가장 위대한 소설'로 《돈 키호테》가 선정되었다. 이 두 가지 사실만으로도 서양 문학사에서 《돈 키호테》와 세르반테스가 얼마나 높은 위치를 차지하고 있는지 알 수 있다.

도스토예프스키는 "《돈 키호테》보다 더 심오하고 힘 있는 작품을 만난 적이 없다."고 말했고, 토마스 만은 《돈 키호테》를 두고 "이 얼마나 창조적이고, 비범하고, 자유롭고, 인간적인 작품인가!"라고 찬탄했다. 스탕달, 귀스타브 플로베르, 허먼 멜빌, 마크 트웨인, 이반 투르게네프, 프란츠 카프카, 사무엘 베케트 등과 라틴 문학을 이끌고 있는 호르헤 루이스 보르헤스, 가르시아 마르케스, 카를로스 푸엔테스 등 셀 수 없이 많은 근·현대 작가들이 작품 속 언어와 형식, 새로운 캐릭터의 표현에서 세르반테스의 지대한 영향을 받았다고 해도 과언이 아니다.

살바도르 달리 작,
〈돈 키호테-전투〉(1956)

오노레 도미에 작,
〈돈 키호테와 산초〉(1850)

마르크 샤갈 작,
〈돈 키호테〉(1975)

파블로 피카소의 석판화,
〈돈 키호테〉(1955)

소설을 읽는 방법과 읽어야 하는 이유를 말할 때 세르반테스의 《돈 키호테》는 반드시 포함해야 한다. 모든 소설의 선두요, 최고를 차지하는 이 책은 소설 그 이상이다. 지난 4세기 동안 상상력으로 흘러넘친 문학계에서 세르반테스야말로 셰익스피어의 유일한 경쟁자라고 생각한다. ─헤럴드 블룸

문학의 대표자인 도스토예프스키는 돈 키호테에게서 기독교의 순수함과 선행을 보았다. 한편, 마르크스주의자들과 사회주의자

들은 돈 키호테가 봉건적 가치에 집착한 채 몰락해 가는 귀족을 대표한다고 간주했고, 실존주의자들은 의식적이고 능동적으로 자신의 운명을 선택하는 개인으로 바라보았다.

시대를 충실히 그리면서도 동시에 시대를 훌쩍 뛰어넘었던 작품. 그래서 《돈 키호테》는 세월이 흘러도 늘 현재의 의미로 다가오는 불후의 명작이 될 수 있었다. 한 번 읽고 마는 책이 아니라, 읽고 또 읽어도 늘 새로운 의미를 발견할 수 있는.

나도 돈 키호테가 되고 싶다

세르반테스가 세상을 떠나던 날, 영국의 대문호 셰익스피어도 죽음을 맞이했다. 그런 절묘한 우연도 있지만, 동시대를 살았던 두 사람은 그 생애나 작품 성향에서 확연히 다른 모습을 보였기에 오랫동안 비교와 분석의 대상이 되어 왔다.

특히 세르반테스의 '돈 키호테'와 셰익스피어의 '햄릿'은 각기 특징적인 인물 유형으로 자리잡았다. 전자가 비현실적인 이상주의자나 생각보다 행동이 앞서는 저돌적인 유형을 말하는 반면, 후자는 현실을 직시하는 이성주의자 혹은 행동이 신중하다 못해 우유부단하기까지 한 사색가를 말한다.

단순히 어느 유형이 더 낫다고 말할 수는 없겠지만, 시간이 흐를수록 돈 키호테 같은 인물 유형이 각광을 받고 있다. 현실 감각이라곤 찾아볼 수 없어서 웃음거리가 되었던 돈 키호테는 이제 주위의 시선과 반복되는 실패에도 불구하고 자신의 이상을 향해 뜻을 굽히지 않고 다가서는 인물로 다시 태어나고 있다.

비록 우리의 꿈이 물거품으로 끝날지라도 꿈과 희망이 없는

우리 시대의 돈 키호테를 찾아라!

현실에 머무르지 않고 늘 미래를 내다보는 사람, 남들이 뭐라고 하든 소신을 가지고 우직하게 자기 길을 걷는 사람을 '돈 키호테'라고 본다면, 바로 이들을 우리 시대의 돈 키호테라 부를 수 있지 않을까?

안철수

의과 대학을 졸업하고 군의관으로 근무하던 시절, 컴퓨터 바이러스 때문에 사람들이 불편을 겪는 것을 보고 이를 치료하는 백신을 만들었다. 당시 국내에는 컴퓨터 바이러스를 치료할 만한 실력을 가진 사람도, 치료하는 회사도 없는 상태였다. 그는 짬짬이 바이러스 샘플을 연구하고 분석하여 치료 백신을 만들고, 이를 무료로 배포하였다. 돈을 생각했다면 큰돈을 만질 수도 있었으나, 자신의 지식이 다른 이들에게 도움이 된다는 것으로 충분히 보상을 받았다고 생각했다.

그는 의사의 길을 포기하고, 1995년 우리나라 최고의 컴퓨터 바이러스 백신 회사인 '안철수 연구소'를 세워 큰 성공을 거두었다. 외국의 대기업에서 엄청난 금액(1천 억원)을 제시하며 회사를 사겠다고 했지만, 이를 한 마디로 거절하여 화제가 되기도 하였다.

안철수 연구소는 지속적인 기술 개발과 서비스로 승승장구하였다. 그러나 2005년 3월, 안철수는 "한 사람의 영향력이 너무 크면 회사가 성장하는 데 방해가 된다."고 하면서 대표이사직을 내놓고 미국 유학 길에 올랐다.

리누스 토발즈

서버나 개인용 컴퓨터, 휴대용 기기에 사용되는 공개용 운영 체제인 '리눅스(Linux)'의 개발자이다. 그는 스물한 살에 리눅스를 개발하여 모든 사람들이 볼 수 있도록 프로그램 코드를 인터넷에 공개했다. 지금 우리는 대개 PC 운영 체제로 '윈도우즈'를 쓰고 있지만, 그것 말고도 리눅스, 유닉스 등 몇 가지 운영 체제가 더 있다. 윈도우즈를 생산하고 판매하는 마이크로소프트 사가 세계 시장을 독점하면서 다른 운영 체제를 사용하지 못하도록 하고 있기 때문에 쉽게 찾아보기 힘든 것이다.

리누스 토발즈는 프로그램 설계도를 절대로 공개하지 않는 거대 기업 마이크로소프트 사와는 달리, 자신이 개발한 운영 체제를 누구든지 자유롭게 쓰고 바꿀 수 있게 하는 오픈 소스(open source) 운동을 전개하면서 소통과 나눔의 삶을 실천하고 있다.

그리고리 페렐만

러시아의 수학자로, 세계 수학계가 100년 동안 매달렸으나 풀지 못한 '푸앵카레 문제'를 푼 사람이다. 이러한 학문적 업적 때문에 유명해지기는 했지만, 수학 외적인 요인도 크게 작용했다.

그는 세계 수학자 대회의 수상 후보가 되었으나 수상을 거부하고 종적을 감추어 버려 언론과 학계에서 찾아 나서야 했으며, 그 이전에도 유럽 수학회에서 주는 상을 거부한 적이 있다고 한다. 미국의 스탠포드 대학교와 프린스턴 대학교 같은 명문 대학에서 수학 교수 자리를 주겠다고 했으나 단박에 싫다고 거절한 이야기도 화제가 되었다.

그는 푸앵카레 문제를 푼 사람에게 주는 상금 백만 달러도 받으려 하지 않았고, 그 문제를 증명하기 위해 10년 넘게 노력하였으면서도 그 결론을 저명한 학술지에 싣지 않고 인터넷에 올렸다.

페렐만의 행보는 돈과 명예와 권력으로 사람의 가치를 평가하는 시대의 물결과 성공의 법칙을 과감하게 거스르고 있다.

삶은 참으로 견디기 힘든 것이다. 하얀 달의 기사와의 결투에서 패배해 고향으로 돌아온 돈 키호테는 곧 세상을 뜨고 만다. 이를 단순히 열병 때문이라고 보기는 어렵다. 온 열정을 쏟았던 목표가 순식간에 사라진 사람에게 닥친 마음의 병, 즉 공허감이 삶의 의욕을 떨어뜨리면서 죽음에 이르게 했다고 보는 것이 더 정확하다. 돈 키호테의 여정은 그것을 이루든 이루지 못하든 간에, 꿈을 가진 사람과 그렇지 못한 사람의 삶이 어떻게 다른지 뚜렷이 보여 준다.

또한 돈 키호테의 저돌적인 면은 이상을 위해 모든 것을 아낌없이 바치는 끝없는 도전 정신을 의미한다. 돈 키호테는 그를 미치광이로 보는 다수에게 당당히 맞섰다. 늘 자신의 신념에 따라 정의를 좇았으며, 모험을 피하기보다는 오히려 즐겼다.

나는 어떠한가? 남들이 내 진심을 알아주지 않아도, 손가락질 하는 상황이라도 꿋꿋하게 버티며 이겨 내려고 하는가? 혹시 옳지 않은 줄 알면서도 슬그머니 타협하거나 굴복하지는 않는가? 누구나 꿈을 가질 수는 있지만, 누구나 꿈을 이루는 것은 아니다. 눈앞의 편안함을 거부하고 불확실한 미래에 용감하게 도전할 때, 비로소 꿈은 현실이 된다.

돈 키호테는 결코 한곳에 머물지 않았으며, 편안함을 추구하려고 모험을 멈추지도 않았다. 그는 라 만차를 떠남으로써 기사도 소설의 테두리를 벗어나 새로운 세상과 사람들을 만나고, 자신의 인생을 성찰할 수 있게 되었다.

'고인 물은 썩는다'고 한다. 물이 이럴진대 사람은 더 말해 무엇하겠는가? 우리도 늘 세상을 향해 가슴과 머리를 열어 두어 다른 생각과 지식을 받아들이고, 새로운 경험을 쌓아 나가기 위한 여행을 떠나야 한다. 그 여행은 결코 편안한 휴식이 되지는 못하겠지만, 늘 나를 새로움으로 거듭나게 할 것이다.

남들이 나를 '돈 키호테'라고 불러 주기를 원하는가? 그렇다면 떠나라! 행동하고 도전하라!

《돈 키호테》 출간 400주년을 기념하여 스페인 조폐국에서 선보인 기념 주화 세트. 각 주화마다 돈 키호테와 산초의 모험이 담겨 있다.

세르반테스, 삶과 시대를 책 속에 투영하다

미겔 데 세르반테스는 1547년 스페인의 마드리드 근교 알칼라 데 에나레스에서 가난한 외과 의사인 로드리고 데 세르반테스의 일곱 남매 중 넷째로 태어났다. 아버지가 떠돌이 생활을 하다 보니 집안이 가난하여, 1568년 에라스무스 사상의 추종자로 알려진 로페스 데 오요스 신부 밑에서 잠시 공부한 것 외에는 정상적인 학교 교육을 받은 적이 거의 없었다.

이듬해 견문을 넓히고자 이탈리아로 건너갔다가, 그곳에 주둔해 있던 스페인 군대에 입대하였다. 1571년 레판토 해전에 참전하였는데, 이때 평생 왼손을 사용할 수 없는 부상을 당했다. 하지만 그는 스스로를 '레판토의 외팔이'라 부르며 자랑스러워했으며, 나중에는 《돈 키호테》를 쓴 오른팔의 영광을 위해 왼팔이 희생한 것'이라는 말을 책의 서문에 적기도 했다.

1575년 스페인 해군 총사령관이며 왕의 동생인 돈 후안의 추천장을 지니고 스페인으로 귀국하던 도중, 당시 지중해를 휘젓고 다니던 해적들의 습격을 받아 동생 로드리고와 함께 붙잡혔다. 로드리고는 곧 풀려났으나, 세르반테스는 쉽게 풀려나지 못했다. 돈 후안의 추천장을 본 해적들이 몸값을 많이 받을 수 있을 것으로 생각해 풀어 주지 않았던 것이다.

그는 5년간 알제리에서 갤리선의 노를 젓는 등 노예 생활을 했다. 그동안 네 번이나 탈출을 시도하였지만 모두 실패했고, 1580년에 몸값을 치르고서야 겨우 풀려났다.

1584년, 서른일곱의 나이로 열여덟 살이나 연하인 카탈리나 팔라시오스라는 부유한 농가의 딸과 결혼하였으나, 관계가 원만하지 못하여 곧 별거에 들어갔다. 이듬해에 첫 소설 《라 갈라테아》를 출판하고, 1587년까지 20~30편의 희곡을 썼다. 그러나 전해지는 작품이 거의 없는 것으로 보아, 큰 성공을 거두지는 못한 듯하다.

그 후 문학을 멀리하고 군수 물자 구매 담당자, 세금 수금원 등으로 생계를 유지하며 고단한 삶을 살

세르반테스의 초상화. 후안 데 하우레기 작품(1600)

세르반테스의 처녀작 《라 갈라테아》

갈라테아는 그리스 신화에서 피그말리온이 조각한 처녀상의 이름인 동시에, 세르반테스가 1585년에 발표한 목가 소설 《라 갈라테아》의 주인공이다. 목가 소설은 중세 유럽에서 기사도 소설과 더불어 널리 읽혔는데, 아름다운 전원을 배경으로 목동과 소녀들이 나누는 사랑과 슬픔을 그리는 내용이 대부분이다.

《라 갈라테아》는 여주인공 갈라테아와 세련된 목동 엘리시오, 촌스러운 목동 에라스트로와의 사랑을 이야기하는 큰 줄거리를 중심으로 총 여섯 편의 이야기들이 복잡하게 얽힌 형식을 띠고 있다. 그 외에도 다양한 시와 연극 무대를 연상시키는 에피소드들이 함께 뒤섞여 있어, 세르반테스 글쓰기의 실험 무대와 같은 느낌을 주는 작품이다. 이 작품에서 시도한 다양한 소설 기법들이 《돈 키호테》에서 활짝 피어난 것이라고 볼 수 있다.

《라 갈라테아》의 초판본 표지

왔다. 그러나 그는 어떤 직업에서도 안정을 찾지 못하였다. 빚 때문에 파산을 당하는가 하면, 성직자에게 세금을 거두려다가 파문을 당하기도 하고, 은행이 파산하는 바람에 공금 횡령죄로 감옥에 갇히기도 하였다. 《돈 키호테》를 구상한 것도 감옥에 갇혀 최악의 상황에 놓여 있을 때였다.

감옥에서 나온 후 세르반테스는 글쓰기에 전념하여, 1605년에 불후의 명작 《돈 키호테》 1편을 세상에 내놓았다. 《돈 키호테》는 출간하자마자 엄청난 인기를 끌어 순식간에 재쇄를 찍었으며, 영어판과 프랑스 어판으로 번역, 출판되기도 하였다. 그러나 여전히 가난한 생활에서 벗어나지는 못했다. 생활고를 견디다 못해 일찌감치 출판업자에게 판권을 넘겨 버린 탓이었다.

《돈 키호테》가 호평을 받으며 팔려 나가자, 아베야네다라는 작가가 세르반테스의 문체와 주제를 모방하여 2편을 써서 내놓았다. 이에 화가 난 세르반테스는 가짜를 물리치고자 집필에 힘을 쏟아, 1615년에《돈 키호테》2편을 출간하였다.

《돈 키호테》 2편을 출판하기 전까지는 12편의 중편을 모은 《모범 소설집》(1613), 동시대의 시인을 평한 장시《파르나소 여행》(1614),《신작 희곡 8편 및 막간 희극 8편》(1615)을 출판하며 창작열을 불태웠다. 말년에는 '성체 신도단'이라는 종교적 모임에 가담하고, '아카데미아 셀바헤'라는 작가 단체에 들어가 활동하였으며, 신부 수업을 받기도 하였다.

세르반테스는 1616년 4월 23일, 마드리드에서 세상을 떠났다. 그의 가족은 돈이 없어서 장례 비용도 대지 못했다. 겨우 수도원의 묘지에 묻혔으나 무덤의 정확한 위치조차 알려지지 않았을 뿐 아니라 유언장도 남기지 않았다고 한다.

묘하게도 세르반테스가 세상을 떠난 날, 영국의 극작가 셰익스피어도 생을 마감했다. 그러나 생전에 대단한 영화를 누린 세익스피어와는 달리, 세르반테스는 마지막까지 가난과 고난으로 얼룩진 삶을 살았다.

푸른숲
징검다리
클래식
018

돈 키호테

첫판 1쇄 펴낸날 2007년 12월 26일
32쇄 펴낸날 2025년 5월 7일

지은이 미겔 데 세르반테스 **옮긴이** 김정우
발행인 조한나
주니어 본부장 박창희
편집 박고은 정예림 강민영
디자인 전윤정 김혜은
마케팅 김인진 김은희
회계 양여진 김주연

펴낸곳 (주)도서출판 푸른숲
출판등록 2003년 12월 17일 제2003-000032호
주소 경기도 파주시 심학산로 10, 우편번호 10881
전화 031) 955-9010 **팩스** 031) 955-9009
홈페이지 www.prunsoop.co.kr **인스타그램** @psoopjr
이메일 psoopjr@prunsoop.co.kr

ⓒ푸른숲주니어, 2007
ISBN 978-89-7184-758-9 44870
      978-89-7184-464-9 (세트)

* 잘못된 책은 구입하신 서점에서 바꾸어 드립니다.
* 이 책 내용의 전부 또는 일부를 재사용하려면 저작권자와 푸른숲주니어의 동의를 받아야 합니다.